半岛之半

居韩一年散记

许结 著

深圳出版发行集团
海天出版社

图书在版编目（CIP）数据

半岛之半：居韩一年散记/许结著.—深圳：
海天出版社，2013.8
　（本色文丛）
　ISBN 978-7-5507-0756-6

　Ⅰ.①半… Ⅱ.①许… Ⅲ.①散文集－中国－当代
Ⅳ.①I267

中国版本图书馆CIP数据核字（2013）第142564号

半岛之半：居韩一年散记
BANDAO ZHIBAN：JUHANYINIAN SANJI

出 品 人　尹昌龙
策划编辑　于志斌
责任编辑　曾韬荔
责任技编　蔡梅琴
装帧设计　得 意

出版发行　海天出版社
地　　址　深圳市彩田南路海天综合大厦（518033）
网　　址　www.htph.com.cn
订购电话　0755-83460293（批发）　83460397（邮购）
设计制作　深圳市龙墨文化传播有限公司　Tel：0755-83460859
印　　刷　深圳市华信图文印务有限公司
开　　本　787mm×1092mm　1/32
印　　张　8.625
字　　数　180千
版　　次　2013年8月第1版
印　　次　2013年8月第1次
定　　价　30.00元

　　许结，号解之，祖籍安徽桐城，1957年生于江苏南京，现为南京大学文学院教授，博士生导师，南京大学辞赋研究所所长，中国赋学会会长。曾任韩国外国语大学、香港珠海学院客座教授。多次应邀前往台湾大学、台湾政治大学、淡江大学、香港中文大学、香港浸会大学、新加坡国立大学、韩国东国大学、忠南大学等高校讲学。已出版学术论著《汉代文学思想史》《中国赋学历史与批评》《老子讲读》《中国文化史论纲》等20余种；出版文学作品集《诗囚》《南方叙事》等多种；在海内外学术期刊发表论文近200篇。

目 录

自由桥边的遐思

"四十年来家国，三千里地山河"，李后主的亡国词总是写得那么雄壮，他在当年北宋的首都回望南方大地曾经存在的现实王国，那大江大潮，梦幻浮沤，丧失的，幻灭的，仿佛只是一段记忆，因为词人似乎正在构建一段新的历史，存留于文学史上的精神王国。悲剧，往往却是令人满心喜悦的，现实的丢弃，会带来精神的补偿，这是历史，也是现实。奇怪的是，我的这点想法并不来自北宋那段历史，也不是身居南唐故都金陵的感受，这一闪念的来袭，是站在被称为"三千里江山"的朝鲜半岛的中断地带，被中国人称之为"三八线"附近的一个区域：临津江头的自由桥边。当时，我聆听韩国导游侃侃而谈那场几十年前的战争，介绍留存在眼前的战争残骸，充满了激情与兴奋，我感到这导游完全像一个"他者"，在讲述似乎与自己毫无关系的故事，他的导游词就像李后主的亡国词，颇有异曲同工之妙，一则以精神的"自慰"消解历史，一则以微薄的现实收益兑换那段惨绝人寰的"血色浪漫"。

这是一个暮秋的傍晚，算是旅游的误导将我带到了这自由桥边。在韩国客座一年的日子里，盘算着游历这"半岛之半"，似乎成为仅次于教学的重大任务，而其中"三八线"与"板门店"又无疑是我们这辈尚存"政治热情"者的首选。说起"三八线"，还受到韩国学者"严谨"考证的质疑，他们认为地理纬度的"三八线"并非今天韩国、朝鲜的分界线，其分界乃"停战线"，这是中国人强调自己胜利果实的"误导"。说的是当年百万志愿军挥戈南下进驻汉城53天，接着战事失利，以美军为代表的联合国军反击北上，志愿军退居"三八线"以北，就是今天的停战线。其实我对韩国学者的考证并无兴趣，就像这场战争我谓之"抗美援朝"，彼谓之"韩战"，我谓之"志愿军"，彼谓之"中国军"，我谓之"美帝侵略军"，彼谓之"联合国军"，称谓虽异，战争真实。然回首往尘，这人类相残甚至兄弟互虐的"荒诞"，所凝结成的历史景点，又成为今天游者的视点与兴奋点。也正是这一具有历史考据意味的"荒诞"之旅，又被导游的一次"荒唐"而改变。

我们所乘坐的越野吉普车顺着临津江岸一路狂奔，由于周遭有一片片江滩草地，还有许多不知名的花朵，景象鲜美，色彩艳丽，加上江畔一座座隐蔽的"边关哨所"和蹲伏其间穿着伪装"迷彩绿"服裳的韩国士兵，给和平中人一点战事气息或"恐怖"刺激，使我们迷恋了外景，却麻痹了时间。一直到天色黯淡，日落江原，我们才发现车子又调头狂奔，一问导游，这小子才说路走错了。结果赶到通往"板门店"的闸口，因过了参观时间早已关闭，为了搪塞我们的"求知欲"，导游把这批游客带到了临津江边的临津阁，让我们登阁遥眺远方属于朝鲜的光秃秃的山峦，据说是朝鲜军队为防止"脱北者"逃亡砍伐了所有的树丛灌木。

在落日下的黄昏，登斯阁而临斯境，确实有几分苍凉之感。我静静地将眼光从光秃的山峦回收，在一条已改道显然荒废的河流上，一座被炸成几截的铁桥，以"博物馆"的形式保留下来，似乎一秃头老者，在无声地诉说着历史的惨烈与现实的凄凉。在铁桥的岸边，有一尊遍体鳞伤的破旧火车头，也不知是当年的战争工具，还是战利品，孤独地矗立在秋风摇落之中，任游人攀爬与拍照。而从临津阁缘阶而下，就是一片广场，周边设立了若干祭祀台，供韩国国民供奉和定时祭享战争的"亡灵"。而在祭台的中间，则有一面石墙，嵌满了从世界各地战场上采集来的石头，名曰"和平石"。韩国人极为崇"大"，动辄全球，言则世界，什么国际学会、世界组织，比比皆是。说实在的，他们的确有伟大的一面，因为他们常以自己的惨痛与羞辱昭示人类，祈求世界和平，这"和平石"的"小"中见"大"，正宣示着这一点。

当然，"和平"需要理念支撑，所以在"和平石"的不远处，有座人工设置的拱形铁栏木面桥，名曰"自由之桥"。在桥右侧，立有

自由桥边

标牌介绍，大意是该桥为1953年朝鲜战争停战协议签署后铺设，长83米，当时有12000多名战俘从这座桥上通过，"回到祖国的怀抱"。桥的南端，竖立着两尊卡通韩国男女兵员，各立一侧，相映成趣，这也成为配偶游客选配留影的一道亮丽风景。桥的北端，

一面白色帆布挡住视线，白布上有许多红色涂鸦之作，主要是各国文字，我想总是祈求和平之类的吧。最有趣的是布面上有多处爪痕撕裂之处，也不知是设计者的匠心，还是旅游者的造作，或者是边关之风刀霜剑的行为，但终究给人以"偷窥"的欲望，透过布帷，是一个令人向往，抑或畏惧的神秘国度。

作为一个游者，我自然不能免俗，透过布帷的裂隙，偷窥进视线的是一条蜿蜒绵长的铁道，恰逢其时，一列火车从眼前奔驰而过，渐行渐远，慢慢消逝在北去铁轨弯曲的尽头。据说这是从首尔驶往开城的列车，运送的是粮食及工业物资，属韩国政府施行"阳光行动"以来帮助朝鲜建设开城工业园的新举措。我略感迟疑，耳边响起当年一位军旅作家讴歌最可爱的人时所唱的赞美诗：开城又回到了人民的手中……

一声薄暮的鸦鸣淡淡地掠过临津江的上空，那渐渐远去的列车和临津阁下的战时火车古老的身影，在叠印中忘却，在记忆间交互，这其中的几许迷惘，正是我当时的瞬息感受。有诗赞曰：

> 临津阁下自由桥，独立寒风忆旧朝。
> 六十年来多少事，鸦声点点梦迢遥。

不看山

　　韩国人的登山,可谓一道风景。

　　我住在首尔,周边多山,只要到了节假日,你就能看到一队队男男女女背着行囊,拄着拐杖,戴着防阳帽,手臂上有的还扎着毛巾,如雁行般奔走于山间岔道,向一座座山峰进发。所以你想登山,不需询问路途方位,只要跟着这一队队登山人,"盲从"即可达,至于结果登的什么山,攀的什么峰,往往是不甚了然。

　　某天,我们刚到首尔不久,完全处于"陌生化"状态,好像也不是节假日,我与北大张君课余闲散,突发奇想,去登首尔第一名山——北汉山。

　　北汉山又名三角山,因有白云、仁寿、万景三峰耸立并峙而名。山顶有绵延十数里长的城垣,称"北汉山城",始建于百济朝,成型于朝鲜时代,据云用以抗御倭寇之用。隐现于山林间的道选寺,建于新罗景文王时期,华溪寺则建于朝鲜中宗时期,或以摩崖石佛见著,或以殿宇建筑扬名。

　　寻山途中,我们买了地图,"按图索骥",找到一个离居所最近的山道口,即由地铁一号线转四号线,到某站下,进入北汉山境。心想到时看山行山,拟于北门入,南门归,计一日行程。孰料我们出得预想的地铁口,只见街衢纵横,车行如织,遥望山形,却不得其径,往来奔突,转环徘徊,颇有孔子"厄于陈蔡"的困境。当时车辆虽多,行人稀少,且多为老者,我们前趋恭询,茫然不知所

答，既然汉语不通，就改用洋文，结果仍如"问道于盲"。正当无可
奈何之际，对面走来一学生状的年轻人，略通汉语，听得我们的询
问，俄顷，恍然有悟，曰"呵，不看山"，并指点迷津，将我们带至

北汉山

近在咫尺的一小仄道，拾级而上，瞬息间已入山林之境。

　　"不看"（BU/KAN），韩语"北汉"之读音。此正当我们"看
山"而不得其径时，忽闻"不看"之声，即入山林，因思古人好为
"看山"之语，颇悟禅机。清人方濬颐《二知轩文存》卷十四《卮
言十九》有云："看山宜近不宜远，不近不能得山之真形也；看山又
宜远不宜近，不远不能穷山之变态也。"此论看山之"宜远"、"宜
近"的两重境界。而当日我们寻"北汉"而得"不看"，所言则在
"看"与"不看"之两重境界：看山而不得其径，"不看"而山在脚
下，庄子所谓"黄帝游乎赤水之北，登乎昆仑之丘而南望，还归，
遗其玄珠。使知索之而不得，使离朱索之而不得，使吃诟索之而不
得也。乃使象罔，象罔得之"（《庄子·天地篇》），荒诞中真有信然

可征之理。

游北汉山归来，所历见闻又成为我课堂上的谈资。当问及韩国人为什么喜欢爬山时，年轻的同学们齐声说："那是中老年人的运动。"

我愕然！

当再问及为什么中国人因观景而登山，一二相知嬉笑前行，以游乐为意，韩国人为登山而登山，行头齐全，多单人独行，一声不吭，埋头前行，岂非"不看"乎？

群生愕然！

于是我由此联想，中国古人论山之美，在"看"，所谓"望岳"，诚如杜甫诗"会当凌绝顶"的希冀，岂非域中大山太多，海拔数千米者不可胜数，安得轻易登临？而韩国如北汉山者，首善之区第一大山，最高峰不过海拔836米，健足有余，神游不足，"不看"而登，堪称最佳选择。

当然，我很钦佩韩国中老年人爬山的那股劲，不看前程，默然行山，及顶而返，浩浩荡荡……有诗赞曰：

闲登北汉路回环，询问方知不看山。

大隗人生寻快活，无心却在有心间。

鼎钵山

　　离首尔不远处有个叫"鼎钵山"的地方，在接近地铁三号线向西伸展的尽头。由于名之曰"山"，被我们收入视线，作为登山的一个选项，况且好奇于"鼎钵"二字，似有问"鼎"中原的庄肃与托"钵"游行的自由。

　　某日，心闲无事，选取"鼎钵"作一日之游，有点"信马由缰"的味道。因路途较远，乘地铁也需走上一段时间，而列车由市内的地下转上市郊的地面时，视境顿开，阳光明媚，春景如画。那种城与郊相融相契的情氛，给久居都市的"游者"以闲适但却并不孤荒的感受。

　　下车后，一望当地情景，渐失登山的欲望，因为眼前仅一平缓漫长但却略嫌矮小的山梁，而且由铁道阻隔在西边，需要越过一天桥式栈道，才能进入山路。而另一面向东，则视野异常开阔，顺着一条纵截城镇的河流，行过一座宽大但却弯曲的木制路桥，就是一个广袤的运动场。场中一巨大崇高的球体雕塑和一现代通讯的星光标志，相映成趣，周边有几小童在母亲的陪护下脚踏飞轮，驰骋旋转而游戏其间。广场两边为街区，穿过街区，暮然有一平湖展现眼前，光景映水，如沦如漾，但见湖岸广植花树，春则杨柳拂青，秋则枫叶流丹；湖中有若干小洲，洲上建有湖心亭，一二游人徜徉其间，真有点像明人张岱小品文中的情境。

　　回到处市镇中间地带的广场，我顾盼着西山东水，虽不知"鼎钵"之名的由来，但心中已自拟诠释为：鼎如山立，钵以托水。鼎示威权，源自古代氏族社会，而群雄并起，山头林立，故大禹有"会诸侯于涂山"之举，将鼎归之山，自属不谬。钵乃佛教徒所钟情之物，托钵行僧，广结善缘，钵中虽然盛食与钱，然皆如菩提之"水"，灌溉生命之树，以普度众生，故托钵于水，于义理亦可相通。心想至此，忽然大放光明，顿悟出一个道理：心结自结，解亦缘结，我名许结，解之自得。

那山与水，美轮美奂，尊严如山之面，生命如水之镜，如此照映，在当时的一瞬间，已超越了自然的物象，感受到一种心灵的喻示。

接下来的街区之游，也有一种奇怪的对比。

鼎钵分为南北两个街区，南街古旧，有一佛寺，香烟缭绕，老式街道，曲折回环，也有类似韩屋村的草房，总体感觉是一种历史的沧桑。而北街全然现代市场，玻璃装潢的商场，流光溢彩，女装与化妆品的充斥与美丽，不断地告知人们，社会现代化的最强标志，就是女性化的购物竞技场。

由于找到了一家非常好的面包店，有各式咖啡，我们选择了现代化的北街。

随"遇"而"安"，带着满心的愉悦，也许这就是"禅"的境界。有诗赞曰：

随遇而安即是禅，游心鼎钵淡云烟。
山青水碧观城市，得意人生自在诠。

回望道峰山

乘车离开首尔往仁川机场时，随着疾驰的车速，情不自禁地揭开车窗的帷布，匆忙地回望了一眼在阳光照射下犹如"雪宝顶"的道峰山，那里珍藏着我两度攀登的记忆。

道峰山矗立于首尔城市北部与京畿道交界处，高崇险峻，居京师诸峰之冠。我到首尔的第一天，接机的助教陪同我乘车路过此境，顿时眼光就被这居青峦叠翠之上光秃秃的大岩石吸引，观其如刀削斧砍之状，直视则峻极孤立，斜观又错叠波绉，当时即心向往之。后来遍观首尔群山，多类此光岩白顶，因思恐与地球纬度有关，相类者如山东青岛之崂山、河南登封之嵩山，值夏季强光照射岩顶，人们故有"六月雪"之谓。然首尔群山众峰，则以道峰最奇，或如片云旷其远视，或如悬瀑近在眼前，以"道"名其峰，当有不可"道"的奥妙。

第一次是春天攀登道峰，同行者有北京张君、上海周君。记得那天玩山，人虽困乏，然兴致极高，当因其景观与情境所致，所以在下山途中，张君嘱谓将来作文记其胜，我说仿古人法，先言景象，再喻理趣，后发议论，末赘以同游者某某，周君插言说：仅把我们以"同游"一笔带过，太轻略了。当时言谈笑语，一如昨日。

这次游山，印象最深的还是在中途一崖壁空旷处休息，遇到一批韩国本地行头齐全的登山人，他们看到我等穿着皮鞋，一只手还拎着装有雨伞、矿泉水的塑料袋，略似惊呼地说：

中国人（CHINESE）。也不知是赞叹，还是讽喻。接着，这班韩国登山人将他们包中带的黄瓜、苹果分送给我们吃，出于礼数，我们用笑颜婉谢，其间有一通汉语者说，你们不接受反而不礼貌，于是我们就与他们在一起饱啖了一顿瓜果。经历了这件事，我当时就下决心要办两件事：一是立即买双登山运动鞋，因为皮鞋登山几次扭伤了脚踝；二是下次登山一定也背个包，放些水果什么，既可自享，又可享人。

道峰山的美，在群峰并峙，有仙人、紫云、万长、神仙诸峰，各有独特的姿态。而山间清澈的溪流，自上而下，蜿蜒绵长，中多奇石，可供观赏，而人行林间，潺潺水流声不绝于耳。我们第二次登道峰，已是秋季，沿溪水而上，遇巨石阻流，或山势波折，泉涌水奔，喧豗壮浪，亦能惊心骇瞩。此游亦三人，我与北京张君仍同行，惟上海周君替以东北赵君。三人中赵君体胖，年龄略长，登至险峻处，已不堪其负及劳，则选一水边幽静处休憩，待我与张君登顶后同返。而溪水边多乱石，很多韩国人游憩时好择小碎石堆积成人形，表示吉祥和祝愿。闲里无事，我也搜集诸石，堆成人形，居石人中为最大者，赵君勤于摄影，拍下了这个情景，我与那有些松散、歪斜但却站立着的小石人。

车行将远，回望中的道峰山不断变形，渐次模糊，当时还闪过一个念头，我堆积起的那个小石人在风雨中不知能站多久？有诗赞曰：

　　　　春风得意道峰山，秋气凌云几度还。
　　　　小立人形何处在，乾坤芥子水潺潺。

上月谷

人生没有什么难堪的孤独，孤独是一种心理的自闭；人生同样没有什么自存的快乐，快乐是一种心灵的探寻。王羲之说的"或悟言一室之内"，"或放浪形骸之外"（《兰亭集序》），只是"媚道"的形式而已，本身并不指向孤独或快乐之真谛。想起在韩国一年貌似孤独的岁月，其自由的空间远较居家时广大而闲适，当然心理的空间自然要着落于实践的层面，这其间的惯性的愉悦，要数每天傍晚的健足运动。

居陌生之地，乃陌生之人，开始的活动范围是很小的，加上语言不通，往往趑前踬后，自生畏惧，所以刚到W大，我们只在学校背后的庆熙大学校园溜达，渐渐将活动半径扩大到学校左边的艺术大学，再后来找到一条弯曲山道，沿着蜿蜒起伏的峰谷，到达巅顶，已耗费了我们一个多小时的光景。从时间看，健足"排酸"的功效达到了，从空间看，这条山路有两段险峻，中有两个望景台，遥眺远山，俯瞰都邑，又颇养眼，于是又绾合时、空，改变一味傍晚攀缘的习惯，而有春晨、夏夜、秋晚、冬午之游，四季风光，异时景色，得以尽情饱览。

也许人生最高的境界就是一种游戏，当健身之运动转化为自然之欣赏时，心中的快乐真是无以言表的。在我的记忆中，这条山道已不是单线的延伸，而成了四季风光的复叠图像：那春晨的绿茵坡地，鸟语花香；夏夜的月临晴空，树影婆娑；秋晚的夕阳落照，斜映于对面山峦的斑斓与神奇；冬午有时遇上飞雪扬面，跋涉于积雪中的沙沙声响，仿佛留下了一串串让阳光去消弭的记忆。

如此情境，很难有"游者"或"他者"的感受，这客居附近的客游山道，渐渐在意识深处成了"我们的地盘"。日积月累，穿过艺术大学的操场，踏过一片斜坡的草坪，经过某朝某王妃的陵园，登上人工修建的栈道，路过山边的健身场地，无不成为我们的一种生活习惯。而当我的韩国教学生活将要结束时，反而产生了某种心理的失落。

正是在某日沿此山道漫步的路上，我信口吟成一诗赠同行山者，即《己丑岁暮教学期满将离韩返国心生依眷感赋五律一章赠诸友》："归家临岁暮，夜月对开襟。海外传师道，寰中看玉簪。春秋因时变，寂寞起寒吟。自觉边缘化，流人亦娱心。"并作注云："余居韩一岁，教授汉语，兴味索然，乏善可陈，然临别竟生眷怀，何也？呜呼，昔流人放逐，见诸贬谪文字，或'九死未悔'，或'客舍惊心'，或如仲宣之赋曰'悲旧乡之壅隔兮，涕横坠而弗禁'，或如柳州之诗云'若为化得身千亿，散上峰头望故乡'，悲情怨思，千古浩叹。窃以为，古贤悲怨，乃官者'失'官，流者'被'流，余则不然，自放海外，执教课业，客舍寂寥，然心灵自由，私忖'被逐'与'自放'大相径庭，援引时语，则'被边缘化'与'自我边缘化'，其情与感，类别霄壤。时岁暮风寒，归心摇动，于'载欣载奔'之际，恍若有失，因思党国家身，工程项目，'制度'人身，'格式'人心，所得若何，所损若何，不胜怅惘。胡适之言'情愿不自由，也就自由了'，彼之解嘲乎？余之心境欤？"

说实在的，行了一年的山，竟然不知其为何名，当忽然领悟到将要离开它的时候，才匆忙查阅地图，得知这一片凹凸山形谓之"上月谷"。很美的名字，也不知是不是专指我们每天所走的山道。不过在离开W大，离开首尔，离开韩国的头一天，我与北大的张君不约而同地又想到了"上月谷"。

这一天寒风劲吹，山林萧索，我们不仅按原计划"冬午"健足，而且在傍晚再次来此攀登，行至谷底，蓦然见月出东山之上，徘徊树影之间，"上月"之景，形象地展现在我们的眼前。平时喧声欢语的人，今则默默前行，顺着谷底的浅溪，渐渐攀升而至巅顶……

直到今天，我每每沿着家门口的秦淮河攀登石头城时，仍时常想起上月谷，还有与之告别的那个夜晚，也不知为了经历的美景，还是为了逝去的光阴，抑或飘泊的人生，有点感动，有点茫然，伴有些许美丽与惆怅。有诗赞曰：

> 四季景观尽眼中，攀缘曲径逐飞鸿。
> 他乡健足成追忆，上月微芒谷底风。

庆熙观樱花

观樱花宜在日本，然韩国也有因时赏花的习惯，樱花季节，游人如织，放浪春情，风光亮丽。凡到首尔的人，遇上阳春三月樱花盛开，欲询观花最美处，众口同声：汝矣岛。退其次，则南山塔行山路途，花影婆娑，飞瓣掠眼，亦佳境。观景如读书，当"取法乎上"，作为韩国金融中心与国会所在地的汝矣岛公园，樱花遍布，自为首选之地。

说起当下情境，汝矣岛观樱花之景可观，然回味起来，感觉则像"群女出桑"，虽成片成堆，却散乱无绪，放目而难以钟情。而南山途中的樱花树，亦焕锦曲径，艳于通衢，但终属"路边野花"，车行往来，无暇接目，采撷于眼，亦如游魂飘絮而已。

真正的美丽常得于不期然中，我对韩国樱花的深刻印象，还是从汝矣岛返校后，在附近的庆熙大学的校园内。

庆熙校园樱花的佳处，一在布局，二在情趣。庆熙校园的布局，是依山而建，曲折回环，自然划分为几个区域，校内多哥特式建筑，巍峨高耸，叠映山峦，中部广场地带，开凿一人工湖，波光溢漾，微澜随风，有几尊古铜色的罗马式雕塑散落其旁。不知何人何时，在校园内广植樱花树，平时无奇，等花季悄然而至，则大放光彩，或簇拥于楼际，或浪漫于山间，或影映于水域，红白相间，疏密有致，拥楼夹道，环水抱山，天然气象，令人赞叹不已。

而且在校园里观花，绝异于公园与路途之游者纷沓，搔首弄

姿,所谓静观闲赏,其心境非"有意栽花",是"无心插柳",闲淡
人生,闲散步履,闲眼观花,方有闲情逸趣;偶见一二学子背天面
水,持书卷徜徉于花丛,别有一番"照花前后镜,花面交相映"的
妙境。

庆熙樱花

　　无独有偶,在我于庆熙观樱花的同时,网上纷传国内武汉大
学校内樱花如簇,人流如织,游客中有母女两人,穿日式和服,于
花间留影,结果引起公愤,被逐出校园。此消息经报纸宣传,记者
渲染,不亦乐乎。

　　和服樱花,美轮美奂,然其人被逐,其"心"可诛,何也?

　　恰逢其时,我居域外为先父作"诗传",读其抗战时诗,有咏
樱花一首,开篇两句云:"是何妖艳眩残红,异种传来说自东。"原
来如此,六十年前的"殖民文化"裹挟着的惨烈历史,在淡忘后转

变为美丽的景致，宜为愉快的"异化"，然秉持"中庸"之道的国人，当有女将樱花与和服叠印展示时，又会勾起朦胧的民族记忆，于憋屈中愤怒起来。

也因父亲当年在抗战间的樱花"咒语"，我虽钦羡庆熙校园樱花之美，但终无赞美的诗句。

樱花很美，但太妖艳，也许是进入"读图"时代，人们喜爱图像艺术，故独赏其上"相"；况且装饰也是当今时代的特征，樱花的浓艳，是真而失"真"，倘若幻为"人造美女"，也算是一种"韩潮"吧。

庆熙的樱花很美，无意间发现，于是连着三天走进校园观赏：头天花开如簇，次日花海如潮，其间一夜风雨，到了第三天，已见残红满地，脚踩在山道上如地毯般的飘落的花瓣，真有些于心不忍。

异域樱花的美丽似乎留给了客居异域的情怀，因为从内心，我更喜爱早春的梅枝，暗香疏影，还有那秋雨中的梧桐，沧桑斑驳。有诗赞曰：

妖艳身姿入画中，庆熙镜像更无穷。
形形色色何来色，一夜风吹惜落红。

首尔的双洞

韩国城市的地名多称"洞"，也不知是否与中国道教的"三洞"有渊系，然而福地洞天，往往是仙人所居，总具有吉祥之意。仅首尔一城，也没统计过，不知究竟有多少"洞"？不过，对外地旅游者而言，首尔有两个洞最著名，就是"明洞"与"仁寺洞"，堪称双璧。

明洞与仁寺洞相距不远，都是旅游团体必去的景点，究其原因，在于购物。然双洞又有所不同，明洞堪"物游"，即因购物而游；仁寺洞则是"游物"，可因游而购物。就物而论，前者是个物质大仓库，后者只能算物质小街区；而就游而言，前者纯乎钱游（无钱不游），后则尚存心游。

到明洞购物，也有两种方法：一则豪华购，可下车直奔"乐天"大厦，那名包、名鞋、名装、名品，不计其数，如囊中羞涩，会惊得一身虚汗；一则杂沓购，就是进超市，而这里的超市不是个体单位，而是连绵一片，分东南西北街区，每街区又编号ABCD，细分尚有A1、B2、C3、D4等等，如辨不清方向，又会累得一身臭汗。

例如某次陪儿子到某区某店购买彩色笔，从一不起眼的小门进去，里面却弯曲延伸，别有洞天，三层楼室，全部是笔，挑得你眼花手乱，转得你惝恍迷离，拣得几种笔出来，已花费了几个小时。于是，再掏出图纸，从此区到彼区，进行下一个采购项目。

如此物游，真教人心累，所以一提到这里，我尝视之畏途，明洞不"明"，于心为甚。

相比之下，仁寺洞接近景福宫，市场上更多工艺品，徜徉其间，倒还有点闲趣。现在想起来，我之所以亲近仁寺洞，其因有二：

一是单纯。仁寺洞市场为两条交叉的小街道，沿途购买，自然流畅，特别是街边购物棚内一些大学生勤工俭学，戴着奇形怪状的白纸帽，制作与叫卖各色糕点与棉花糖什么的，那投手甩臂，摇头晃脑，一幕幕夸张的动作，一副副奇怪的造型，叫你焉得不驻足，难免要购买一点赞助。

二是博杂。仁寺洞固为购物之所，但它不限于商店，还有诸多文化场所，例如可供礼佛的曹溪寺，可供淘书的旧书店，可供鉴赏的书画廊，还有建于中国清朝时期的韩国最早的邮政所，现在已是展示邮政实物发展历史与各色信函及邮票的博物馆。

当然，这里还有很多技艺表演，如画家当场作画，乐者弹唱歌舞，特别是一些行为艺术家，身上涂抹着各种色彩，忽卧地如熟睡之童孩，忽疯狂若骂街之泼妇，或庄凝若打鬼之钟馗，或浪醉如发癫之济公。虽不雅，但对购物疲惫的游者，则不失为精神的调剂。

在仁寺洞街口，有家饮品店，若逢夏季，花上3000韩元就能买一大碗刨冰汤丸，清凉静心，美味爽口，坐在那里吃上一碗，看着街头的众生相，未尝不是一种享受。

据说中国"游者"多聚集于明洞，日本"游者"多喜爱仁寺洞，不知何故。

不过，有一条旅游线路很受日本游客的追捧，即"仁寺洞——南怡岛——春川"之行，因为那是韩国电视剧《冬季恋歌》的拍摄地，我想这主要是年轻人吧？其实也未必，已过知天命的我也走了这条线，起点就是仁寺洞。有诗赞曰：

> 洞天福地聚钱财，现代文明颇费猜。
>
> 物欲心灵呈杂烩，街头醉卧复童孩。

景福宫的兴废

　　游览韩国的"故宫"，首屈一指的是位于首尔北岳山下的景福宫，尽管其残存的遗址和重修的殿宇谈不上什么雄伟壮丽，但却是游人趋之若鹜的地方，因为除了她景观的表象，还有着深厚而沉重的兴废史。

　　景福宫是朝鲜王朝建造的第一宫殿（韩人称"法宫"），作为正门的光化门前，今日的世宗路就是当年宽广的六曹大街，也是昔日王城汉阳的中心。宫殿的建造依据中国古老的四时、五行之说，分别有建春门（东）、光化门（南）、迎秋门（西）、神武门（北），象征春、夏、秋、冬与木、火、金、水，而围绕勤政殿之中心，又内涵五行中"土"王用事之义。宫内除了勤政殿，尚有思政殿、修政殿、康宁殿、泰元殿、交泰殿、含元殿、慈庆殿以及乾清宫、东宫等，各成区域，于中仿佛能够看到朝鲜王朝14、15世纪时的盛世景象。特别是大汉门前每天三次的守备将换岗仪式，古装表演，风度翩翩，引起许多观众驻足引颈。

　　记得第一次游观景福宫，还是上世纪末的一天，同游者某君年过四旬，尚无配偶，一走到交泰殿前，立即于阶陛作横卧状，意欲汇聚阴阳，留此存照。因为此君熟知"交泰"二字，源自《易》之《泰卦》"天地交，泰"。韩国人用名很直白，有次游某山，有纪念某英雄被斩首处，就叫"切头山"。这"切头山"与"交泰殿"的命名，有异曲同工之妙。

十年后再到此游览，殿宇虽有修饰，规模并无扩建，其宫室基本模拟中国宫殿建设，或可谓之缩写版。起宫室，建庙宇，是王朝兴盛的标志，作为藩国的朝鲜亦然；然废宫室，毁庙宇，古代之中国与朝鲜或异，前者多败于内乱，后者却毁于外患。

据有关史料记载，景福宫曾遭受两次毁坏，1592年"壬辰倭乱"时，景福宫被日本人全毁，后经270年由兴宣大院君主导重建，再次以雄伟之姿成为国家权力的象征；可惜时隔不久，19世纪末到20世纪前期朝鲜王朝灭亡后的日占期，复被日本人有计划地损毁殆尽。尤其令韩国人切齿之恨的是第二次损毁，日本人侮辱性的将景福宫改建成"畜兽场"（动物园），一个民族的心灵受到了顽劣的践踏。

现在景福宫的北门，正对着今天韩国的总统府"青瓦台"，旧宫接新宫，多少人在此留影，仿佛诉说着，或聆听着那历史的沧桑与时代的兴衰。

我想，或许正因为日本人当年那侮辱性的"不智"之举，将景福宫"动物园"化，烙伤了韩国人的心，所以其不屈不挠的反日情绪，大异于中国。

韩人反日，满街跑的是韩国车；国人反日，汽车、家电则多为日式产品，何也？然则政治站队，中日相左，韩日联盟，怪哉！

景福宫终于重修了，焕然一新，尽管是为了旅游。有诗赞曰：

景福宫中变兽园，残阳几度照残垣。

哀哉六百年间事，犹忆壬辰梦里魂。

寻走梨泰院

听人说梨泰院很热闹，初始以为韩语汉译，取意梨园，或是如国家大剧院所在，于是查阅首尔地图，一看方知是使馆区，且多洋人使馆。

在历史上，因当年美军驻扎于此，市民开设了很多供美国人消费的餐馆、商店，一直延续到今，成为首尔著名的"洋市"。寄居韩国，有一明显的印象，即洋气似乎就是高档，比如他们追捧首尔江南区的西餐馆，连葡萄也要送到法国去制酒。进入20世纪以后，东方黄皮肤都有个共同毛病，对"洋"是爱恨交织。元杂剧中的"那可憎的"、"那可恨的"，真是恨之切，爱之深，犹如倒转之网络词语：恨，嫉妒，羡慕。有洋人必有洋物，有洋人、洋物又必有洋相，所谓"西洋景"，这梨泰院应该是景象可观了。

我们初来乍到，不敢冒失前往，就相约一位老地保（客座多年的先生）以为向导，谁知对方摆手连连说：不能去，那是高级"红灯区"。所谓"高级"，是对应距我们寄住处地铁两站地的清凉里之街头"低级"而言的。

这老兄不愿做向导，算是洁身自好，未可厚非，然转念一想，不能说有几盏灯就不逛整个街区？就像行于闹市满目红灯也必走路般，这反而觉得此君匪夷所思了。其实，这交通规则已十分明了，遇红灯可以停观，不能撞入，这并非洁身，而是守法自保，我当时就有用此"谬论"愚弄对方，并有自愚一番的乐趣。

当然,此君之言,也许就是一种"托词"或"玩笑"。

结果,梨泰院我们还是去了,一共三次,真与"洋"字有关。

第一次是"观洋"。

这是某星期天,梨泰院一带的使馆想必也休息,不知是逛街,还是去教堂做礼拜,并不宽敞的马路上是洋人如织,他们出入街边商店,甚至环绕路边小摊,观物购物,不亦乐乎,与东方人无异。惟独咖啡店前,颇能区分东、西之别:一群人围坐,东方人多喧嚣,旁若无人,西方人默默啜饮,常相对无语;个别人独坐,东方人来去匆匆,饮毕走人,这洋人常常呆坐那里,凝神窗外,对着街景,一杯咖啡,或饮或啜,木然长达数小时,毫无起身之状,也毫无倦意。

第二次是"吃洋"。

梨泰院洋人多,洋餐自然多,街边一些小门面洋餐店食品价格并不算高,于是我们一行人也想开洋荤,就夹杂在众洋人间挤入晌午繁忙的饭馆,饱啖了一顿洋餐。说起洋餐,也就是肉弄生些,有时还淌出点红汁;土豆烧稀点,浇上点牛奶;饼摊薄点,再胡乱地撒些红的、白的、青的、紫的萝卜粒、番茄丁、生菜丝之类的。其实我对吃洋餐并没什么兴趣,只是难得与洋人们在一起,偶尔瞟一眼他们的吃相,如叉块大牛肉送入口中,有时还挤出些红水,顺嘴角流出,沾在藤蔓般的黄色腮须上,然后用洁白的大布巾拭去,文明夹杂着野蛮,怪有意思的。

第三次是"避洋"。

也是一个休假日,我们购物时路过梨泰院,夏季的傍晚是洋人出来活动最频繁的时间,他们在寻找消费,精神抖擞。突然有一洋女在一横街的过道处拦住我们,口手并用,嘟哝比划,是何人斯?我等大惊而"逃"。拔腿即数米之遥,转头回望,似非恶人,亦非醉人，更非疯人，但见她仍在不倦地"拉客"，手中拿着张广告纸，还有个什么小商品，原来是街头推销。在韩国街头，小贩散发广告、推销小物件是常事，然多是韩国本土人，这洋妞竟也参与其中，而且还在洋人聚集的白领区，也难免叫人"见怪"了。

虽然我们三次游观梨泰院，从未遇见原先那位老兄提防的"高级"，但这"高级"二字，应该还是缘于"洋人"。有诗赞曰：

> 风流旧迹说梨园，误走他乡市井喧。
> 商女歌声因使节，何来众色伴洋轩。

南汉山城记游

汉城自改音译"首尔",真是别扭,因为诸多该城中的"汉"字没了着落,如汉江、北汉山、南汉山等。不过从地理形势而言,汉城(或首尔)由汉江中分,水源充足,且南、北皆有"山城"(南汉山、北汉山)拱卫,成辅弼之状,作为古都,诚造城之佳丽地。

我客座的学校在首尔江北,离北汉山很近,况且北汉山下有朝鲜旧宫和当今总统府所在地青瓦台,高踞其上的漫长而雄伟的北汉山城,自然清楚地展现于旅游图示,于是徜徉其间,饱览异域风光,诚多佳意。然而毕竟是"客居",对城市地理因孤陋寡闻而显得无知,在首尔住了大半年,我居然还不知道与北汉山城对应的还有同样巍峨壮丽的南汉山城。

直到岁末的某一天,韩国友人驱车载我外出郊游,过汉江,度南郊,停车攀援,进一盘旋而上的古城砖阶,仰观雄踞其上"守御将台"的重楼高阁时,才知有此南汉山城,而且登临其上,俯视郊园田野的景观,较北汉山鸟瞰城市风光,更有一番远足的趣味。

韩国是民主社会,思想自由,但主题意识极强,这也突出表现于一些公园的建设与打造上,无论新与旧,都呈示某种文化精神。南汉山城圈,为京畿道所立之"公园",其范围远不止城垣本身,而构成一广袤的整体,其中最有文物价值的是近年发掘的新罗时代的旧宫遗址,那或隐或显的地下宫室,虽仅存土坑颓垣,却向游人宣示着历史的年脉与苍凉。在宫垣的建、废间，南汉山城又曾是保卫朝鲜王宫的屏障，有大量的将士曾捐躯于此，血染城头，所以由"守御将台"一路走过，围绕当年"行宫"的古旧建筑，就有"枕戈亭"、"演武馆"、"崇烈殿"、"显节祠"等，构成这一公园"尚武"的主题。

南汉山城

有英烈，自然有超度英魂的场所，在山城半麓散落有三大寺院，分别是"长庆寺"、"望月寺"、"开元寺"，虽然名称多取诸中土，似有新罗王朝承传之李唐迹象，但佛教所倡导的空灵与净土，确实可作为人世纷争的另一面，起到以"对立"而"慰藉"的作用。当然，现实中游客谁也不考虑"眼界"观象之外的隐喻，无论"演武馆"还是"望月寺"，只是游观的项目，休憩的场地而已。

　　南汉山城虽然壮观，各景点也确实风光旖旎，但细想这趟游历给我印象最深的，还是望月寺吃斋饭。

　　在我们游城途中，已近晌午，作为东道主的韩国友人忽停脚步，对我说了句韩语，同行懂韩语的中国朋友翻译说：时间不早了，我请你们去个地方吃午餐。我们跟着他大步流星，一会儿就走进了望月寺，而且看他敏捷地带着我们转入后堂，有一类似大工棚的地方，许多陈旧的灶台和餐桌。他领我们如吃自助餐般取一塑料盘，上放一碟两碗，每人从一排窗口中取得些许米饭、土豆丝、青菜与苦瓜汤，狼吞虎咽一番，吃完各自洗碗，然后走人。我当时就想，这老兄太有意思了，也不征求客人意见，让你吃免费的斋饭，如此请客，既纯净，又不乏创意。尽管这天晚上该韩国老兄花了不少钱请我们吃了顿海鲜大餐，但说老实话，真不记得吃了些什么，而望月寺的青菜、土豆与苦瓜汤，却留下了深刻的记忆。

　　这老兄的创意还不仅如此，吃过斋饭，我们继续游山登城，走过长庆寺边的瓮城时，又饥又渴，于是他又带大家进入一山顶小市场，有诸多卖当地新酿米酒的小贩摊，只见他抓了一把"硬币"，扔进摊贩一大盘内，然后示意诸位用那大碗自己舀酒喝。结果，这人一渴，哗啦啦三大碗下肚，结果个个面红耳赤，踉跄相扶，在薄暮的寒风中，我们一行人歪歪斜斜、飘飘悠悠地顺着瓮城的墙脚向下而去。有诗赞曰：

　　　　南汉山城作胜游，新罗旧迹眼中收。
　　　　闲停寺院同僧食，一醉新醅不系舟。

四上南山塔

今人与古人相比，有了很多的优越之处，其中登高望远，就是其中的一项。柳宗元当年流放南部边陲，思乡心切，遍觅高山攀登，然峰峦迭阻，视线有限，所谓"海畔尖山似剑芒，秋来处处割愁肠"，故而感叹"若为化得身千亿，散上峰头望故乡"（《与浩初上人同看山寄京华亲故》）。试想，如果建一超越群峰的高塔，或者干脆乘飞机、航天飞机俯瞰万象，何愁家乡不见，心绪难解？当今每座大城市均选一高地建造如电视发射台等高塔，顶端设有旋转大厅，让人登临，既收游人门票，又供骚人消愁，多好。说也奇怪，有了消愁的高地，反而没愁了，"众人熙熙，如登春台"（老子语），登高真正成了敛财与消费共生的旅游活动。

南山，居首尔市中心地带，南山塔立于山顶之上，为俯瞰全城景观的佳

南山塔

丽地。登塔俯瞰，由汉江中分的南北城区，尽收眼底，远山变得低矮，群楼亦若樗蒲，而首尔市的广袤之象，极目不着边际，实令人赞叹。

在一座城市登塔的次数，我的经历是南山塔为最，计有四度登临。

初次的登临是上世纪末岁的1999年，我往韩国大田参加学术会议，返归仁川机场，途经汉城（那时好像还称汉城），友人导引上塔临观。当旋转厅移到面向北方时，友人指着城市尽头的隐约山峦，说那边就是北韩（朝鲜）。我们顺着他的指示纵目遥眺，也不知所视几何，因属路过，也就匆忙而去。回想那次登塔，没有思乡，只是为邻国的南北裂地、亲情音断着实嘘唏了一番。

后三次的登临都是在我客座首尔期间，距初次登临已时逾十年，年轮已至2009。

第一次是独上高塔，想王粲当年登荆州城楼，"聊暇日以销忧"，"暇日"我与之同，而"销忧"竟没想到。这天是下午登塔，闲寂无聊，先观白日景象，群楼之间，街区纵横，北汉、道峰诸山，遥相对应，一条条高速公路，如速写画线，笔势绵延而遒劲，而楼宇间教堂的十字架之多，尤为醒目。至晚，再观夜象，一片光景，疏密相间，楼宇已变成闪烁的星光，而街道则化作一道道流光溢彩的长虹。这次，我没有思乡，只是感叹真实而美丽地消费了一天的光阴。

第二次是陪探亲的家人登塔，自己成了导游，有了一种事务性的充实。由于有了上次独上的经验，这次的游历依然由白天到晚上，所不同的只是将现实的图景更多地化为了影像，存放于相机中，留待重温与回味。在等待夜色降临的期间，我们在旋转餐厅吃了顿快餐，价格与塔下饭馆相等，很便宜。这次，我无需思乡，只是感叹韩国旅游景点食品价格的公正，而与中国一些地方大相径庭。

第三次是某韩国友人做东，邀请来自中国的某客去南山塔上的韩餐厅吃饭，我是以作陪的身份出席。南山塔顶有两层豪华餐厅，一为洋餐馆，据说是首尔法国餐做得较好的一家；一为韩餐厅，点菜加自助，内涵丰富，价格不菲。现在有些奇特的时髦话，比如吃的是景观，玩的是文化，我们在如此景点笑谈饮食，正应了前一句话。也许席间饮酒较多，当我们离开时，相携相扶，有点踉跄。那位来自中国的主客，在寻找下塔出口时，顺道走进一玻璃光映的半开放的房子，只见里面全是女性，而那些似排队做什么的韩国女孩也很大度，只对他笑，也不阻止，待他听到抽水马桶的轰隆声，才如梦方醒，抽身退出，否则真要"君当恕醉人"了。至于那位请吃饭的韩国主人，冷静而幽默，只躲在后面窃窃私笑。这次，我忘了思乡，只是感叹韩餐也有好吃的，只看你自己估摸着消费程度罢了。钱，决定着现代社会的优劣。

有诗赞曰：

　　　　游情四度上南山，汉水中分入画颜。
　　　　意象原来因物象，思乡何必在心间。

清凉里的"食"与"色"

从W大经回基到清凉里,或乘地铁,三五分钟,或步行,不到半小时,这是我们每周必去之地,因为那里有一个大市场,菜价要比超市便宜近半,过日子谁不厉行节约呢?

地名有时不可理喻,何况我们认知的韩国地名或为汉译,更不甚了然。例如"清凉"一词,在中国用作地名,多与书院、寺院、道观有关,有点似不食人间烟火的清净地;可是首尔的清凉里则异常喧闹,这大市场并非一般意义的"市场",仅一"菜市",熟的,生的,死的,活的,青的,红的,铺天盖地,连绵几个街巷,真是家庭主妇(也包括做菜的男子)求"食"的天堂。

初入清凉里菜市,眼花缭乱,袋中揣钱,也不知从何下手。开始是见菜就买,比如猪肉、白菜类,逢菜即拣,逢肉即切。后来发现这市场太大,慢慢行走,慢慢寻觅,可渐入佳境,价廉物美的货色极多。也许去的次数多了,我们已大略知道某区域与某方位,例如肉类区(猪、羊、牛、狗等)、禽蛋区(有家禽、野鸟)、蔬菜区、海鲜区、水果区,还有药草区,特别是遍地的"高丽参",也放在菜市兜售。

正是在这里购菜觅食,懂得了一点课堂外的知识。比如买卖,韩元动辄千、万,千谓"赤佬"(自译,便于记得),万曰"慢佬"。由于菜摊上的标价不认识,为省简往往说"买1000元"、"2000元"的,或"买1万元"、"2万元"的,谁知每买"一"必付"二",如买白菜，说买"一赤侉"，对方称了菜，总要你付2000，久而久之才晓得韩国人1000元即谓"赤侉"，如说"一赤侉"就是2000，万元钞票亦然。

韩国买卖，除了商场、超市，多能讨价还价，有时幅度还很大，所以我每到清凉里买菜，总是习惯地说"唉也马也哟"（多少钱）？对方回答了什么，我们懂或不懂，反正装懂，接着又习惯性地说"格格注射腰"（便宜点）？然后就不知多少钱一斤，或降价与否，朦朦胧胧地付钱取菜，心里倒美滋滋的。

清凉里的"食"，填了一年的空腹，享了一年的口福，是令人眷念而感怀的。

可是每每时至薄暮，菜市收场，清凉里就变了模样，在乐天大商场的西侧与背面，有很多临街木板房，一到晚上就张灯结彩，或粉红，或桔黄，原来是又一种超级市场开张了。出于好奇，我与同事Z君特邀一年长之女同事（某教授）陪护，前往一游，果然是"色"彩斑斓，触目惊心。那木屋前，橱窗内，年少者展露风华，艳色横波；年近中岁的，虽搔首弄姿，却有点进退惆怅；偶见一二向晚渐老者，或坐屋角，或倚门栏，那些许浑浊的眼神，有点不知所云的迷茫。

仅此一游，匆匆然过，已令我等若落荒而逃。当时心中不禁质疑"清凉"二字，是主动掩饰？还是被动玷污？难道真的"饱暖生淫欲"，这清凉里的"食"与"色"，竟如此日以继夜、天衣无缝地绾合于特定的时空中。

圣人云："食、色，性也。"又云："未闻好德如好色。"然则，"发乎情，止乎礼"，此药"色"之良方，但食、色之"礼"颇不同：人无食不生，故礼多于形，如食物（食何物）、食相（吃相）等；人远色无虞，故礼在于义，奔骋尚有别，何况"清凉"之"色"乎？

"食"果"腹","色"即"空",老子倡言"抱一",说能得天、地之清、宁;又说"一生二",就看你对这"一"与"二"怎么理解了。有诗赞曰:

> 食色两全性道平,清凉里弄莫纵横。
>
> 老聃抱一可生二,天地清宁礼节成。

首尔世界杯球场

在首尔市的某一角落，有片美丽的绿茵草地，这里曾是世界杯足球赛场，再以前是垃圾场，现在已是市民公园，全称世界杯足球公园。

城市的现代化在于其强大的改造能力，在近代社会，这种改造经历了两个时期，一是工业革命改变城市的破旧与荒芜，以幢幢高楼为标志，但却伴随着无数耸立的烟囱，制造废气，且因人口的急速麇集，产生了大量生活垃圾。二是信息革命时代为换回被工业掠夺去的城市草地，被废气掠夺去的自然空气，远迁工厂，改造生态，重建城市"绿肺"，成为当今都市文明的形态与象征。这后一种改造，在一些小国家如新加坡有突出成就，营造出很多城市的野趣，达到局部的"复得返自然"的意境。首尔也是这样，不仅有像首尔大公园这样的自然绿肺，还有某被改造后的"坟场"，成为市民徜徉其间的乐园，这世界杯足球公园，更是一个范例，或谓之变糟粕为精华的范本。

韩国人，特别是首尔人，提到这座公园，无不有今夕之感慨，其中寄寓了一种都市的荣耀感。因为，这里有着他们的双重记忆：一为场景记忆，这曾是首尔人的"北京龙须沟"，是都市垃圾的聚集地，废品如山，污水横溢，人迹罕至，似都市中的荒岛；然经改造，已是绿树葱茏，百鸟欢歌，市民游乐之地。二为历史记忆，就是改造后的足球场上展演的那场世界杯，韩国队以"东亚"弱国一变而跻身世界四强，当时的胜利与疯狂，伴随着场景的改造同样形成了国民精神的重构。

这座公园，在首尔市民的眼中，成为与清溪川媲美的城市的两大骄傲。

我曾两次来到这座公园，享受"临时市民"的自由与快适。

公园分成三大区域，一是足球赛场主体，雄伟广大，周边的商业拱卫，已隐然一独立街市，赛事与演出，烘托了公园的主体意义。二是围绕赛场的树木与草地，特别是编织有序的林荫小道，环抱着众多花圃，成为市民休憩的"理想国"，韩人擅长的设计与雕塑，混杂其间，或具点睛之妙，或留涂鸦之笔，仁智各见，殊难归一。第三区域，也是最值得一提的是球场西北部的绿茵高地，曾是首尔人深恶痛绝的垃圾堆，而今被改造成犹如奇峰突兀的山峦，名曰"天边公园"。公园高地建有望景亭，供人们健足、游观。远望这座青绿色的人造山峰，由下而上，仿佛"佐罗"利剑飞舞的动感画面，一道"Z"字形的光亮直达山顶，走近一看，原是建造的木制人行山道，只是那盘旋向上并于转弯处硬直的构思，更加彰显出一种强力改造的阳刚之美。

登上这座人工青山，坐在望景亭畔，回望首尔城庞大的身影，无论是白天的喧哗，还是夜晚的静谧，日月双晖临照着城市与自然的融织，是种现代意识的清新可爱。有诗赞曰：

现代城池绿肺奇，改良生态莫迟疑。
徜徉足下青青地，一曲天然变革诗。

江南狎鸥亭

首尔很多街道的名称很美，表现出当年"汉化"的特征，如江南的"狎鸥亭"，典出《列子·黄帝》篇"鸥鹭忘机"的典故，表现了一种与世无争的隐逸情怀。梁代的任昉《别萧咨议》诗"傥有关外驿，聊访狎鸥渚"，明代李贽的《客吟》诗"正是狎鸥老，又作塞上翁"，论地名与人物，均取意于此。然推敲汉语，"狎"字又有行为轻浮、声色放荡义，如狎游、狎浪、狎侮、狎熟、狎慢、嫟狎、狎笑等等，至于"狎客"，尤为不雅。而据说江南狎鸥亭是韩国明星聚集地，取意"狎"者，是否有现代性的诠释之义？

百闻不如一见。某休假日，我与两位友人同乘地铁，渡汉江，往狎鸥亭一游。

人生切身要务，无非食、色，在韩国出游，也是"观色"（城市与自然景观）与"觅食"两端，相比之下，后者尤甚。客座在外，我们每每苦于校门口几家韩食店的单调，更不忍于自己拙劣手艺的烹饪，所以一逢节假日，总想外出觅得良食，稍快朵颐吧。听说狎鸥亭是"韩星"出入地，故多名品店，自然包括美食，所以狎鸥之行，仍以"觅食"为第一要务。

本以为有"美名"必为"美地"，想象中的"狎鸥亭"或是平湖飞鹭，白羽翱翔之美，或是转化为都市繁华，必定是美女如云，美食满街。谁知辗转地下（乘地铁），浮升地表（地铁出口），仅一平常街区而已。徘徊半日，除了商店，就是美（整）容店。这里被誉为韩国整容一条街，所以给人较突出的印象的就是时见从美容店走出的女子，或眼上，或鼻梁，贴块白胶布，奔走街上。韩国整容极为发达，已开设了多道跨国整容旅游线路，在这里开眼隆鼻类小手术，是随到随整，有此街景，纯乎自然。

观色无望，又回到觅食主题。同行三人各有主张，一曰吃中餐，理由是这里也是中国游客常来的购物之地，应该有较好的中餐馆；一曰吃西餐，理由是"首尔一百游"称此地为美食天堂，名贵云集，自以洋餐为佳；三曰吃韩食，理由是此处为韩星出没处，韩人爱国，偏嗜韩食已多精神因素，自可觅得上好的韩餐馆。

付之空言，不如实践。我们开始觅食，穿越了几个街区，出入偌多餐馆，试图好上加好，精益求精，直到日坠西楼，仍未果腹。无可奈何，最终选择一门面还算较大的饭店，也不知姓中，姓西，姓韩，先行歇脚，然后点餐。又是按图索骥，参照别的食客餐桌景观，对着不认识的韩文，每人点了一份好像是海鲜的套餐，也包括大酱汤。结果，这是我们在韩国餐厅吃的最难以下咽的一顿饭。

于是想起这"狎鸥"原典，即《列子·黄帝》所载："海上之人有好沤鸟者，每旦之海上，从沤鸟游，沤鸟之至者百住而不止。其父曰：'吾闻沤鸟皆从汝游，汝取来，吾玩之。'明日之海上，沤鸟舞而不下也。"沤，同"鸥"。唐代李商隐《太仓箴》"海翁无机，鸥故不飞"，陆龟蒙有诗谓"除却伴谈秋水外，野鸥何处更忘机"，都重在一"机"字。人有了机心，往往不能适愿，这真是"狎鸥"的悲剧。

回想这次经历，欲"观色"则无色，可谓"但观隆鼻女，不见影中人"；欲"觅食"而无食，亦可谓"中西韩盛宴，化入劣餐盘"。这，或许也是我们此趟狎鸥亭游历的可笑而可叹的"闹剧"吧！有诗赞曰：

鸥鹭忘机未忘饥，江南美食费寻思。

传言狎浪声情地，不见亭台日坠时。

逍遥山行思

到了年终，将琐碎的学生成绩登录完成，拒绝了若干个要求高分（A+）的电话，真的清静了，逍遥了。闲查地图，首尔一号地铁线的东尽头有座逍遥山，虽名不见经传（如"首尔一百游"也没列上），然毕竟与当下心境相合，于是邀"驴友"往逍遥山去逍遥一番。

韩国的地名真难以捉摸，有时真切实在，有时虚无费解，这逍遥山，既无道观，也无隐士所居，更没有"庄子"的痕迹，何谓逍遥？莫非机之先动，因为我们一时抛却了事累（口干舌燥的汉语教学），捐弃了心累（毫无情趣的试卷批改），而得以逍遥。所谓目击道存，而有此逍遥之山，复有此逍遥之游？

乘地铁近一小时，我们才到达逍遥山站。路途所见，惟有冬季的萧索，伴随阵阵寒风，黯淡的日光在浓云中拼搏，偶露温热，旋即被一阵枯叶的飘落掩盖。原来这已是首尔的远郊，人迹稀少，然进得逍遥山公园，倒也有些远足人雁行崎岖山道，只有他们的头盔与背包，给山间带来些许明艳的色彩。

本来游山观水是捐弃事累与心累，可是我们的逍遥山行却"身累"得不行。

这公园太大，大而无当，从山脚行至山门，已走了数十分钟，到了山门前，是一破旧如牌坊般建筑，下设橱窗，是购票处。我们在韩国遍走诸多公园，多无售票处，此公园必购票方得放行，想必非"欢乐谷",自必"快活林"。结果失望连连,揣摩当时心绪,略有三端:一曰"山水媚道",始可逍遥,然此中有山无水,加上冬季枯槁,又不遇雪景,毫无"媚"趣,惟有足下之"道",冷风扬尘而已。二曰"食色,性也",眼前一片荒山,既无色相,安得情色,且山行久远,饥肠枵腹,不堪忍受,山中既无茶社,也无餐馆,远望一缕青烟,近得观时,仅一老者焚烧山草而已。三曰"访古探幽",此山既无古寺,又没有什么"摹崖石刻",甚至连韩国遍地皆是的"无形财"也未见到,索然无趣,是当时最真切的感受。然有此三失,仅有一得,那就是老子说的"涤除玄览",涤除尘累,玄观宇宙,既然如此,游"园"无园,又何必游园呢?

结果是,我们忍饥挨饿,来不及向深山更深处寻幽探胜,甚至仿佛遥闻钟磬声也不耐烦去看个究竟,一溜烟逃出,无心回顾。

这是我们客座韩国一年的最后一次外游,也是印象中最无趣的一次。

在回返的地铁上,我又收心于正准备杀青的《庄子评注》,想到"逍遥",猛然省悟,所谓的"水击三千"、"抟扶摇而上九万",都是想象,那"心斋"、"坐忘",也是无奈的空寂,惟有"混冥",出世而入世,捐雅而随俗,才是逍遥的真谛。

无苦找苦,是人生;无乐寻乐,是境界。有诗赞曰:

逍遥古道不逍遥,乱石纷陈杂草萧。

佛寺钟声何处觅,荒山满目路迢迢。

醉倒清溪川

听说钟阁附近的小巷里有家不错的烤鸡店，啤酒也很好，是德国的。于是趁妻儿来韩探亲的机会，我反"客"为"主"，略尽"地主"之谊，来此消费了一番。

小店位居二层楼上，木质结构，有一圈露台伸展于外，放置了一排餐桌，坐此可临眺楼下小街。时值周末，又届傍晚，男女青年熙熙攘攘，在渐次绽放的霓虹灯的光照中，或匆忙，或闲适，或矜持，或娇颓，穿梭光影，来去纵横，诚一派都市景象。

出小街不远处便是首尔市中心大道，过大道可见几座拱桥，横架于一条时而湍急，时而流缓的河水之上，这就是首尔市民引以为荣的清溪川。所以每逢周末的夜晚，市民总喜欢在此地聚餐，然后漫步清溪，享受都市喧嚣中的安逸。这周边饭馆如果不先预定，到时匆忙而来，往往是一座难求。我们因为来得较早，小店尚有空位，而且还处临街窗景，这又给异乡的天伦之乐增添了些视域风采。

我的一位同"客"韩国的友人说过一句脍炙人口的话：花自己挣来的钱，爽！此间教授工薪甚高，然每饭近"万"元，请客十数万，数目倒是触目惊心的。于是，我们也"爽"了一把，点了品牌烤鸡，喊了两扎啤酒，与儿子对饮起来。

时天热渴燥，因狂饮无度，不意间伴随夜幕垂降，已醺醺然。后来追忆，平生饮酒，白酒、黄酒均醉过，红酒、啤酒则未然，这次堪称啤酒醉我之首例。

根据当日行程安排，晚餐后挈妻儿同游清溪川，夜观水上激光表演，结果不知由我导引，还是被扶将而去，我已全然醉卧清溪边一巨石之上。

醉倒清溪川

不知过了几许光阴，我被人声唤醒，见一穿黄服有佩戴之人，当属清溪管理人员，嘟哝着听不懂的韩语。

我惊坐起，对"水"镜而见"红"颜，旋尔胡突又倒卧石上，如此再三，那人总是不温不火，不焦不躁地依然喋喋不休，且引起一二行路之人驻足而观。我忽然想起常走在街上遇到捧着纸箱募捐之人，也不知目的，向你索求，韩国友人告知，凡遇此际，你就告诉他们"我是外国人"，他就不会麻烦你了。

于是我带着酒意对此喋喋不休的"管理人员"脱口而出：

"喔令歪谷粳。"（"我是外国人"的韩语发音）

谁知他仍不屈不挠，仍在比划、嘟哝。我想是否嫌我有碍观瞻？可是韩国醉人很多呀，还经常见到年轻女子烂醉的街景。于是我又说：

"喔令歪谷粳。"

对方还是不理。他比划的方向似乎更明显，即指向路旁离水较远的一块石头。我们终于弄明白了，他是怕我在水边危险，一不小心成了屈原、李白。

我站起身来，在妻的搀扶下踉跄向路旁那块巨石走去，渐行渐远，人也清醒了。

不料我几番起卧，几度争辩，面红耳赤，狼狈情形，尽被旁观的儿子用相机全部摄下，还有几片断被流落网上，真是"无知"而"无畏"，令人"无语"。

其实，醉卧之时，心中清晰，脑际闪过李开先语："在朝言朝，在野言野；同一雁也，嘎嘎而春，唳唳而秋。"（《中麓拙对后序》）我戏想：在醒言醒，在醉言醉；同一人也，醒则清明，醉则胡突。此或即庄子的"混冥"之境。

古人多虑，曰："君当恕醉人。"醉人非"罪"，何须"恕"哉！思至此，酒意全消，心地坦然。有诗赞曰：

> 无端醉卧在清溪，巨石承身意态迷。
> 狼狈情形存摄像，任他颠倒是醐醒。

云岘宫与大院君

　　兴宣大院君李罡应是朝鲜王朝的执政王，因为他与当时的明成皇后政见不同，引发党争，造成内乱，然随着倭寇入侵朝鲜，特别是日本浪人要掠占国土，暗杀明成皇后，两人的歧异因外患而一笔勾销，共同演绎了一曲爱国的史剧。有关这一段史实，书中颇多记载，尤其是韩国电视剧《明成皇后》译介中土，我国观众也有了戏剧化的了解。

　　朝鲜王宫在今天的首都首尔，日本侵略的铁蹄践灭朝鲜于此，而作为末代王室的执政王，自亦生活于斯。今天要寻访大院君的旧迹，已寥寥无几，只有他所居住的云岘宫，还保存得较为完好，其中大院君议事时的场景，仍依旧时情形展示，给人以真实的感受。

　　与今存其他的朝鲜旧时宫殿相比，云岘宫最为简陋，不大的庭院内有两座较整齐的平房，颇似中国江南破落商人或潦倒官僚的院落。这院落虽然也曾不断地修饰过，但却没有任何雕梁画栋，和为迎合旅游的华丽装裱。或许，就根本没有什么人专程来此游览。

　　我刚到首尔不久，就从地图上查到云岘宫的方位，也标记了地铁的路线，估摸过路程的远近，纳入心中游观的规划。可是不知怎的，一直到冬季返国之前才蓦然想起这码事，当时没有伴侣，独自一人，在某晴日的午后，踏着消融的雪迹，披着嗖嗖冷风来到这里。

　　走进云岘宫的小庭院，眼前一片空地，错落地放着几口大酱缸，低矮的殿宇显得光线幽暗，门柱与窗木均已褪色，在阳光的照映下反而觉得静雅而古朴。院内以"三老堂"为主要建筑，分别是"二老堂"、"老安堂"、"老乐堂"，作为正殿的"老乐堂"稍略高崇，殿内安放的两排木制坐椅，正是大院君议事的地方。在正殿的匾额旁，挂有两副不知何人书写的联语，对仗工稳，喻义高远，可惜没有记下，忘了内容。因为在韩国景区游览，最不忍卒读的就是亭台楼阁上悬挂的对联，既不管平仄，也不讲对仗，甚至上下联字数都不相同，或者就是挂错了位置，所以看到云岘宫的联语，还是感觉到这里的文气。

云岘宫

　　庭院游人稀疏，偶有几片枯叶随风飘落。我当时坐在一廊庑间，品味着寂寞与寒凉。闲着没事，我端详了一番云岘宫介绍卡印制的大院君画像，好像与电视剧上的形象大不相同。说实在话，有时从心里嫉恨那些扮作帝王将相的演员，特别是大帝王，读史书时看到某帝某皇，头脑中就会反复出现这些"倡优"的模样，虽属荒唐，却大败了读书时的原汁原味。

这大院君虽非帝王，却也是赫赫一时的朝鲜执政王，姑不论戏剧的改写，和演员的扮相，仅是眼前这简朴的庭院，还是能令人油然而生些许敬意的。

在大院君执政时期，我想他应该都在这里办公、生活，只是很不幸的是，他曾被清朝宰臣李鸿章为调停其与皇后的矛盾，诓上了中国兵船，运到保定关押了一段时期，短暂地离开了云岘宫。相比之下，最倒霉的还应该是朝鲜末代皇帝高宗，他夹在两个强势者之间，即改革弊政的实施人明成皇后，与实际执政却持保守态度的大院君，而无所适从。他虽然住在豪华的景福宫，或宽敞的昌庆宫，也并不比云岘宫中的大院君闲适、洒脱。

离开云岘宫时，我将相机对准正殿的门楣留影，忽见一身着朝鲜古装的老妇在回廊间向外探头，被定格在影像中。她，也许就是看护这寂寥宫室者。

我走出宫门，在夕阳的余辉中踩着残雪，吱吱作响，仿佛听到一段并不清晰的历史回声。有诗赞曰：

> 云岘宫中大院君，蜗居末世建功勋。
> 同仇敌忾缘东寇，残雪音声脚下闻。

参访首尔的战争纪念馆

每个国家或者民族都建有他们自己的"战争纪念馆"，无论内战，还是外战，当年的"战役"血腥，已化作历史的陈迹，其中也不知是记载着"救人"的辉煌，还是储藏了"杀人"的罪恶。尽管各国"战争纪念馆"的设立或甲乙龃龉，心态轩轾，但其构建的思想主旨无不相同，就是采取对立统一之法，诚如俄国作家托尔斯泰的书名昭示：战争与和平。至于如何求得和平的"战争"意义，则又是各自诠释，别若霄壤了。

最令人困惑的是，这些诠释都披着历史的"衣裳"，虽或褴褛，却极真实，只是如果将当年敌对方的同类纪念的"物"、"语"加以比较观赏，真会使当今的人无所适从。

在韩国一年中，我游历参访的诸多"战争"纪念地，有两处的历史叙写最直接地颠覆儿时记忆，一是"仁川登陆"纪念馆，另一个就是位居首尔的战争纪念馆。

首尔战争纪念馆的构建宏大而雄伟，宽广的广场上呈弧形状树立着既整齐，又错落有致的当年朝鲜战争时"联合国军"参与国的国旗，在随风飘拂着的旗帜的掩映间，是平整、广大而庄肃的馆楼主体建筑。在主楼左右两侧，均有一类似掩体的通道，周遭铺陈着兼括海、陆、空的战争机器，都是一些过时的且锈迹斑驳的兵舰、飞机与枪炮，供前来参观的孩子们游乐之用。如逢上周五天气晴好，在中央广场上有展示韩国传统国乐、鼓乐、军乐的演奏，以及女兵队列的变化与持枪表演，这也是最具游乐性且吸引观众的"异化"战争的艺术。

说实在话，这些极度吸引人眼球的表演，虽壮观却并不能引起我的兴趣，相对而言，引发我心灵震撼的，倒是广场左侧的一尊名曰"兄弟"的塑像。这是在一硕大的球体上站立着两个荷枪的战地兄弟的雕塑，从他们的服装，可知是战争的对手，而他们环抱相拥，眼中饱含着泪光，表现出几许惆怅，几许期盼。据导游说，这塑像是根据朝鲜战争时分处一南一北两兄弟的真实故事创作的。

也许正是这尊雕像的指向，纪念馆虽然展示了如同参观说明书所言韩民族5000年抵御外侵、保卫民族尊严的"抗争史"，但数千年的历史犹如"速写"，简笔略过，而堪称浓墨重彩描绘的，正是那发生在60年前的"朝鲜战争"，也就是我国称谓的"抗美援朝"战争。

我作为一个"观者"，很好奇这里展示了与我相关知识库存全然不同的视域与史实，包括"三八线"与"停战线"的地理知识的差异，对"雄赳赳，气昂昂，跨过鸭绿江"的中国援朝自愿军，则被描述为中国百万军队化装成朝鲜人民军一夜间布满了北部的山头与林间，开始了一场声势浩大的"人海战役"。当然，这仍属各自对战争诠释的不同吧。不过，在我参观完馆内以实物与图片对这场战争的宏大叙写，站在夕阳斜照的空旷的广场，再次凝视那尊"兄弟"塑像时，心头感受到一种忽然来袭的人世间的悲哀与迷惘。

这是场爱国战争？半岛本来就是一个国家，显然不是；这是场捍卫民族尊严的战争？朝鲜是单一民族，各自捍卫，兵戎相见，也难自圆其说。

一幅画面通过电视的播放，深深地烙在我的脑际，难以剥去。那是朝鲜半岛政治和解过程中南北亲人的"互访"，一位韩国的儿子泣拥相别50多年的白发苍苍的朝鲜母亲，他一边试图用手抚平母亲脸上的皱纹，一边不断追问母亲家里的情况与生活的需求，当然通过他那祈求的眼光，可看到更希望老母语言的爱抚，以慰藉已超越半个世纪的孤独心灵。然而那位母亲用略嫌凝滞的眼睛望着儿子陌生的脸，始终就是一句话：我们的领袖真伟大！她脸上所有的兴奋与悲哀，仿佛全然是对这句话的图像化的诠释。再看儿子那张焦虑而木讷的表情，很显然生活在所谓"自由"而张扬"个性"社会的人，是很难理解那种超乎人伦之上的"伟大"与"神圣"的。

"春秋"无"义"战，孟子诠释曰：世人竞逐"利"。就战争言，孟夫子所谓的"世人"主要指当时逐"利"的诸侯王（军事寡头），因为，一当某人或某集团的利益凌驾于百姓之上，所谓"民为贵"只能是一种口号与欺蒙，爱国、民族也仅成为标签与装饰。

战争仍在继续，博弈者依然操控，因为南北"停战线"全称"临时停战线"，并无永久的国际法效应。60年来的风风雨雨，谩骂、威胁、挑衅、和谈，在不断地复制，首尔战争纪念馆究竟是回顾历史，还是诠解现实，或者展望未来，真的是不得而知了。有诗赞曰：

> 兄弟相残父母乡，行年六十待重光。
> 悲哉未识春秋战，义字当头说列强。

小憩月尾岛

　　旅游与休闲，是近年来生活水平渐次提高的人们才感受到的区别，前者匆忙，后者悠然，体现于"足游"与"心游"的差异。当然休闲之游需要具备优裕的条件，比如住房，倘若每天寄宿昂贵的宾馆，是不敢放慢脚步心游的。我在韩国一年之"游"，即可分为此两类，凡要寄居宾馆的，如南往釜山，东往江陵，或者更远的济州岛，属于匆忙的足游一类，而靠近首尔住地的京畿道，包括仁川周边的诸岛屿，乘坐地铁，选一景点，或名胜，晨发夕归，就有点休闲式心游意味。

　　仁川之地，居韩国西海之滨，与我国黄海相邻，群岛星布，是首尔居民假日休闲佳处。而作为"中国客"，对仁川的初始印象仅限两处，一曰仁川机场，规模宏大，居世界前列；二曰"仁川登陆"，属朝鲜战争那段记忆。我和W大中国诸教授的初次仁川之游，就是冲着"登陆"地而去，并未关心外岛景观，而为了不迷路，特意请了一位家住仁川的韩国女生带路，谁知她对"登陆"之事似乎不知，与她很是交流了一番，她才恍然大悟，说就在不远处的"自由公园"。

　　这公园是为纪念朝鲜战争时美国将军麦克阿瑟率部取得仁川登陆战役胜利而建，或许是纪念这位"洋人"将领指挥的这场海上包抄战的成功，其布局与建筑，均采用欧式风格，加上占地面积广阔，树木茂盛，到春天樱花开放季节，情色洋溢，确实是人们休闲的佳地。

在公园依山的一面，建有仁川登陆战役纪念馆，馆内分成多个展室，陈列了相关的资料与实物，并辟有影像室，定时播放介绍与当年登陆战役有关的场景。穿过馆内挑空的回廊，眼前呈现出三重多层石阶，缘级而上至顶端，则是一尊麦克阿瑟的铜像，立足于此再回望广场的旷视处，是为韩美建交100年而建的纪念塔，巍峨可观。

月尾岛美军仁川登陆纪念馆

人的好奇是无止境的，有时唐突，有时也合乎逻辑。参观登陆纪念馆后，自然想到当年实战的登陆地。可惜由于语言不通，尤其是领路的女生是享受"自由"而忘却"战争"的新生代，我们的这一要求没能得到回应，这一企望自然落空。

于是，我们沿着纪念馆的台阶顺势而下，穿过馆舍，绕行公园，望见不远处有一临海半岛，隐约可见街衢，及至，果有海鲜馆与咖啡店，众友择一优雅净洁处落座，又开始了品味咖啡时的高谈阔论。由于是文人谈战争，战争与文化又成了当时议论的话题。比如中国重"道"，属大陆文化，每多"海禁"，所以自古迄今著名战役多为陆战，而西方重海洋文化，海战尝为扭转战机的关键，如二战的"诺曼底"，朝鲜战争之"仁川登陆"……

说着说着，一阵强劲的海风吹过，天空飘起了细雨，初时淅沥，转眼朦胧。我们闲观海上雾气，远处货运艨艟，如山般飘移；近处飞舢掠过，似飞鸟低翔；岸边树立一排排的卡通人像，婆娑起舞，而店铺墙面满是涂鸦之作，原来这还是一个很有个性的艺术街区。

回到首尔，一查地图，才知道我们小憩之地叫做"月尾岛"，据说是岛形如月尾扬出海面得名，倘若在月夜，上下玄览，或许更是一番胜境。而考"月尾"一词，在中国古代诗人笔下多为时间概念，从"正月尾"到"腊月尾"皆是，却鲜有此空间形象。又因好奇，再让鼠标进"百度"一荡，竟意外发现当年麦克阿瑟仁川登陆地就是我们白天小憩的"月尾岛"。这又想到当时遍寻所谓的登陆地而不遇的尴尬，在恍然而惘然间蓦然有了点"失落"的快适。有诗赞曰：

小憩无心栖月尾，风烟海上忆当年。

将军麦克今何在，百度先知亦忽然。

勇走江华岛

儿子小时候喜欢看外国大片，我有时经过电视前也不经意地瞅上一眼，记得某片名叫《勇闯夺命岛》，惊悚而有力度。在语言不通的异国他乡，走城游岛，访古寻幽，虽无须用"闯"，更不必"夺命"，但勇气还是需要的，我在韩国的江华岛之行，则不乏贸然勇走的意味。

江华岛距首尔不远，是仁川地区最值得观赏的岛屿，这不仅源于自然风光，更在其人文景观，所以它是首尔居民"一日游"的常选之地。而游玩亦如治学，特别是异域"自由行"，首要是搜集文献，运用材料，然后加以整合，理出线路，才能纲举目张。从我至今还保留的当时的"备课"纸张来看，这次江华之行成为以后我们一年中遍游韩国诸道名胜的成功初探。

何谓初探？何言成功？夷考其法，实为两端：

一曰"按图索骥"之绘制路线法。

从首尔到江华，乘车由"地下"转"地上"，即由一号地铁线从"外大"到"市厅"，换乘二号线由"市厅"到"新村"，从七号出口往西江大学方向行百余米，转长途客车往江华岛。因为在熟悉的城市，地上公交最为便捷，而在陌生的都市，如我们初到首尔，最便当的交通工具就是地铁，直来直去，且有韩、英、中三种文字标识，每每地面迷路，一入地下，顿时豁然眼开，故常自嘲为"地下工作者"。

二曰"标识名胜"之中、韩"互文"法。

这方法很简单，就是找来两份地图，一韩文，一中文，相互对照，标出路线，如游江华岛，列出："江华历史馆——支石墓——广城堡——德津镇——草芝镇——传灯寺——燕尾亭——高丽宫址——海边"，然后将每一景点名注上摹写工整的韩文，无论是对照巴士站牌，还是指示出租司机，皆卓有成效，且屡试不爽。

然而，实践与理论也是有距离的，即使娴熟的纸上谈兵落实到纷繁复杂且生机变幻的现实生活时，又往往多有误差，或至有点捉襟见肘，显得狼狈。事后思量，我们江华岛之行的"误差"并影响游玩的质量者，大略有三：

首先是"歧路困惑"。人逢歧路，举步维艰，故杨朱有"失一步而误千里"之哭。我们从首尔新村上车，抵江华为终点站，并无龃龉，谁知到站以后，穿过一海产品市场，面前两条分道，既无标牌，又无大小之别，于是尊奉"从众心理"，跟随较多人流前行，结果漫行数里，腰酸背疼，耗费约一小时光阴，什么景点也没看到，游兴骤减，徒生焦虑。

因为不是公众休息日，好不容易遇上一通汉语者，询知岛内游览车停靠之地，待登车似可松口气的时候，第二个误差接踵而来，即"睁眼瞎"与"时间差"的困惑。飞车之上，根据手上的路线图，读"韩文"站名十分困难，有时刚看清韩文，急忙对照中文，车轮早无情地辗过，无奈之下，只得将我们的中、韩地名对照表给司机看，但又恐其驾车分神，只得择要相请，于是我们这趟江华之行，只游览了三个景点，分别是"支石墓"、"高丽行宫"与"传灯寺"。

支石墓是江华岛具有标志性的文物，共有150多座，分布几大集群，其中最大的一尊，矗立在广袤的草坪上，雄伟而壮观。据说这是青铜时代的遗址，其墓由巨石堆积，形如桌台，下端由两支石（支撑的石块）与两挡石构成，挡石因年代久远多已失踪，惟支石力撑上端巨石，看似摇摇欲坠，然却无怨无悔，巍然挺立，历千年而无惧色，这为其历史的时间神奇又增添了一种图像的空间神奇。高丽宫是11世纪时高丽朝王室为躲避（介绍材料说"抗击"）蒙古军的侵扰，从开城迁至江华，其宫阙虽谈不上宏大巍峨，然其内涵"王宫道义"，即仿效宋都宫阙建造，故其宫殿的后山又名"宋乐山"，表现出藩国宗室忠诚大宋王朝之孤臣孽子的坚韧心志。传灯寺建于高丽朝，寺中殿壁的雕刻与丹青，极为精致，而大雄宝殿对面高164厘米的梵钟，乃中国北宋哲宗朝铸造，其高超的铸钟技艺，保存完好，不似禹域之中，庙宇文物多毁于"文革"，今之宏伟殿宇多为涂饰而已，思此不能不生嘘唏。

江华支石墓

有此三大景致，观赏之余，第二重困惑已淡褪无痕迹。然则"行百里者半九十"，所谓的"归程困惑"成为我们勇走江华第三个误差，亦即算计"误差"。当我们蹒跚而至预期游览终点的海边，已薄暮时分，询问归程车次，或谓一小时一班，或谓两小时一班，或谓恐怕没有了。空耗不如果腹，于是我们面海而坐，吃海鲜，饮啤酒，在充实（实腹）而空虚（虚心）的期待间，反而有空余观览一番这海天世界了。

江华岛的海边是烂泥滩，海滨浴场也是"健身"的泥浴，似乎没有美景可观。可是正当我们慵倦地饮酒闲谈之际，一幅画面展示于眼前。但见一群从泥场沐浴出来的少年，像一个个墨团般疏密有致地慢行于海边大道，映衬着他们身形的海色与天空，正巧有一群白鸥在上下浮沉般地旋转翱翔，一时间构成罕见的黑白图画，犹如书法艺术那极品的黑白世界，同行的内子敏捷地抓拍了这一瞬间的奇异。

可预测的磨难和可承受的坎坷，给人只是希望，没有绝望。"今宵酒醒何处"？是车返首尔，还是露宿江华，对当时的我们，真是个未知数。有诗赞曰：

> 寻图索骥绝韦编，支石撑开故国天。
>
> 燕尾离宫相对峙，江山黑白一灯传。

长峰岛

　　长峰岛是我居韩一年登临的最后一个小岛，位处该国西海诸岛群之较远处，是韩国友人开车前往某大些的岛屿，再乘船前往的岛礁。后来在地图上寻找，发现此岛据我离韩后次年朝鲜军队炮轰之延坪岛不远，如果时光倒流，我们或许会绕道延坪岛一游，去享受那种"驴友"寻求探险刺激的快适感。

　　因为将要离韩返国，友人为抓紧招待客人，其意图是带我去一般外国"游者"不游之"处"，这些地方多属无名之地，不像日本客疯狂追寻的"南怡岛"，中国客所向往的"济州岛"，这没有什么

长峰岛

名气的长峰岛，正是这"不游"之"游"的一次选择。

说起韩国友人（以下简称韩友），其实是我中国友人的友人，他的妻子是中国人，所以对中国人有着"袍泽"般的好感与热情。这位仁兄的职守，是一极有权力又有趣味的工作，就是在仁川机场专门检疫"珍稀动物"进出口，他是该部门的负责人。也正如此，他所接触和交往的朋友，又多是与"禽"、"兽"为友之"友"，相当生猛朴野，他引导前往的岛屿同样是访"友"之旅，其天然趣味，已揣测可知。

如果要我用一个字概括此游与他游的不同，那就是"野"。

胪述其要，略有三"野"：

第一是"野味"。这位韩友仁兄此行挈妻同行，邀我来游，其一主要目的实为"打秋风"，与他家人共同品尝野味的。韩友之友正是一位贩运飞禽走兽的生意人，居此野岛，不仅享有"海味"，亦多藏有"山珍"，于是在一破旧的竹制凉棚下，设筵开席，大快朵颐，许多煮、烤之物，均在我平生食谱范围之外，甚至超出了知识范畴。韩友不懂汉语，他妻子成为我们交谈的译员，然在戏谑中，韩友不时地对其妻冒出一个汉语词汇：放屁。而其妻并无愠色，且笑着向我们解释："他只会这句中国话。"这使我想起有书记载钱锺书为某友开外文书单，一下开出几十种国外"淫书"，而据说他上课时也最擅长讲"洋荤话"，也许学外文一些坏话最易入脑，而戏谑荤话掌握得越多越娴熟，也就越渊博。不过，我这位韩友对他说的汉语的真实意思，恐怕是不甚了然的。

吃罢野味，也就进入了二"野"，即观赏"野景"。长峰岛游观的最大特色就是没有特色，尤其没有人工建造的景致，包括可供参观的历史遗迹。然而它处处都是历史，处处都是自然，处处都是没有纳入旅游手册的奇丽景象。这里有无人涉足的海湾沙滩，绵柔清澈；这里有不知名的岛礁岩石，奇形怪状；这里有茂密的丛林和婉转的啼鸟，还有掠空而过的鹰隼和跃浪而起的飞鱼，一切是那般的朴野，那样的自然。

而这种感受，又全然归功于这位不通汉语的韩友赠送给我与同行者的第三"野"，即"野游"。按照常理看，这仁兄真不通"人情世故"，带我们游岛，至少要尽"导游"之责，或者通过"译员"介绍一些景点与历史吧？谁知他一上岛就放野，随我们自游，他也跟着，一忽儿蜿蜒小道，一忽儿披荆斩棘，一忽儿踏浪踩沙，一忽儿攀石跨岩，或快走如兔奔，或慢行如鹃步，漫无目的，貌似随心所欲，实乃"无心之游"。

嗟乎！圣人"无为"，至人"无梦"，游人"无心"，天下大治。

真怀念这次野游，在毫无名气的长峰岛。有诗赞曰：

> 野趣野餐作野游，长峰岛上伴闲鸥。
>
> 人生乐在非人处，禽兽无知适自由。

佛卧太宗台

刚过一年一度的釜山电影节，我们利用课余休息日来到这亚洲影视圣地，喧嚣后的宁静中还保存着几天前繁华的留声，横亘海湾与都市间的拉索钢桥上璀璨的灯火和悬挂着的卡通影视形象，在雨色的黄昏是那般的炫惑、迷离。从当晚抵达釜山时的初次印象，与韩国北方的首尔相比，感觉这南部的海滨城市因受太平洋暖湿气流的影响，显得光鲜而温润，功利快捷的生活脚步在这里略有迟疑，而更倾向于一种艺术化的"纸醉金迷"。

人们常说触景生情，然而对一个异乡"游者"来讲，则往往是缘"情"选"景"。据旅游图示，釜山景点很多，如造型独特且繁华热闹的新世界购物城，鱼龙曼衍且目不暇接的札嘎其水鲜市场，树立高崇灯塔而光耀全城的龙头山公园，精雅别致而创意独特的迎月岭美术之街等等，虽偶然经过走马观花，则非当日同行三人"情"之所钟，因为我们是同声相应的"自然"爱好者。于是我们选择的游览线路有二：

一则"山行"，观赏金井山城，礼佛梵鱼寺；一则"水路"，远足釜山从海云台到太宗台的数十里海岸线。

所谓"仁者乐山，智者乐水"，或许缘自教师职业的"天性"，行"仁"未易，授"知"本分，大家又是同气相求，选择了水路。

然而"游"亦有别，有"行游"，有"坐游"，从海云台到太宗台，迤逦十数里，虽途经美景，也是浮光掠影，未能由"景"酬

"情"，所以于我印象深刻且有了神驰意扬的当下心境，还是到达太宗台后的"坐游"。

太宗台

太宗台与海云台、松岛海边圈构成釜山沿海游观的三大区域，其中太宗台景色最为神幻。而太宗台"造化钟神秀"之地，又在沿着"影岛海洋文化空间"馆拾级蜿蜒而上，复由其瞭望塔顺阶迤逦而下到达的神奇巨石：神仙岩。

神仙岩前有一经过诸多曲折断层的石垒而延伸到海中的石台，约有篮球场大，也许这正是"太宗"台名称的真实由来。但观台基平整如镜，临海处有一人形石笋，名曰"望夫石"，也不知是套用中国古老的神话，还是确有一个真实凄美的故事。如果说用"难以言表"来说明当时所见之景境与瞬间感受，那还不如"得意忘言"为好。

回到当时的情形，我们同游者不约而同地席地而坐，一会儿变为仰面而卧（实为"躺"，不雅），成了鲁迅《阿长与山海经》里说的"大"字形，"坐游"旋即改"卧游"。

这一卧，竟不自觉躺了近一个时辰。

因此"卧游"，我们才看清了神仙岩积结着"红"、"黄"、"黑"、"白"、"蓝"的断层奇景，仿佛诉说着亿万年的沧桑与沉重；而遥眺远方，海天一色，意趣浑茫，时值秋季，旷视高朗，心境与天境相对映，蓦然间有种澄彻肺腑的感觉。同行者某曰：人生至此可休矣。此类似古人"归欤"之叹，说的也是，青年人闲对谈理想，上了年纪则喜欢说归宿。我当时正在韩国注《庄》，故应声成句曰："佛卧齐天阔，心斋远象恢。"

由于我们是卧观，那站立的望夫石俨然像一尊卧佛，彼此相对，物我两忘，何尝有什么"独有宦游人，偏惊物候新"的"客心惊"之感受？

中国学术，儒、道为最，然无论谈伦理，还是说自然，均"道"在即"身"在，何辨"本土"与"他乡"！我居太宗台上，在异乡，在秋季，俯瞰映天之海，仰观映海之天，真切虔心，喟叹天国的美丽，当然是一"游者"活泼泼的生命面对。有诗赞曰：

道在身存话太宗，海天一色意从容。

高唐梦里寻神女，异国他乡卧佛踪。

眺望独岛

　　游釜山沿海风光带，由东国大学B教授陪同，行至观景台高崇处，B教授遥指海域东方隐约所见之岛礁说："那是郁陵岛，在它的东南方还有一个岛，就是我们的独岛，日本人称竹岛。"我当时也没太在意，只是在遥眺中仿佛有所见。

　　然而B教授兴致甚浓，继续独岛这个话题。

　　我们漫行在海岸的铺石小道上，边观景，边听他喋喋不休地神侃独岛。例如独岛的历史称谓，曾叫三峰岛、可支岛、于山岛等；独岛的现实方位，是位于韩国最东端而毗邻日本的地方；独岛的自然地况，是一个由岩石组成的火山岛。至于独岛的归属，他说日本对此岛有野心，不承认是韩国的海疆国土，所以他们称之"竹岛"，真是荒唐。说至此，他脸上颇有愤愤之意。

　　我插了句嘴，意思是领土问题从来没有定论，都是强者的话语。

　　此语一出，立即引出B教授对独岛历史的回顾，也引发了韩国教授特有的考据癖。

　　他说早在新罗时期，由郁陵岛、独岛组成的海上山国就明确了归属问题，历史有着"山国归属新罗"的记载。至朝鲜时期（1392-1910），《成宗实录》记述了金自周对独岛形状进行的考察与描绘，时称三峰岛，至1881年正式改称独岛，而使用这一岛名划分行政区域者，是1906年郁陵郡守沈兴泽，1914年独岛又划入庆尚北道。

既然历史清楚，现在独岛又归韩国实控，日本人争夺名誉权的理由是什么呢？我问。

这根源在"壬辰倭乱"，他回答。

所谓壬辰倭乱，即日本入侵朝鲜的战争，自此，日本渔民频繁出入独岛附近海域捕鱼。虽然其间有安龙福东渡日本，商议并确定领土归属，日本政府曾确认郁陵岛、独岛归属韩国，并禁止日本渔民继续来此捕鱼，但进入20世纪上半叶朝鲜半岛沦陷的日据期，韩国主权尽失，何谈独岛。直到1945年半岛独立，才得到实控独岛的主权。而现在韩国仍有警卫队驻防岛上，且成为旅游观光胜地。只因岛礁面积与资源有限，同时防止游者与垃圾破坏自然生态，韩国政府规定民众观光，每天不能超过1880人，而且每艘游轮需配两名郁陵郡厅公务人员全程陪同。

遗憾的是我没有安排空余时间，否则也想提出申请，前往韩国人骄傲的"独岛"逛逛，享受一下那种由屈辱换来的自尊。

壬辰倭乱，曾毁坏了朝鲜王朝的宫室，奴役过韩国民众，给这个国家留下了深刻的印记。而联想到中国内地、港台地区连续不断的"保钓"（保卫钓鱼岛）活动，保钓人士常被日本警察戴上手拷，遣送出境，而一些报章还在欢呼"一次次成功的保钓"。没有"实控"，靠几艘军艇或"海监"领着若干渔船，捞上一把，游弋一番，又匆匆离去，宣示主权，也不过形同儿戏罢了。

韩国人实控独岛给日本带来的不爽，为中国人因为日本人实控钓鱼岛而心中的不爽，着实出了口气，这也许是冥冥中韩国对我这个曾经居韩一年且曾眺望独岛的"客座"之人的回报吧。有诗赞曰：

> 独竹音差两国殊，悬观海上岛礁孤。
>
> 君家实控安能侮，敢笑垂纶大丈夫。

冠佛岩与桐华寺

从首尔到釜山，途经大邱，住一宿，晨起购得市内交通联票，作"一日游"的自由行，这既是韩国城市旅游的特色，也是最为节俭且便当的。

大邱属庆尚南道，旅游景点很多，自然文化遗址当数不老洞古坟群居首，登临极目当数八公山为最，此与中国淮南"八公"山同名，不知何故？大邱八公山虽没有淮南八公山拥有淮南王的名声，以及那遐迩闻名的"豆腐宴"，但就景致而言，却绝不逊色。限于时间，我们没有登临兹山的绝顶，然作为其山脉，颇多景点值得回味，其中两处与佛教相关的游历，即冠佛岩与桐华寺，无论是自然景观，还是人文气象，都是值得称述的。

冠佛岩居群山叠嶂间一并不起眼的山峰，沿着溪谷向上步行约一小时至顶端。本来我们并不准备登顶，因为也不知道山顶是什么，所以只想徜徉于溪谷山道，一边观赏秋枫红叶，一边穿游路途庙宇，动则摄像，静则礼佛，以休闲为优游。当我们行至半山，只见大批游客一味攀登，绝无半途而废之意，还有很多比丘与比丘尼，络绎而上，逶迤而下，面容清肃，使我们不自觉地被"裹挟"而上，登得顶时，已是气喘吁吁，大汗淋漓。

这是群峰对峙中的一座峰巅，虽非绝顶，然登临其上，环顾周遭景象，绝佳，心忖不虚此行。所谓岩顶，是一天然石屋，有数百米广，十数丈高，上有巨大飞檐，遮蔽石屋，屋内依天然岩石凿成

一尊巨型如来坐像，旁有石匾题曰：世界和平佛。许多登山之人，
不及稍息饮水擦汗，就跪卧佛像下，喃喃有词，顶礼膜拜。

冠佛岩

我很奇怪，佛尊有名，或如来，或阿弥陀即可，此谓世界和平
佛，颇有新意。

无独有偶，游至桐华寺，也遇上类似情形。

桐华寺据说供奉有释迦牟尼真身舍利，与当地收藏有高丽时
代初期雕刻的《大藏经》的符仁寺齐名。该寺地处山峦叠翠之间，
有一天然洼地，傍山势依地形而建，故殿宇层递叠映，错落有致，
其间多拱桥流溪，隐然于参天古木间，似一天然公园。在佛寺大殿
的背面，建有一弧形大广场，围墙用大理石筑成，上面依次镌刻有
各国祈愿和平的文字，而广场中间矗立一巨大镀金铜佛，与佛堂
大殿相对。再观其题名，大殿曰"统一祈愿大殿"，佛像则曰"人类

和平大佛"。

其实，韩国人民族性极强，国民性亦倔，但其常能于"小"中见"大"，时常不忘人类或世界之和平，真是令人感动而欣慰。有一次某电视台做访谈节目，国内某军事专家论朝韩问题，言及朝鲜先军路线，厉兵秣马，眉飞色舞，且以不齿的口吻说韩国青年只知花前月下，卿卿我我，不堪一击。

我愕然，此君所言或是，其心可诛！

平日学生或问"善恶"，我尝言："荀子曰恶，韩李囚死。孟子称善，名尊亚圣。世皆有恶心，惟能望其向善耳。桓谭书云，汉宣帝时公卿相会，有丞相谈枭子食母乃能振翅事，为朋辈厉斥，不能掩恶扬善也。君子之德，以长者仁人之心爱人，欲其为善，故必言善。"（详见蒋晓光《学记》）

心善，则行善；行恶，缘心恶。韩国人称谓古佛尊以新名称，佛心慈怀，悯人悲天，于我心有戚戚焉。

因思佛者，觉也。冠佛岩与桐华寺的佛陀造像以"世界和平"为愿景，是良知，是觉悟，是人类应有的同然之情怀。有诗赞曰：

桐华冠佛化成身，世界和平觉悟真。

善恶分明心意度，游人膜拜种前因。

内藏山观枫叶

相约内藏山，是为了观赏最美的秋天枫叶，就像相约雪岳山，是为观赏其最美的冬季雪景，都是韩国具有代表性的景观，令人神往。而旅居此邦的我们，也不愿错过这时（季节）空（地区）交织的美丽，约定十一月上旬到内藏山，十二月下旬赴雪岳山，不料因我返国开会，内藏赏枫活动延宕至这个月的中旬始克成行。

内藏山位居全罗北道，亲历其地，方识"内藏"之名，缘于景境。从来为山命名，视角或多，甚至一山多名，如离我祖籍桐城不远的天柱山之名，缘于顶峰山形若柱，属标志性视像；兹山又名"南岳"，为汉武帝南巡所封，缘于区域所在，后衡山夺南岳名，此山改称"小南岳"；而更有一名，同于郡县之地，曰"潜山"，拟状景境，最为形象。考察其地，入山门不见内含诸峰，行且至半，主峰仍"犹抱琵琶"，到得近前，始瞻真容，"潜"隐之妙，恍然悟得真意。

"内藏"之美，亦类此"潜"字，观其藏山纳气，变幻风云，尽在其"中"。

我们初入山时，只有一绵长狭谷，树荫遮蔽，野草丛生，行至道半，忽见山间一片水域，波光粼粼，白鸥远逸，境界始开。转过水域，有一若水榭般的庭院，乃白羊寺，背山临水，清雅如世外桃源。而渐行渐深，迤至此间庄严圣地内藏寺，但观远处苍山明灭于云际，近前壁崖耸峙，千峰竞秀，始识"藏"之妙趣。而回望来时山门，如盘旋之栈道，迤逦而不见其首尾。

人之初衷，往往为历境所蔽，由于我心中有"藏"，期待渐入佳境，忘记此山有"丹枫走廊"之誉。这里不仅有高大如冠盖的大枫树，而且还有许多叶小而色赤的小丹枫，放目丛林，火红如丹，漫行水边，影如赤帜，自然壮观。可惜我们误了时节，树上枫叶已落去十之七八，然因落红遍地，铺积如毯，谓之"丹枫走廊"，若远观而不近玩，倒也差强人意。

同行诸人，似乎蓦然省悟，开始追逐"内藏"之"红"。大家或寻觅于地下，或猎奇于树上，同行来自山东的某君，见一枫树尚存赤艳，腾身作猿猱状，攫取片叶，满心欢喜，孰知行不多远，发现囊中手机丢失，即刻返归腾跃处，但见叶乱草荒，遍寻不获，只得随众往深山而去。

归途，约至该处，某君再遍觅草叶间，仍不得。我随后，忽一脚踢出一物，俯视即某君手机，众皆惊奇，叹息有心不获，无意得之的人生妙谛。

出山门时，有一摄影广告牌，为内藏山形与枫林如丹之景，不知出何心态，我用相机翻拍一张，归置电脑视屏，全然乱真。

我心想，有时"自欺"并不"欺人"。有诗赞曰：

　　　　人生得失费思量，枫叶如丹落地荒。

　　　　山势有无云影变，天光水色识行藏。

踏雪佳陵镇

　　冬季的首尔，除了高楼，无所观赏，惟独雪景，倒使我这久居南国之人感到赏心悦目，或者可以说，冬天的北国风光，惟有雪才能点亮这个世界。于是在课务结束后的严冬，期盼下雪，雪至踏雪，在白茫茫的天地中留下脚印与声响，成了我们户外活动最快乐的主题。

　　人之忙碌，往往是没事找事，人的快乐，实质也是"找乐"。宋代有位尼姑作《悟道诗》说："尽日寻春不见春，芒鞋踏破陇头云。归来却捻梅花笑，春在枝头已十分。"这固然是先圣"道不远人，人自远尔"的形象诠释，但换个视角，从人生的实践体验来看，倘若没有"踏破"的艰辛，恐怕也会对院中梅花熟视而无睹，"枝头"春景，即使烂漫，也只能是想"一夜成名"之懒汉的虚幻美梦。

　　盘算一下我在韩国的"找乐"之法，户外游观居首，而其一年居处，游观过程，则为一大循环：初始陌生，未敢远足；环境熟悉，则纵横捭阖，遍历其境；至岁末冬至，万木萧疏，且归心摇动，故失昔时放纵之心，转为近游。所以首尔附近的京畿道之小城小镇，成了我们冬游当然包括"踏雪"的佳丽之地。

　　说起"踏雪"，也有两类：一是见雪而踏，以踏雪为游，其乐也；一是出游遇雪，不期而然，踏雪而归，其乐尤甚。

　　某日，往京畿道议政府游访，平凡城市，殊无特色，加上朔风阵阵，气色阴郁，兴味索然，转乘车往近处一小镇，仅两三条街道，房屋以木质结构为主，尤多咖啡店等休闲处所，一查地图，曰"佳陵镇"。正当我们漫行路上，骤然间大雪纷飞，一时间遮蔽了远山，丰满了枯树，涂饰了整个街区。而我与同行的几位友人，在惊愕之际，相对而望，不禁大笑，原来人人白雪盖头，银珠挂眉，活脱脱一副天然寿星模样。

也许是属于我所说的第二类踏雪，突发性的景象带来的突发性的快感，不仅使我记住了这次遇雪的经历，也记住了并不闻名的佳陵镇。因为我们在夜色中迈着略嫌疲乏的脚步踏雪而归时，心境则是那般的透彻、澄明。

回到学宿，兴犹未尽，成小诗云："诗人兴会不难寻，朔气寒侵步雪深。眉挂银珠天祝寿，相知最乐白头吟。"并即刻从网上发给同游者，某君的回复是：最喜欢末句，即"相知最乐白头吟"。

某君年事稍长，回国后即准备办理退休手续，她对诗的理解与赏析，自有岁月蹉跎且人情共有的沧桑之感，然而我们都应该记得，这句诗的得来，则是那真实的瞬间神奇。

人生有无数的瞬间，我喜欢古人灞桥风雪驴背上的记忆，当然更喜欢自己的风雪中之一瞬，属于首尔不远处的佳陵小镇。有诗赞曰：

> 相知最爱白头吟，踏雪佳陵夜气深。
> 何必归途寻旧梦，人生得乐自开心。

又到大田作旧游

友人的友人从东北嫁到韩国，就业生子，居家大田，邀约友人来游，友人复邀友人，于是在夏末的某日，我们计五人同行，晨兴从首尔出发，乘快铁前往，上午十时即至。

同行的五人中，惟我曾于十年前到过大田，此游堪称怀旧之旅，所以车行途中，眼观匆忙越过的外景，心中更增添一种难以言述的滋味。

记得是1999年的春季，我因友人Z教授的荐举，应地处大田的韩国忠南大学校的邀请，参加某届"东方诗话学"学术研讨会。在这次会议期间，给我印象极为深刻的有四件事：

一是韩国人对学校的称谓很怪，如我们全称"南京大学"，简称"南大"，而他则称"南京大"，以"大"为结束字，如"北京大"、"上海大"、"汉城大"、"忠南大"亦然，皆省略一"学"字，不知是何语词习惯？

二是大会主持人宣布我上台报告论文，将我的服务单位误为"湖南师范大学"，同校Z君不知出于爱校，还是惠我，当场提出"抗议"，并予纠正，而湖南师大治诗话颇闻名的某君亦接踵戏说，谓我学攻辞赋，今论诗话，算湖南师大之人亦可，言下之意，该校治赋有马积高，治诗话有他，"误"入其校，似天经地义，不算喜，亦不算冤。只是自己未曾料到，在这会上被作为"人才"口头地引进了一回。

　　三是我在会上提交的论文是有关明末许学夷《诗源辩体》的研究，后刊载于韩国《诗话学》，国内未曾发表，其影响几乎为零，不料又因Z教授推荐，复旦某博士毕业论文作此研究，得以引述拙文，且予高度评价，幸与不幸，亦尝取决于"人"为。

　　四是会议期间组织游览大田"世博会"旧址，后与上海世博会址比较，微乎其微，而当时则觉得博大而壮丽，况且也因此游而始知"世博"之名。

　　这些细事，当时并不注意，反而于十年后的记忆中清晰起来，在从首尔到大田的列车上，伴随着眼前不断退去的窗景，一幕幕地在脑际浮现。

　　正因如此，我与几位同行者又不同，此游有两个大田，一是记忆中的大田，一是现实中的大田。两者有叠合，例如参观"世博"旧址，那时空的交错将景物立体化，使我一时成为同行者中最喋喋不休的人，因为这似乎是我的"旧学"。而攀登大田地区海拔最高的"鸡笼山"，则属于"新知"。与友人登高，初始无声，因为寻找路途，渐入佳境；继而谈笑风生，源于潜行山间，无景可观，以此取乐；再则默然无语，汗流浃背，气如牛喘，希望与失望相错而生，每当至此，则已接近绝顶了。

　　鸡笼山景虽美，但与他山无异，无非茫茫云际，近峰虎踞，远峦龙盘而已。只是当时登山忘了带水，至山顶已口干舌燥，下山途中心如火燎，一直到山下才发现一自动售货亭，赶紧投币得一瓶冰镇葡萄汁，一饮而尽，爽快无比，这一豪饮，竟成为此次大田行的最具快感的印象。以至回到首尔后，每每于超市中寻找购买这种葡萄汁，视为佳酿。

　　大田之游，最不可思议的是再访忠南大学。当时天色已晚，众皆困乏，均被我一种莫名的思念，"裹挟"而来，后来想起，真仅为了一点自私的印象和记忆。在夕阳映照下的校园，那居于高地的校舍楼宇，斜坡的绿茵草地，以及散立在草地上的诸多雕塑，与十年前没有任何区别，物是人非，正是两种不同体性之"生命"不均匀运动的结果。带着某种记忆的视觉差，我站在一水塘边，背衬绿地与楼群，拍下了一张现实留影，毫无特色。古人怀念故乡，常多怨恨之词，我徘徊"客游"之地，其情其景，真有点不知所云。

有趣的是，大田游观是我们少有的一次不依赖公共交通工具而行的经历，游程全仰仗主人有一辆类似国内"奥拓"那样的微型小车。本来这种小车一人代步，或加乘一人，亦轻便利索，不料主人盛情难却，一车载了六人，赵君腰身充实，坐副驾驶位，后面两男两女，犬牙交错，塞满了后座。上车时要顺序堆叠，下车必松动一人，然后方可依次钻出。正是这在用力加油时带着呻吟声的小车，竟然奔驰于大田的通衢旷野，无所畏惧。某次到一公园门口，几个守门的韩国男子，不起眼地瞥了小车一下放行，谁知当看到车中鱼贯而出六人，且不乏彪形大汉，那班人的一脸惊愕状和"哇哇"的叫声，真令人忍俊不禁。有诗赞曰：

轻车重负大田行，旧梦如烟忆客情。
莫怨江山空地色，人非物是话前程。

夜宿公州

　　离大田不远的旧城公州，是古老的百济首都，后于公元538年迁都相距未远的扶余，到公元660年被居庆州的新罗与中国唐朝组成的联军（合称"罗唐联军"）攻陷而导致百济王朝之灭亡。或许是这段远古的屈辱历史，特别是"国立公州"和"国立扶余"两个博物馆所展示的实物与文献，给我们这趟行程笼罩了某种具有英雄末路式的辉煌而苍凉的情氛。

　　这种情氛在参观两个场景时最为突显。

　　公州博物馆中专辟一室，展示了"武宁王陵"出土的文物。

　　武宁王是百济第25代王，他曾以其睿智和英明创造了百济时代的辉煌，在公山城、熊津城等圮败的断壁残垣与构造雄壮的城池间，似乎还能感受到那无声的魅力，和掩埋在泥土中的温情。这座陵墓正是武宁王与其王妃的合葬处，1971年因地方工程队进行宋山里古墓群排水改造，而被发现与发掘，其中出土了诸如金冠、玉簪及地契等数千种文物，也揭出了一段韩国人引以为荣的历史。

　　介乎公州与扶余间的扶苏山，虽然没有任何记载来证实我的好奇的猜想，即此"扶苏"名与秦公子"扶苏"有何关联，但我登其山而临其境，总感觉到某种相同的冤屈与幽怨之气萦回于山峦云雾间。

　　在扶苏山的周遭与林径，环绕而隐显着古旧的半月城池遗址，这里有为当年卫国捐躯将士建立的"三忠祠"，而在半山腰的地方有片焦黄的石壁与斜坡，传说是因战火焚毁的"军仓址"。沿着悬崖陡壁下行至白马江湖畔，途中有座百花亭，却记述了一个凄美的故事：当年罗唐联军焚烧百济王宫后，追杀到扶苏山中，有3000名百济宫女躲藏其间，面对强敌，她们最终在号天饮泣中，投江于此。我想，过去有八女投江的故事，闻者已是怨情鼎沸，而此千女尽没于一瞬间，又是何等悲壮惨烈！国之兴亡，宫女何辜，岂不闻南唐后主幽禁北图，尚有"垂泪对宫娥"之叹息，然则百济宫女如此"声势浩大"的投水尽没之传说，也算是这半岛居民在长期憋屈中抒写的神话吧，其间蕴涵的刚烈秉性，存留至今。

走出历史的"神圣"与"阴影"，游览车驶上了一条宽广且笔直的马路。据介绍，这条路长十数里，两旁全是银杏树，是此间旅游的重要景点，谓之"银杏大道"。遗憾的是正值盛夏，倘遇上深秋，再有夕阳的映照，那又将是何等壮观的金光大道。

在大道将尽的转弯处，有幢小楼，是我们预约的夜宿地。

这小楼面临一水塘，夜多蛙鸣声，楼边有一高坡，上置立一凉亭，可供游客品茶、饮酒、聊天，或遇晚晴赏月，观云破云掩，倒是天然惬意。楼舍共分三层，底层为饭堂，供游人茶饮、饭食与游戏；二层为客房，多隔间，无床凳，地上堆有厚厚的棉被，任客人择地而卧，是典型的韩式旅宿；三层为主人起居处，店主好像家有三人，儿子正上大学，是个宅男，自我们下午入住，到第二天上午离开，一直没见到他下楼，而店主夫妇倒十分勤快，起早息晚，把旅馆打理得生意红火，给客人一种闲雅安适的感觉。

趁晚餐的时候，我们打量了一下店主夫妇，发现反差太大，老板粗壮肥硕，浑身油渍，如"屠夫"状，老板娘却纤弱清丽，一尘不染，似"娇娥"型。记得我当年插队山村，相貌平平的村民某倘娶一美妇，总有人不无嫉妒地戏曰：世上只有颠倒配，不许美人匹美人。面对眼前的旅店夫妇，发现这也不仅是我国独有的"乡情"，当是难知"阴阳"的人类神秘经验？当然，而今谈"文化差异"，说"文明冲突"，或许"反差"即"绝配"。说真的，当时看到他们在锅灶间忙碌的身影，和相敬相爱的"呢喃"交流，不能不令我们的"客心"产生些许的艳羡。为了记录下这一幕，我们邀请店主夫妇留下了一帧珍贵的合影。

在公州的小旅店之夜，我也记不清做梦与否，只是好像在朦胧中，老板夫妇与百济将军、宫女纠缠在一起，那种时间与空间的替代，感觉很累。

第二天清晨，粗壮的老板叩门而入，边比划边说着我们听不懂的话，正在大家纳闷间，他忽然从衣袋里掏出纸与笔，写下两个颤抖但却劲健的汉字：朝食。

《诗》云："驾我乘马，说于株野。乘我乘驹，朝食于株。"（《株林》）这古雅词语，像文化遗址，像隔世恐龙，使我们这班教国语的人心为之震动，一下颠覆了昨夜对老板粗鲁的印象。带着些许的愧怍，我们胡乱"朝食"了一番，匆忙上路，离开了公州，离开了那个夜晚。有诗赞曰：

> 千年百济武宁王，曾几何时即败亡。
> 惟忆公州明月夜，一声朝食去匆忙。

南怡岛

　　一部韩剧《冬季恋歌》引发了南怡岛的旅游狂潮，只因这里是该剧的主要外景拍摄地，而这个距首尔60多公里夹在北汉江与清平水库间的弯月形小岛，据说每年要吸引170万游客的光临。尤其是日本观光客，蜂拥蚁附，几乎包下了由首尔仁寺洞发往南怡岛、春川的游走线路，连当年追星的小泉首相想见该剧男主角姜俊尚的扮演者裴勇俊一面竟未果的消息，也见诸报章，对这种迷狂自然起了推波助澜的作用。大约是由日本的热捧转往中国，这狂热也很快席卷了中国的家庭，我在去韩国客座之前，就早闻"南怡"之名，实缘此文化传播的效绩。于是居韩期间的游历图，自然为此岛画上了浓重的一笔，经过半年的期待，等到迷恋该剧情的内子暑假探亲来韩期间，终于成行。

　　我想如果没有这部电视剧，也许我们不会来南怡岛，到了南怡岛，我又想如果没有该剧，也许南怡岛更美，当然这前提是南怡岛本来就很美。

　　南怡，是个充满个性的小岛屿。

　　在以往的亘古岁月，它仅是周长5公里左右的无名小荒岛，因纪念早在1468年仅活26岁的南怡将军，表彰其功勋卓著，故以其名命岛。到了1965年，岛上有位原住民，据说名叫闵炳焘的人，他在这片荒凉的沙土上种植了第一棵树，后经几十年的经营，渐渐使这荒岛成了闻名遐迩的生态乐园。

说起乐园，在南怡之岛至少有三重意义：

一是自然乐园。当你踏上小岛，就能看见一排排的参天树木，特别是夏季来游，荟荟郁郁，但见小鸟婉转啼鸣于枝头，松鼠往来蹿伏于树间，徜徉其境，自能捐尘累而忘忧苦。

二是童话乐园。在岛上，设计者不仅借助自然景境，创造了一种生态童话，而且通过各类雕塑与主题公园的构建，颇为群童所喜所爱，成为韩国京畿附近最具吸引力的以儿童为中心的家庭休闲之地。因此，该岛参与联合国儿童基金会的各项活动，用其门票等收入举办每年一度的世界儿童图书节，是世界最高荣誉的儿童文学奖"安徒生奖"的主要资助方。

三是艺术乐园。南怡岛每年定期举办有70多个国家参与的世界青少年艺术节、亚洲民族音乐节等，而每周都安排各类的演出与展览，吸引了全球艺术家的关注与参与。正是这个小岛，被打造成代表韩国的文化艺术观光胜境。

当然，南怡岛最有个性的地方，还是在于她是经过国家注册，"被"成为一"独立"的国度，全称"韩国南怡共和国"。2006年的某一天，岛主以想象大于现实的手笔，发表了南怡共和国"独立宣言"，自此，她全然以"国家体制"在运作。既然是岛国，就有国旗、国歌、国币，并发行护照、电话卡、邮票等，该国创造性地统一了文字，是使用类似中国纳西族的某种象形文字。而在岛上居住的国民，均持有公民证书，或许算一被游戏化的"绿卡"吧。至于我们这些"游者"，需办一临时护照，也不要贴照片，只是购门票时象征性地发一张，并盖上岛国专用章，就算当下岛民了。

岛上风光，除了诸多专题人文体验馆，如摄影、绘画、集邮、影像等，更有意义的在于整个小岛就是一个自然体验馆。这里植被丰盛，其中以水杉、银杏为主，分春、夏、秋、冬四季，景色各异，尤其是秋季银杏长廊的金灿辉煌，冬季万株水杉经冰雪装点如锋锷指天，俨然是岛国风光的自然品牌。

然而这一切都被《冬季恋歌》扭转了方向。来此旅游的人们，他们所关注最多的是该剧拍摄的纪念馆，而剧中男女主角的一笑一颦，一泣一拥，均成为游者观摩"圣地"。许多地方设有男女主角雕像，或纸做的空脸人形，让你伸头进去留下"赝"影，情侣拍照可双双代替，单影女士总是心怀叵测地取代女主角与男主角"相依"而伴，而男性则鲜有如此者，这或许也是性别差异吧？

韩国人的生意经在影视产业上发挥得淋漓尽致，大者而言，一部成功的电视剧就是个产业链，包括剧情旅游线；小者而言，只要剧中主角有经典动作处，皆设模拟雕像，以便游者效摹，例如女主角郑维珍（崔智友饰）倚树观书处，不仅此树边有雕像，还备有书本，让你仿效留影，当然是要收钱的。

缘于内子游心所向，起了主导作用，我们的南怡岛之行也成了剧情的效拟。那影像馆前的留影，银杏道上的背影，倚树观书的倩影，构成了一串新的模拟影像，一直延伸到由南怡岛往春川的路上。

我们享受了南怡岛之夏的热情，却丢失了南怡春光的温馨，而更向往其满地皆披黄金甲的秋景，和冬季白雪皑皑的景境……虽然我们相约，却没有重来。有诗赞曰：

> 南怡岛国似奇谈，拟效游心慕女男。
> 影像虚无情色丽，行思旧迹见峰岚。

春川的故事

　　游玩了南怡岛，没有尽兴，于是沿着《冬季恋歌》的剧情，我们驱车前往春川，去回味或演绎那男女主角童年的故事。至少内子是这样想的。那里有男主角的少年居所，以及他转学至此与女主角同校的情形。

　　好的文学作品，是为情造文，令人有身历其境的感动，然而经过"表演"这一媒介，特别是在影视的虚幻性的背后，又难免为文造情，显露出必然的矫揉造作，这是我观看《冬季恋歌》的体会。如果真实的人们再追寻虚幻，模仿文学虚幻的情境及行为，那只能是"矫情"，我们的春川之游特别是对电视故事的动作仿效，就是这种感觉。然而奇怪的是，正是这种矫情，充满了戏谑、欢愉，也许这才是旅游的"真谛"。

　　既然是电视剧情的引诱，春川故事也伴随剧情展开。

　　春川的确很美，即使没有电视剧的描写，韩国友人也向我们推荐这个景点。而有了电视剧情的"佐料"，玩得或许更有滋味，结果不出所料。

　　旅游车离开南怡岛不久，就沿着一长堤奔跑，此间山清水秀，颇异于首尔的地貌，没有那突兀的山峰与石梁，山形尽隐掩于翠绿丛中，波光潋滟的水面，漂浮着荷莲，水边亭榭雕梁，画栋飞檐，一如中国的锦绣江南。在绵长的水道旁，时常有大片的绿茵草地，似非人工铺设，成群的牛羊徜徉其间，随风传来哞、咩之声，真有些童话般的牧歌境界。

眼前如此美景，车主竟不停留，飞驰而过，直奔至一弯道间小屋停下，就是来春川的第一景点，原来是电视剧男主角姜俊尚（裴勇俊饰）家居小屋，也算是某种意义上的名人故居吧。这个拍摄地点已有专人卖票，付上5000韩元就能进屋参观，那可是在千里之外电视机屏幕上看到的寒碜小屋，造就了虚幻的情种或名人。

参观过小屋，就来到剧中男女主角初恋的学校。校园很破旧，足球场也很荒凉，正近午休时间，只有一两位少年在场上戏球，但在此行一大半"驴友"的眼中，却是神圣又神奇的，只有少数人没看过《冬季恋歌》，对其他人的热衷显得漠然与无奈。最奇特的要数校园那堵久经风雨剥饰的围墙，在一特定的地方有专人看管，还特意依墙放置了一张两层阶梯木凳，供人攀爬。

也许是触景生情，也许是虚幻的影像一下成了真真切切的现实，使内子一改平常，毫不内敛，真是"老妇"聊发"少女"狂，转眼间就敏捷地骑上了围墙，而且很熟练地脱去鞋子，一如剧中女主角。在友人的哄笑与怂恿声中，我迟疑、困顿、木然，导致"男主角"的缺失，接着是墙上主角自己下墙穿鞋的"无趣"场景。尽管我在旅途颇多动作的配合，同行的朋友还由衷地钦佩我"道行深"，我这一刹那间还是处于"道可道，非常道"的混沌境界，茫然若"愚人"之行（无为）。

到了春川城中，那里更多熟悉的场景，电视剧中的圣诞夜、棉手套、灯柱下惊心动魄的车祸现场，历历在目，这熟悉的异乡，真给人以莫名的感动。

过了晌午，我们选择了一家餐厅吃一种烤肉饭，应当是剧中主角的食谱。也许是游得饿了，这顿肉饭吃得有滋味，是居韩一年为数不多的留下印象的餐饮。尤其盛在大铁锅里的饭吃完后，尝了

"老妇"聊发"少女狂"

下紧贴锅底的一层焦糊的"锅巴"，油而不腻，香脆可口，大家正欲风卷残云，不料店中老板娘伸手强夺，不许我们吃，而且不容申辩，"蛮横"地将锅与锅巴一并收了去。我们愕然，经导游解释，才知道老板娘认为这是不健康食品，不可以吃，才夺其所"好"。这种"干卿何事"的原则性，或许代表了春川人的善良，似乎也让我加深了对电视剧中春川之"美"的理解。

离开春川，旅游车又飞快地走过来时路途的水域，突然内子于车中惊呼，那亭子是某某（指剧中主角）坐过的。司机骤然停车，内子与同行一年轻女士匆忙下车，满心愉悦地坐在那凉亭的栏凳上，一张留影凝定了模拟虚幻的真实，也为我们的春川故事画上了句号。有诗赞曰：

春川丽色最难忘，冬季情歌夏日光。
内子风云墙上面，老夫未发少年狂。

济州石人像

韩国南部的济州岛，是旅游胜地，多石头、多风暴、多女人，并称"三多"，因此，岛上标志性的旅游景观，就是其中"一多"的石头——那些站立在临海依坡草地上的很多或大或小的石人像。

济州的石人像极有特色，一看就知道是本地特产，不会与其他旅游景点的石像混淆。这石人头颅长而宏硕，身材胖而小，眼睛凸突奇大，鼻梁高长挺直，脸部特征最典型。石人的头上戴一遮阳帽，似斗笠而檐略小，若礼帽而檐稍大。尤其是每个石人那双凸眼，很像四川三星堆出土的铜像，也酷似当今动画片中虚构的外星人形象。

有关三星堆的铜人像，眼睛之突大有两种传说，一是当年的古蜀王蚕丛、鱼凫得眼疾，红肿而突起，是真实的写照；一是古"蜀"字就是"虫"字（古蜀王）上面一只大眼睛（目），具有象征的意味。如此说来，遥隔数千里之外海岛上的济州石人的大眼睛，又当作何解释呢？没有答案。只是这石人本身倒也有两种说法：一是当地的图腾，具有本地土著人"祖先"崇拜的意义，是神话中的历史。另一种说法则是当年海盗猖獗，经常来扰掠济州民众，然此地又是女人多而男人少，为了吓退海盗，所以在岛上遍立男性石人像，起御敌之用，而且很奏效，曾多次吓退海上之敌，这又是历史中的神话。

然而，济州岛确实是一个神秘的地方。

据说当年秦始皇派方士徐福率五百童男女东渡日本，寻找长生不老之药，飘泊海外的第一站就是济州岛，甚至有谓此岛就是徐福东渡的归宿地。于是我想，这里应有着许多凄美的故事：石人像或许就是徐福的画像，因为该岛面对着神州中国的地方叫做"西归浦"，记录的就是传说徐福启程西归的港湾，那望断海云的大眼睛，充满了希望与惆怅。或者这偌多石人是五百童男女的造像，那一双双大眼睛凝视远方，无助而无望，他们都还是孩子，为了实现一个暴君的梦想与奢望，早早地离开了母亲的怀抱。

徐福率五百童男女渡海，也算是早期移民，甚至有说这些人成了日本人的祖先。这又引起另一至今仍叫人揣测不清的秘密，即日本古代王室的坟墓是"国家机密"，因为韩国人认为他们是日本人的祖先，如果用DNA推测，就会真相大白。徐福当年来到济州，是否与此秘密有关呢？无人知晓，但那石人像永远是那样迷茫的眼神，似乎又想倾诉些什么。

济州岛上有很多的自然景观，如龙头岩、城山日出峰、牛岛、天地渊瀑布、汉拿山和水往高处流的神奇之路等，令人难忘；而其"石"、"茶"、"玻璃"等博物馆，亦彰显人文制作之盛。然而，最让我流连忘返的还是那石人，那眼神，尤其是在那夕阳斜照下的西归浦，望着远方神秘的大陆，感受到生命的流逝和无生命的永恒。有诗赞曰：

　　　　巨目双撑望断魂，西归浦畔怨和恩。

　　　　可怜五百童男女，石上斜阳落照痕。

海女

《海的女儿》作为文艺作品，充满了美丽与想象，青春与活力，而我在韩国看到的海女，却是济州岛的特产，是一批年过六旬的老妇群体。她们下海摸鱼虾、采贝壳，终日泡在咸水中，也不知是以微薄的收获来维持生计，还是服从于一种生活的惯性。

海女终日潜海，早出晚归，很难见到真容。在游济州第三天的早晨，我们从龙头岩往城山日出峰行走的路途，经过一片椰林遮蔽着的小道，远远地看见两个穿着潜水塑胶装、头戴氧气罩的海女，匆匆走来。机会难得，我们也匆匆迎上去，经韩国友人的介绍，两位海女终于拿下面罩，一位约60岁，一位可能已逾七旬。两人身姿短小，背已呈伛偻之状，脸上酱黑色的皮肤，刻画着一道道深纹，可以看出海水的侵蚀与岁月的留痕。

我们通过韩国友人想问她们这把年纪了，为何不在家享福，还要下海捕捞，受此辛苦？她们没有回答，只是微微一笑，又戴上面罩，急急忙忙地赶路。在我们的要求下，得到两位海女的默许，拍摄了一张合照，面对晨光，她们脸上还呈露出一丝不自在的害羞。

如此年纪，为何如此辛苦？盘旋在我们脑际的这个问题，留给了韩国友人，也是我们临时的导游。他说这是一种历史，因为济州岛自古以来女人多，男人少，女人下海作业，男人居家守护，所以女人以"苦"为"乐"，是长期生计的需求形成的一种生存的习惯。

现在时代变了，她们为何还如此辛苦？我们又问。他的回答则具有了一种现实的意味：海女现在收获的海产品很少，因为这些年来捕捞过量，近海水产资源面临枯竭，渔民已向深海发展，海女的作业，现实的收益已低于"象征"的意义，那就是韩国"无形财"（非物质文化遗产）。济州"海女"作为一种旅游品牌，是不可或缺的。

既然是"无形财"，为什么都是老年妇女呢？针对我们的好奇，韩国友人露出一种无奈的表情。他说现在济州的年轻女孩都出外读书，长得漂亮的以后从事演艺工作，想赚钱的进像"三星"这样的大公司，有的留洋海外，谁还眷顾这孤岛，还有那并不轻松的"海底世界"？

海女已形成了断层，犹如一种文化，并将因"后继无人"而消亡。如何衔接？如何弥补？暂时是没有答案的。

我们行至城山日出峰附近的一片海湾，水中出没着一群海女，在捕获，在游戏，岸边的石丛上站满了游客，在拍照，在摄影，好像还有电视台的记者扛着大型器具在录像。这群海女，乐而忘忧，不知"老之将至"，供游者如观海洋世界的"海豚"表演，这种坦然的面对，也算一种美丽的"异化"吧？有诗赞曰：

出没风波浪逐回，从容海女入图来。
当年应是青春岁，犹忆无形梦里财。

玻璃的世界

韩国济州岛有绝佳的缘海自然风光，也有藏掖于岛中的美丽的人文景观，其中"绿茶园"以茶博物馆为主体的构建，"思索之苑"以盆景为主构的开拓性园林，均极富创思，令人流连；而最使我难以忘怀的，还是那玻璃博物馆，以其各种色彩、各种形状、各种造态展示的既纯粹天然，又光怪陆离的玻璃的世界。

玻璃应该是近代工业的产物。古代美人照镜，是铜制镜，映照的对象不太清晰，却产生朦胧美的效果，或许也是那种"倾国宜通体，谁人独赏眉"之整体美观念的来源；现代美人照镜，是玻璃镜，映照的对象清晰无比，产生的是逼真美的效果，以至"白璧微瑕"也难以忽略，于是涂抹，于是整容，于是纹眉，于是隆鼻，个体美、人工美的观念由此流行。

然而，当我走进济州玻璃博物馆那光影间的一瞬，则发现一面镜子可照出真容、真知，千百面镜子却照乱了一个世界。

如果说人的体内渗融了过多的酒精会造成"神迷"，并反映于感官形态的迷乱，那么体外设置过多的玻璃则会造成"形迷"，并影响到意识形态的混乱。老子说"五色令人目盲，五音令人耳聋，五味令人口爽"。"五色"为何"目盲"，这是一种动态的观照，玻璃本无色，染上了色，照映了色，于是就色彩斑斓了，也炫惑了眼球。如果仅处于一种静态的观照，这玻璃世界还是很精美的。

走进玻璃博物馆的大厅，就是一尊女神像，通体透照，亮白无瑕，给人以圣洁的感觉。而继入其境，一围高大的旋梯，仰观一伞形灯饰下临丈许，俯瞰有一大手擎起一巨型球体，随着周边射灯的光束，将梦幻般的影像投映于圆拱形屋宇，给人以虚拟的震撼。而在博物馆内，其实是进入一片广袤的露天园林，奇花异草，虫鱼鸟兽，皆玻璃制作，形态各异，却生机勃郁，完全使人的视觉丧失了玻璃冰冷的质性，而与观众组合成一个热情洋溢的场景。年轻的观众在情侣镜前弄姿，年幼的观众在哈哈镜前卖萌，老年的观众或徘徊琼楼玉宇间，或憩息于水晶拱桥边。至于韩国男人的矜持，女人的娴静，在玻璃群间也变得生动起来。

真神奇的还是那片千面"镜林"，弯曲回环，随着人的履迹"景随步移"，连我这般厚重平实的脚步，走过镜前时，也显得婀娜多姿了。这使我联想到宗白华在《中国艺术意境之诞生》中说的艺术之美在于"化实景为虚境"，温庭筠写美女必须"照花前后镜，花面交相映"（《菩萨蛮》），就连水果店也要借助柜台后面的镜面显露水果的鲜色，引发人们的购买欲望。原来所谓的"美"，就是形象的"变态"，那玻璃折射的光影，是美的旋律，也是我既游形，又游神于这千镜"变"影中的当下心境。

正在我痴心妄想于这真实的虚幻时，忽见一西洋女子的一绺金发从镜前掠过，霎时千镜对射，恍惚迷离，呼应出一片璀璨的金光，仿佛当年国门初开时瞬息所见的西方强大而辉煌的文明；然而又仅一瞬间，金光掠过，一切皆无，我惊讶身处之世界的辉煌而强大的现代文明，究竟是虚幻，还是真实呢！有诗赞曰：

> 千奇百怪化刚柔，变幻人生不系舟。
> 色色空空空有色，无边镜里话从头。

登临城山日出峰

　　韩国的自然景观如山峦、水脉，历史人文景观如宫殿、陵寝，其巍峨壮观，清奇惊艳，皆无法与域中相比，然在济州岛，无论自然还是人文，其景观均有可圈可点处。自然景观如龙头岩、天帝渊瀑布，观者不无赞叹，人文景观如由植物构成的金宁迷宫与玻璃博物馆，也令人流连忘返。而其中最令我震撼的，应当数自然景观的"城山日出峰"，无论是遥眺，还是登临。

城山日出峰

　　这是一个巨大的火山口，耸立于济州岛的东海岸。远看并不高耸的山峰，当我们一行游者拾级而上，登至巅顶，才惊叹其雄伟、壮观。

　　鸟瞰整个山峰，是个硕大的椭圆形，周边耸立，犹如鼎镬之边缘，中间低凹，犹如较为平坦的锅底，是典型的火山爆发后的遗迹。它远望有点像日本富士山而缺了圆顶，登临内观那硕大无朋的锅底，则像富士山倒入的"空间"。

　　登高观临时，但见许多游人潜入那庞大无朋的"锅底"，有黄色、白色、黑色人种，加上衫色丰富，在阳光的照射下真似一锅"生动"的杂烩。而由下仰观其上，周边高地的人群，映衬着日光，又如一群骚动的剪影，杳然而不见其真容。最奇异的当数耸立于鼎镬高地之边缘的或东与西，或南与北的对峙，将对方摄入远焦相机，那渺小（就个体而言），那壮观（背衬海天之景），真是难以言宣，这也许就是城山之巅最有趣的影像吧。

　　我想，将此景观命名作"城山日出峰"，实能结合远观与近玩达到的极为形象之诠释。

　　就"形"而言，此景有三大要素：

　　一曰"城"，远望俨然一座巍然可观的城堡。

　　二曰"山"，济州地处海中，四面平缓，中间突起，故有韩国第一高山"汉拿"，而沿海则多平滩湿地，惟此东海岸有此突兀之地，名之曰山甚宜。

　　三曰"峰"，登临此高地仅需30分钟，并非大山，然因如孤鹤独立，旁无鸡群，视觉感受到峰峦高耸，而在行进途中，蜿蜒山道，曲折崎岖，旋转变化，又有"横看成岭侧成峰"（苏轼《题西林壁》）之妙观。

　　然论其"神"，则在"日出"二字，也就是说此景之绝佳处，在临观日出。这使人想起姚鼐《登泰山记》中有关观日出的一段描写："极天云一线异色，须臾成五彩。日上，正赤如丹，下有红光动摇承之，或曰：'此东海也。'回视日观以西峰，或得日，或否，绛皜驳色，而皆若偻。"还有他作于同时同地同感慨的《岁除日与子颍登日观观日出作歌》的"海隅云光一线动"、"拄杖探出扶桑红"、"地底金轮几及丈，海右天鸡才一唱，不知万顷冯夷宫，并作红光上天上"之诗语讴歌。我试想，泰山何曾可观东海，想象大于现实，姚氏尚有如此美丽的诗文夸饰，而此峰雄踞东海之滨，远观浩瀚的太平洋，那喷薄而出的红日，映照于海洋之水镜，光影摇曳，上下炫彩，登峰观日，将是何等壮丽的景象？

可惜"天算"未及"人算"，导游将我们的游程安排在下午，"城山"之"峰"，历历在目，而"日出"之"神"，则无缘相会，姚鼐超越空间之想象而得之的美词，在我们脚下的城山日出峰，只能依赖超越时间的想象而以意得之了。

下山后，西海岸的海螺、鲍鱼养殖场，还有海女潜水采集的隐显起伏，自然也是参观的项目，然游心所驻，仍是那早已冷却亿万年的火山口。

归途停憩一片海滩，正逢夕阳西下，红霞飞天，回望城山峰峦，未见日出，但观日落，绚丽多彩，也算是一种幸运了。有诗赞曰：

城山日出见奇峰，鼎镬形成觅旧踪。
杂色人伦如粟粒，回观落照意纵横。

济州食马

在济州岛旅游期间，印象极深刻的一次，是由当地向导带到一家专门营销马肉系列食品的餐厅"食马"。回忆自己漫长的"肉食"经历，曾吃过牛肉、羊肉、狗肉以及驴肉，马肉倒是我们这帮同游者"食所未食"的。

"马"是非常神圣的，其有化"龙"之说，合词有"龙马精神"，何等威武、雄壮，汉人《天马歌》所赞美的西域汗血宝马，更令人崇敬、畏惧。古代的马，最重要的功能是用于战争，所谓"铁骑南下"，寓含了多少汉民族的心灵悲哀；而"铁马雄风"，又振发起多少爱国志士的昂扬斗志。算起来，这"马"应该属于"装备部"的，将其杀吃了，不是破坏军需物资吗？

带着几分疑惑，几分畏葸，面对着那偌多的马产品，我们看着筵席上的腾腾热气，久久不敢下箸。直到导游说这些马都是圈养的，是"肉马"，专供餐饮用的，马肉宴才于一长条餐桌上次第展开。

在餐桌上，第一道上来的是"马血汤"，其中好像还有些许"马脑"，这绝不像我居住的南京，那名产"鸭血粉丝汤"稀释如水，上漂浮着几凝固的血块，而是浓郁如膏。这玩意儿每人一似碗小盅，限量发行，据说是大滋补的。第二道是马的"杂碎"，应该是给客人下酒用的。第三道则是主打菜"马肉"。这济州马肉的做法有点类似"北京烤鸭"，有两吃、三吃云云，先上清蒸，然后红烧，

济州食马肉

再有肉丝小炒，最后是带骨肉汤。当大家带着惊异与好奇的心态享用这马食时，有盘菜不知属"杂碎"，还是单独上的，那就是一盘"马肝"。

天啦，马肝不是有毒吗？谁愿意为了一点口福而"魂断济州"呢？曾有一则传言，某君久居长江中下游，每遇吃河豚时，总是不先动筷子，观望一番，等大家开吃后再候少许时光，见仍无动静，于是奋袖举箸，大肆饕餮，力将前面的损失尽情地补回。

也正是在大家停箸期待的静穆中，我不由地想起《汉书》中汉朝皇帝关于食马肝的两则名言：

一则出于《汉书·郊祀志》，汉武帝说："文成食马肝死耳。"考其本事，是因汉武帝好神仙，求长生不老之术，所以轻信方士齐少翁的鬼话，封其为"文成将军"，结果少翁骗术露馅被杀，而武帝求仙之心不死，又重用方士栾大，招为女婿，为排除他的顾虑，所以骗之曰：文成将军是误吃马肝死的。

另一则见载同书《儒林传》，儒生辕固与黄老学者黄生争论"汤、武革命"，牵涉到汉朝立国正统性的问题，武帝的父亲景帝说："食肉毋食马肝，未为不知味也；言学者毋言汤武受命，不为愚。"这里有条颜师古的注文："马肝有毒，食之憙杀人。"

其实武帝是骗人的话，景帝是比喻的话，颜师古的注语或许才是马肝有毒说的源头。

少许，导游用筷子夹食马肝入口，已破解了这千年悬案。又少许，我们众箸同向盘中马肝，也许这才是济州食马宴的心理高潮。

后来回味这场济州食马宴，真想不起什么滋味，这不像猪八戒吃人生果那般地囫囵吞枣失去了味道，只是在有点惊奇与忐忑中略去了什么，原来美食并不仅仅是填塞鼻下之口，往往还有那心灵之嘴的满足。

我又想，汉人为何有食马之喻呢？或许正是大量采购军马，"军"转"民"用吧！不过那汉、匈战事的风云，那血染疆场的图画，那为国捐躯的将士，勾画出汉史的风采，使我忽生疑虑，因为我们只讴歌驰骋沙场铁骑上的人，却忘却了那无数为国牺牲的战马。在当今宠物狗地位日升，动物保护呼声日隆的当下情境，这历史的辉煌与悲伤是否应该改写呢？

吃了"马"，我们继续济州岛的游玩，在海边遇上一群马，零距离接触，摸马头，拍马屁，捋马尾，乖乖地，没有敬畏，心中油然而生些许的怜悯。有诗赞曰：

> 铁马雄风血溅鞍，济州岛上食其肝。
> 文成毒毙荒唐甚，不见沙场见海滩。

做了一回"王八里"

游走济州岛，韩屋村是必去的。

韩国凡是旅游地皆有韩屋村，有的搭一破草棚，内砌一尊旧炉灶，门口零散地放上几口大酱缸，就算是了。当然济州的韩屋村还是有些规模，且荒野古朴，加上是电视剧《大长今》女主角小时候（小长今）家居时的外景拍摄地，以至名闻遐迩，旅游者争趋若鹜，拍照留影，自然是少不了。

在韩屋村，导游将我们带进一空旷广大的草棚，是村里的大礼堂，里面放满物品，原以为是大酱和泡菜，近前仔细一瞧，才发现是当地生产的海产保健品和蜂蜜。

这时一位身着村民服（一看就是为旅游景点包装的）的妇女将我们引入棚内，安排就座于大长条凳上，于是开始宣讲济州的历史、特产、石头与女人，接着就转向养生之道，口服滋补品是不可或缺的。说着说着，她首先打开一个玻璃蜜罐，用小汤勺舀出来现场喂听众，谓此蜜非"彼蜜"，甜味过人，滋身补体，言词极度夸张，不禁使我想起唐朝某歌妓因会背诵白居易的《长恨歌》，自以为包装了些文化，矜炫于同行曰：我岂同它妓哉！

但是，她在宣传并喂人食蜜时，却很奇怪，清一色选男性。我与妻、儿并坐，一勺蜜就不期而然地来到我嘴边，我示意喂身边的太太，因为得到她的首肯才有购买的可能。然而这勺蜜仍不容我申辩地塞入口中，并说只能先让"王八里"尝，因为"王八里"最精贵。

我怎么成了"王八里"？大惊！何谓"王八里"？一问，才知道这是济州的历史传统。济州岛俗称"三多岛"，其中一特色即女人多，而男人少，物稀为贵，女人就日夜干活，男人则被当"宠物"养起来，所以称"王八里"。而依次则男童（未成年或未娶亲者，是否包括女童，未考）稍贵，谓"童八里"，妇人最贱，陋称"冷八里"。

入乡随俗吧，无论"太座"在家地位多尊贵，屈居济州，只能充当一回"冷八里"，失去了"食蜜权"，也失去了发言权。

并不因为其宣传所动，我只是很喜欢那仿效济州岛上特有"石人"像形状的玻璃蜜瓶并为之吸引，拍板买了两罐，花了10多万元韩币。而与我们同行的上海某女教师，虽暂时算是"冷八里"，却为儿子（近一米八身高的童八里）要高考，一下花了几十万元买下了几大包海产保健品，因为那里深藏着智慧、希望和温暖。

对这瞬间受封的尊贵的"王八里"，我总是心有不安。

众所周知，汉语中"王八"是骂人的话，宜为讳言。当然也有宣之于口、命之于笔的戏谑。例如前不久看到香港凤凰台采访1985年随美国"挑战者"号航天飞机上太空的华裔第一人王赣骏，王说他小时候极调皮，很异端，他爸常骂他"王八蛋"，他就回骂他爸"王八"，因为他是王八下的"蛋"。又有次在网上看到一则笑话，某人姓"王"名"石"，不知怎么得罪了人，累及他祖父，谓之"王八"，系谱三代：八、九、十（石）。无论自嘲，还是他嘲，笑话可开，毕竟不雅。至于"八里"，我只知蒙古人统治北京（燕京）时，欧洲的马可波罗称其地为"汗八里"，不知这"八里"之间有否联系？未作考证，姑且存疑。

回到首尔，汉语班有位女生来自济州，我就问她关于"八里"的故事。孰料她一无所知，就连自己是"童八里"还是"冷八里"，都不晓得。于是，我对此变得恍惚与迷惘，这系列"八里"说究竟是属于以往的古老传统，当今"新"人类已全然无知，还是本来并无此说，我们只是被济州推销产品的"冷八里"骗了一回，以为自己除了"八里"就是"王"呢！

人生在世，被骗一回无足轻重，但被骗的记忆却长久伴随，难以忘去。有诗赞曰：

> 巧言八里是尊王，韩屋村中食蜜糖。
> 赚得钱财藏托钵，原来考据亦荒唐。

庆州小茶房之夜

庆州乃新罗故都，是韩国南部最著名的历史文化名城，其文化遗址可圈可点者甚多，其中雄伟古雅的佛国寺、斑斓沧桑的石窟庵、故宫旧苑的雁鸭池、桦树环绕的大陵苑、阅历千载的瞻星台，以神奇的画面与悠久的故事，吸引着世界各地的游客纷至沓来。

然而，我在庆州短短两天的游历，至今印象最深，且久久难以忘怀的还是东国大学附近那间无名的小茶房。

茶，最具有东方的神韵，在首尔喝惯了咖啡的我，一听说东国大学的教授们要领我去饮茶，顿时有了种神清气爽的感觉，但也夹杂有几分忐忑和怀疑。

中国人最善"两饮"，曰酒，曰茶，茶有绿、红、白、黑，色彩斑斓，复有碧螺、龙井、雨花、高山，品味齐全；而酒则富贵如茅台，朴雅如古井，飘逸如西凤，醇厚如五粮，博大如洋河，粗野如酒鬼，所以古人有《茶酒论》的赞美。

然则细思生存境遇，又生两重疑虑：当今国人饮酒，每见席间喧嚣咆哮，挥臂弄舌，或颓然桌下，或呕泄盥室，何来饮酒之乐？茶室之中，或麻将，或掼蛋，博弈之徒，挥洒自如，何来品茶之趣？此一疑。韩人饮白酒，所谓清酒，初饮甘甜，再啜头晕，三杯下腹，双额疼痛难忍，或曰勾兑之罪，酒劣如此，茶则何堪？此又一疑。有此芥蒂于心，饮茶之乐自已多损，为了不拂逆主人好意，但如

"云门宗"语"随"字禅，随遇而安，客随主便吧。

进得小茶房，天色已晚，观其景象，确实不同于一般的茶馆或茶室，而是一小片茅草房的院落。小院没有门楣，只有一道破旧的木制栏栅，半掩斜倚于矮小的土墙边，访客自推木栏进来，又自掩上，接着就听到了一位女人的招呼声，这不像召唤顾客，更似老友重逢的问候。

当时，我趁众教授与茶房女主人寒暄的空儿，环视了整个小院：东头的墙边堆了大小不等的坛罐，西屋是主人的制茶室，南北两厢低矮的茅屋是客人饮茶的地方，其中也有木栏与草料虚隔，算是"包厢"了。院中有一泓浅显弯曲的池水，通过同样弯曲的鹅卵石小径，有一座人工架设的小拱桥，桥边有几株不知名的垂叶树，掩映于茅屋间，微风吹过，疏影有簌簌声。过得拱桥，曲径分歧两端，指对南北两厢。这时女主人特别走来与我招呼，大概是B教授的介绍，算是对外国客人的礼遇吧。

院内茶客不多，女主人来到北厢包间内亲自为我们制茶。

她中等身材，中等年龄，肤色白皙，面容清雅，穿着随意而宽松的衣服，天然而不加修饰，并无在地铁上常看到的韩国中年妇女惯有的浓妆艳抹。她制作茶道时的方法非常奇特，用一似井中汲水般的机械，将茶料倒入其中，灌以水浆，然后半蹲于门口，均匀而有力地冲捣。由于所处的位置，女主人给我们的是她的侧面，随着制茶的节奏，她的一绺头发垂荡于面颊，正巧一弯明月逾过南厢房的墙头，斜照过来，形成一尊清丽的剪影。

她长得并不美，但这一瞬间真是美得令人惊讶！

接着就是女主人为我们斟茶，那是一种绿色的茶，很纯，很厚，如奶茶，甜美而润腻，是我未曾经历过的奇特的"茶"。在我们品茶时，女主人又出去忙了一阵，不久又回来，一会儿与东国诸教授聊天，虽然我听不懂，但是感到很投缘，很幽默，很自然；一会儿陪我们默默地坐着，甚至很长时间无语，偶尔听得一二轻微的啜茶声。

夜深，告别时，B教授悄然告诉我，女主人至今未嫁，独身经营着她的茶房，以茶会友，是她人生的乐趣。而邻近的东国大学男教授们又常喜欢到这里来品茶，或许是在品味人生，他们没其他念头，只有一种感受，那宁静，那清雅，那淡淡的哀愁中的淡淡美丽。

时隔两年，在偶然与B教授的通信中，我又提到了那间小茶房。他回信说："茶房还在，欢迎您再来！"

人，往往喜欢活在记忆中。

那一夜，我们品茶，在庆州的小茶房，还有月光下那美丽的剪影……

有诗赞曰：

> 新罗旧国品新茶，小屋茅檐夜气加。
> 莫怨年华增寂寞，一弯月色故人家。

庆州大陵苑

韩国保存完整的古代陵墓极多，如首尔的"泰陵"，市郊的"东九陵"以及随游随见的陵寝，都是"无形财"，不胜枚举，但在同类游历中，其感受较深者，还是新罗古都庆州的大陵苑及其群陵之地。

大陵苑远望像一片高低起伏的山峦，绿色葱茏，近观则为陵寝，是缓平而又高耸的土堆，代表了韩国古代陵墓建造的特色形象。据三国史记，已有大陵苑之名，记载说味邹王在位23年逝后所葬之地。在味邹王大陵的周围，有被称为皇南大冢、天马冢等20多座新罗古王陵墓，其中最突出的是"天马冢"，因墓室内保存的用白桦树皮制作的马鞍上，有幅清晰可辨的"天马图"而闻名。这也是群陵中惟一一座被开掘的陵寝，里面发现的金冠、金腰带等陪葬物，与天马图被奉为国宝，因为从中可看到新罗陵寝构建形状和墓葬文化。

走进大陵苑区域，就像一片无边际的大公园，虽然全是大土堆，但是绕着尊尊高丘参观，倒也曲径通幽，可寄发思古之幽情。大陵苑北边是皇城公园，东边是旧宫殿遗址，那里有临海殿址、皇龙寺址、雁鸭池等著名景点，而西边是广袤的庆州西岳地区，南边则为南山风光带，在夕阳的照射下，最为壮丽。与首尔的旧时宫室相比，庆州的文化遗址更加古老，也相对淡雅而古朴，没有人工雕饰的痕迹。为了摄影，我站在大陵苑前那片广阔的草地上，背对南山，真有点天地浑茫，沧海一粟的感觉。

在友人的陪伴下，我们进入天马冢内参观，终于看到这一尊尊大土包内的真容。那种石块间架相嵌的方式，犹如无梁的宫殿，将墓室构成一坚实而高耸的圆穹，其中既不渗水，也不落尘，据说地震也没有丝毫崩塌之虞。虽然，这些"大"陵与中国古代的皇陵，或者诸侯王墓比较，无法相称，但其构造，还是匠心独运。

离开大陵苑时，已至薄暮时分，我问韩国友人，目前仅有"天马冢"发掘，且墓葬器物犹在，韩国各地那么多大坟包，都未开发？也从无盗墓？回答是肯定的。

我惊诧，不仅因为韩国墓葬的保护（必须是自觉的），更在中国的陵寝文化，特别是盗墓文化。在我国，不仅民间盗墓，政府开发，而且开发之后，往往发现也是盗墓之余。记得某年往江苏徐州参观龟山汉墓，既为其建造工艺折服，更为其盗墓技法倾倒。

于是再起质询：韩国历代小民为何不盗墓？政府为何不开发？是宗教原因（重鬼）？还是经济原因（墓中陪葬甚少）？韩国友人含蓄地笑笑，无语，不知是没有听懂，还是不便回答。有诗赞曰：

远望山峦近大陵，相栖雁鸭水波澄。

春秋岁月等闲度，盗贼无心十八层。

水原与足球

　　水原是首尔附近的小城，为京畿道政府所在地，因有"华城行宫"与"粤华苑"等世界文化遗产而闻名。

　　在文化意义上，这水原城又有些类似我国湖北的孝感，被称为"孝城"，根源于推崇儒家实用观的朝鲜王朝第22代正祖大王在此地实施的治国理念，从而以"孝"树立起这座城市历史文化品牌。当我们漫步穿越城中的京畿大学，登上校园后的光教山，参观位于绿树葱茏间的"孝行纪念馆"，再折转回城上八达山，听"孝园之钟"悠扬飘逸的回声，似乎能触摸到这座城市精神和那历史的流动血脉。

　　到水原游览者，必去华城行宫，这不仅因为行宫无声地记载了正祖大王的辉煌史迹，而且作为电视剧《大长今》的外景拍摄地之一，更增添了当代旅游热点的效应。其实，朝鲜王朝的宫室在首尔者甚多，并无显赫巍峨处，何况一区区行宫，而真正令人惊讶的则是包裹着行宫的外围山峦上建造的华城，蜿蜒绵长，衬托行宫，倒显得十分壮丽。

　　华城是正祖大王下令建造，营造始于1794年初，历时两年半至1796年秋竣工，城上有48处门楼等设施，历经战乱及城建诸因素，今尚存41处，不仅是韩国旧城保留最完整而华美的，也是我游韩观城极可旷视而能怡神的地方。

水原华城

　　我们一行人由行宫出来，沿着水原川逆流而上，至华虹门，但见上游水系经此门之五孔拱洞，迸喷而出，激浪飞卷，水雾迷蒙，而喧豗声动数里之外。由华虹门入，正处华城中部，左右旁顾，东、西各半城，为节省时间，于是我们舍东城而向西，虽东部如"访花随柳亭"、"东将台"、"苍龙门"、"东炮楼"、"东南角楼"等景点无暇顾及，然西向之行，经"长安门"、"北铺楼"、"西北空心墩"、"华西门"，过"正祖大王铜像"，到"西将台"、"孝园之钟"，登"华阳楼"，由"南炮台"走下城垣，已足足消耗了一个半钟头。

　　在孝园击钟时，居高临下，见不远处有一足球场，绿茵场上，正有蓝、黄两队比赛。因时间尚早，我们来到球场，坐在看台上边歇脚，边观赏。我忽然感到这种情景经常出现，细一琢磨，好像忆及游大田时，游庆州时，游全州时，都曾有过到球场观球的经历。

难道韩国人酷爱足球？然而一想，又不尽然，据我游韩经验，韩国虽小，可是体育运动场所则多，公共体育设施几乎遍及街区，仅说W大旁边上月谷一段不长的路程，就有好几处运动场地，有单杠、双杠，有哑铃、铜铃，我经常玩上几下，不时有韩国人过来指导，语言不通，且过度热情，弄得你很不好意思。

看着球赛，终于有同行友人发话了，说这水原足球非同小可，是韩国足球之精锐，水原足球队就是国家队的预备队。

这又使我想起韩国足球队的勇猛。记得韩、日联合主办世界杯时，韩国队打进了四强，当时很多中国观众认为是裁判过分袒护东道主，我亦以为然。可是，自己客居韩国一年，亲历其全民体育设施及运动之普及，尤其数次观看其民间足球赛事，对原先的说法与想法，又有些不以为然了。

"孝"城水原，竟尚"足球"，孝与足球又有何关联呢？

中国古代论"孝"，有孝养、孝顺、孝敬之说，"养"、"顺"固然，"敬"者尤为孝"本"。《论语·为政》载："子游问孝。子曰：'今之孝者是谓能养，至于犬马皆能有养，不敬，何以别乎？'"此孔子论孝敬之要诠。然则"敬"者，"畏"也，视之神圣，方有敬畏之心。今观奥运"羽球"比赛，中、韩队消极比赛，追"金"失"信"，国羽昂然归国，因表彰而自得，举国体制，成王败寇，与民无干；韩羽黯然返乡，羽联自贬其帅，以示惩戒，取信于民，此"敬"之道也。然则，"孝"字乃中国文化之精髓与传统呀！

"孝"者"敬"，"球"者亦"敬"，由水原观韩足的精进，孝园钟声，不亦信乎！有诗赞曰：

正祖行宫气象奇，闲观一日旧城池。

巍然圣迹青青地，足下风云说孝思。

乌竹轩记

韩国东海岸的江陵，仅是一个小镇，却景色优美，而且保存了很多朝鲜时代的祠堂与府第，成为享誉甚广的文化旅游之地，其中"乌竹轩"就是一颇为有名的景点。

这是深秋季节，我趁一次会议之便，与众多与会的教授同游此地。作为游者，总喜好在跨步之前先作"目游"，包括对"时"（历史）"空"（景境）知识的了悟，而公园门前的介绍文字是最简便的知识。据此，我了解到这乌竹轩是因园内遍布深色的竹子而闻名，该轩佳景初建于朝鲜第11代王中宗（1506-1544在位）期间，是当年名儒申师任堂（1504-1551）的旧居，其子栗谷出生于该轩，并成长为朝鲜时代著名的学者与政治家。由于该轩悠久的历史与宽广的景境，其中保存有栗谷先生诞生的"梦龙室"和供奉其灵位的"文成祠"，所以该轩又于1963年被指定为国家宝物第165号，这一著名的景观也成了尤其著名的"无形财"。

说句老实话，游观多了的眼光对景致常常有些麻木不仁，尤其是宫室、庭院，其建造布局，也是大同小异，如此而已。尽管乌竹轩依山傍水，游目不尽故游心无穷，然而毕竟囿于时间，只能是匆匆走过。如果回忆起来略有印记，我想还是该轩名的由来，即园内道旁遍植的根茎不高却异常茂盛的"乌竹"。

何谓"乌竹"？我当时有点茫然，因为据脑中记忆库存，只有"乌木"，晋人崔豹《古今注》谓之坚木，色黑而有文，又称"文木"，汉代中山王刘胜就曾撰写有《文木赋》流传至今。后经查验，方知"乌竹"中土谓之"紫竹"，又名乌竹，茎秆呈黑紫色，可作笙、竽、箫、管、几架、竹杖，《寰宇通志》记载为泸州物产。只不知这四川泸州的物产如何跨洋渡海，来到当年的朝鲜的东海边，植根于斯，繁衍成长？而且化形象为象征，在游览介绍中，这乌竹与栗谷先生的人品、气节、学问编组在一起，有了极为广泛而深刻的社会内涵。

然而，乌竹实在算不得很美，她没有孤竹那样清雅，没有天竹那样劲直，没有斑竹的深情，没有疏竹的朗畅，可是因为种属为"竹"，所以附会了中虚（谦德）劲节（刚直）的美誉。古人咏竹者极多，贵为天子的朱元璋咏《雪竹》说："雪压竹枝低，低下欲沾泥。一朝红日起，依旧与天齐。"贫如文士的郑燮题《竹石》图画说："咬定青山不放松，立根原在破岩中。千磨万击还坚劲，任尔东西南北风。"无不重其节操。且竹"节"既本自然，如"含虚中以象道，体圆质以仪天"（晋人江逌《竹赋》），又拟圣贤，如"惟修竹之劲节，伟圣贤之留赏"（唐人许敬宗《竹赋》），所以宋人王炎《竹赋序》声称："小人之情，得意则颉颃自高；少不得意，则摧折不能自守。君子反是。竹之操甚有似夫君子者，感之作赋以自箴。"以修竹姿容拟状君子节操，已将这一象征提升到道德化的高度。

乌竹轩中广植的乌竹，蓬松而不劲直，黑灰而不亮丽，确实不如翠竹青霄的风采与意态。然而她又如何与轩中主人的节操秉性相互融织？同行的韩国学者提供的考据资料，似乎给了我两点启示：乌竹轩主人栗谷先生曾从政为官，乌竹即紫竹，而朱紫乃有官者气象，如白居易《秦中吟·歌舞》诗云"雪中退朝者，朱紫尽公侯"；而以紫配竹，其为官自清勤而非贪腐者矣。乌竹轩主人好学为文，且为地方大儒，故多翰墨气象，王冕《墨梅》诗谓"吾家洗砚池头树，个个花开淡墨痕"，徜徉园中，漫目乌竹，大概有此一层意味吧。有诗赞曰：

> 竹节中虚悟道真，园林翰墨映天辰。
> 江陵旧迹多情趣，物化神乌顾眼频。

成均馆祭孔

　　韩国每年都要进行春、秋两季的释奠大祭,尊祀孔子,以礼赞其博学、仁爱,昭示其理想政治与人格精神。祭祀的地点在首尔供奉孔子牌位的文庙,即成均馆大学校园内的大成殿,时间则定于春季的5月11日与秋季的9月28日。

　　春季是我们刚到首尔的第一学期,初来乍到,循规蹈矩,因路途陌生与课务繁多,本打算前往参观祀孔释奠之礼,却因故未能成行。至秋季,客居日久,纵横街衢,早已轻车熟路,况且有课何妨,岂不闻时尚"教学实习"乎? 中外皆然! 于是我们几位师者借祀孔"旷"课,学生则因之而"游"学,我们几位"客座"堂而皇之地参加了秋日大祭。礼敬万世师表,即使误课,心理亦颇坦然。

　　记得祭孔那天,日朗气清,我们由地铁外大站转惠化站入成均馆,一派古旧的景象与古旧的气息呈示眼前。文庙已褪色的红漆大门半掩着,门槛久经踩踏,磨损破残,两壁厢房虽简陋但却整洁,大成殿前的广场倒也开阔,应可容纳千人,殿宇级阶层叠,颇见其势雄壮,然与我国经"文革"毁坏后新建或新修之殿宇相比,仍是朴素而欠华丽,因为它没有新涂饰的艳彩,却更多地表露出自然生长与自然消蚀的生命年轮。

　　与大殿隔墙有一院落,中立两株唐代的银杏树,根柢粗壮盘郁,似蟠龙卷曲伸展,树盖或浓密,或疏朗,或如鹰鹏鼓翼之健劲,或如鸷雕起爪之酷厉,然两树之间相交枝叶,则柔密缠绵,呈臂肘相拥之状，故有"夫妻树"之称。细观树下铜制标牌，果然说明一"公"—"母"，树龄都在千岁，而试想，这对千年配偶，并立孔庙之地，天地阴阳，人伦造化，似读圣贤书初入其门的第一要义。

上午十时许，释奠大礼开始，刚才还人迹寥寥的场地，顿时已济济一堂。说也奇怪，韩国此类活动，从来不收门票，一般还免费供应参与者享用餐食（每人一份），自然而来的人群，也总是不多不少，席位满坐，周边略有环立者而已。我们因入场较早，与前来参加释奠大祭表演的著儒服、戴儒冠的"儒生"杂坐前排，其中一长者，白髯飘拂，古意非凡，仿佛是复活的"孔子"，一时间成了大家抓拍的景点。

成均馆祭孔

等释奠大祭开始，按其程序、规矩、礼乐，可知韩人似用周礼之法，行礼之人除了戴儒冠、穿儒服，其献爵荐新，祭拜恭揖，有条不紊，真似那么回事。据说韩国成均馆文庙祭孔之法则严整，名扬海外，数年前台湾祭孔团队特来此观摩，或云中国山东祭孔曾闹出"乱点鸳鸯"与"放错猪头"的笑话，被视为礼失日久的缘故。

当然，成均馆祭孔之礼，有一点至今使我怀疑，就是释奠后有群女古装演奏"八佾舞"。孔子曾说季氏"八佾舞于庭，是可忍也，孰不可忍也"（《论语·八佾》），以指斥侯国贵族行天子舞为僭越，而孔氏非天子，韩国古为藩，安得用此？然而一想，自汉武帝"表彰六经"，已奉孔子为"素王"，亦可谓"有王无位"的素天子，至于韩国早为独立国家，占联合国一席之地，于是释然。

成均馆文庙祭孔，确实有些表演的成分，但却出自一种文化惯性或文化传统，朴素古雅，要比借孔子搞什么文化产业、开发旅游的谋利行径好得多。有诗赞曰：

> 释奠春秋万世师，成均节仗海东旗。
> 可怜礼失求诸野，教化安民辨夏夷。

宗庙与宗庙祭祀

到韩国首尔旅游的人，参观古建筑首选"景福宫"等宫殿，其实根据我的游历，最能代表其风格、气象的，应该是外客很少去的"宗庙"。

宗庙距景福、庆熙诸宫不远，古代礼制，宫殿居于中，左宗（庙）右社（稷坛），以示皇权与国家之象征。古韩虽为藩国，不能依天子礼制，但颇有效仿，亦大致不讹。首尔宗庙始建于朝鲜太祖时代，初期仅供奉七代王与后之神位，后随着规模的不断扩大与建制的变化，正殿安放神位已有十九位王、后，当然，韩国的旅游手册汉文本称皇帝、皇后，我想还是缺少"历史唯物主义"眼光的。

宗庙建构与宫殿不同，它占地面积颇为广大，有东西两区，中设正殿，屋宇并不高大，却绵延成片，平缓而庄肃，是目前世界上最长的单栋木结构建筑。

宗庙的周遭犹如一片山林，植物遍被，莽荒静幽，游人稀落，时有飞禽婉转于丛林树梢间，日暮时光，尤增几分苍凉古意，漫行其中，对长期游荡于都市喧嚣的心灵，则不乏静适与慰藉。

韩国人的生活有些二元性，他们一方面过着完全"西化"的现代生活，遵循西方价值观的民主政治，一方面又坚守民族的特性，例如对韩食的钟爱，尤其是东方古老文明在全社会的呈现，如祭孔、敬祖、尊老等等，我想宗庙祭礼恰是一个明显的昭示。

我有幸看到宗庙祭礼的表演，是暑假课休间陪妻、子游览时偶然遇上的。对于这类古装表演，我从来没有兴趣，但这次驻足观望以至席地而坐直到表演结束，其吸引力则来自韩人尊奉中国古礼（周礼）的祭礼程序。为便于表述，兹列其祭礼过程如次：

就位：迎神开始，穿古服的祭官们先于盆中取水盥手，走上固定位置准备行祭；

晨祼礼：迎神式开始，化装的国王三焚香供魂，三释奠郁鬯酒奉魄，继向神敬献白苎；

荐俎礼：为神献祭物仪式，先献三牲毛、血及熟好内脏，再献艾草及粱和肝焚于炉火；

献爵礼：行初、再、三献酒仪，供神受胙时享用，并于初献时诵祭文；

饮福受胙礼：此乃祖先赐福子孙仪式，由国王品食太祖室祭物，以表接受祖宗祝福；

望瘗礼：此又称"望燎礼"，即送神仪式，祭官将祭文与币帛掩埋（或焚烧）于瘗坎，然后宣告礼毕。

值得一提的是，参与奠祭表演之人，则身穿明朝服饰，这也是韩人古装之榜样。对此，我起初不甚了解其义，后于韩国某地见一碑记，刻有"大明崇祯亡后百十二载"的纪年字样，一问方知韩人以大明为正朔，视清为异逆，"遗民思想"之久，竟远过自奉"正朔"的神州本土之人。于是对照域中影视颂古，则多"清宫戏"；为旅游而行释奠礼，也多是"清宫"服饰，真是大相径庭。

古者分邦建国，并重宗庙、社稷，立庙毁庙，喻国之兴亡，韩国宗庙祭礼虽亦新时代的仿古表演，然其有"宗"之精神归依，则是令人感佩的。有诗赞曰：

礼法东周服色明，荐新献爵奠三成。

子孙饮福感馨德，回望中州触目惊。

曹溪寺礼佛

外地游客到首尔仁寺洞，主要是逛街、购物，而本地居民却有别样一种光景，那就是前往位处仁寺洞街区的曹溪寺礼佛，寻求都市喧嚣中的安宁。

曹溪寺山门有一横额匾，上面镌篆有几个大字："大韩佛教总本山曹溪寺"。这或许就是该寺院的全称，"总本山"可见其地位，颇类同我国的佛教协会般的管理佛事的民间"衙门"。

进得曹溪寺，除庙宇高耸、院落雅致、树木葱郁、花草繁茂之外，给人最明显的观感是韩国人礼佛之洁净。信徒走进大殿，如同印度庙礼数，皆需脱鞋；但又不烦琐，很多人进入殿宇，随意席地而坐，或双手合十，闭目而念念有词，或取佛经一册，翻读且专心静虑。在平日里，没有香火灼人般的缭绕，没有钟磬敲击声的喧闹，也少有三叩九拜的动作，更没有求签、募捐等骚扰，只是静静地面对，仿佛旅人途中的休憩。

每到四月，曹溪寺要热闹一番，作为韩国佛教总本寺的中心道场，为了迎接佛祖诞辰日，僧徒不仅在院内挂满五颜六色的莲灯，甚至还将莲灯会的场景延伸到市区的钟路、仁寺洞直至清溪川一带。在寺内大雄宝殿旁有一株古槐，据说已450年的历史，另外一棵白松，则有着500余年的树龄，逢春萌发，两枝交映，树影婆娑，是寺院久历年轮的象征。而在佛诞节庆典期间，树上会垂挂许多信徒写上祈福语的绸带，每每在夕阳的余照间摇曳，给人一种和谐、安康、恬静、平矜释躁的感受与愉悦。

在曹溪寺内，最吸引我的还是大殿右侧的一尊石雕站立"笑佛"，那雕工细腻，神态逼真，令人赞叹不已，特别是其形象，似弥勒又嫌幼稚，似文殊又略淘气，我当时就想，与其说是佛像，倒不如视为误入佛门禁地的世俗"小顽童"。由于那憨态，那纯真，那戏谑，那幽默的表情，不知诱惑了多少人的"快活心"，很多人争着在石像旁拍照留影，顽童光鲜肥硕的脑袋，也不知被多少只手摸得更加平滑光亮。我也不例外，每到曹溪寺庭院，都要与这笑佛面对一番，忍不住也时常将手放在那光鲜的头顶

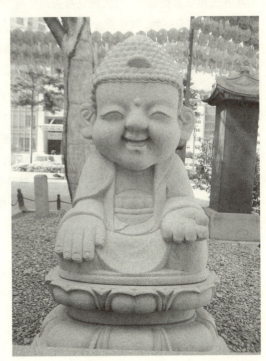

笑佛

上，感受一种圆润与凉爽。其实这神圣的殿宇，最具有象征意味的就是这尊笑佛，无论他是喻示理想社会人们生活的快乐，还是对现实社会疲于奔命之芸芸众生的反讽。

当然，那笑佛"无知"，在他永恒的笑脸上，也许不可能看到这寺名"曹溪"的来历，以及其中内涵的艰辛与磨难。

据史料记载，曹溪乃禅宗别号，因六祖慧能在曹溪宝林寺演法而得名，所以唐人柳宗元说"凡言禅，皆本曹溪"（《曹溪第六祖赐谥大鉴禅师碑》)，然而这其中则掩盖了一段历史，那就是慧能当年在五祖弘忍处修法，与大师兄神秀对垒撰"菩提本无树，明镜亦非台，本来无一物，何处惹尘埃"的顿悟偈，几遭杀身之祸而逃亡南国的惨痛史迹。还有慧能弟子神会传法两京适逢"安史之乱"并襄助郭子仪平叛筹集军饷而赢得声誉，并由此声誉为乃师顿悟法张本，后来又请王维撰《六祖能禅师墓志铭》而确定其"六祖"地位。一番成就，必经一番艰难，连佛门的遭际也如此。

看着顽童"笑佛"的笑颜，我心中的"历史感"与"考据学"似乎又被嘲讽了一番。"顿悟"不易，"悟入"尤难，"悟入"不及"忘却"，"忘却"重在"当下"，我每过仁寺洞，都要走进曹溪寺，摸摸笑佛的头或肚，入得大殿，脱却脏鞋臭袜，寻一角落，就地坐下而享受瞬间的宁静。有诗赞曰：

> 祭神自应入神墟，礼佛曹溪在佛庐。
>
> 最爱顽童雕像石，宁心笑谑亦相如。

佛国寺

　　韩国的城市，首尔最现代化，庆州最古老，作为新罗古国的都城，不仅有着大量的历史古迹，而且出于保护古城面貌的需要，亦多古式建筑，虽觉陈旧，甚至与现代文明相比有些寒碜，然其文化底蕴和一种苍凉又沧桑的感觉，反而给人以心灵的休憩。在庆州诸多文化遗址中，我觉得最古老且亦最宏伟的是佛国寺。说实在的，韩国那些古老建筑如诸宫殿与中国不能相比，但佛国寺置域内庙宇中，绝不逊色。

　　据韩国友人介绍，佛国寺开建于公元751年，完成于774年，至今已历十八九个世纪，其中的建筑与画像，代表了登峰造极的新罗文化。

　　百闻不如一见，这座宏大寺院与其间的庙宇，虽经过壬辰倭乱惨遭焚毁，但其石

佛国寺

筑部分，如紫霞门的两座石桥即白云桥、青云桥，已经1500年的风霜侵蚀，却仍清晰地展示了当时精巧的石造艺术。而修复后的殿宇、庭院，特别是安置释迦牟尼像的宝殿和内藏多面佛的多宝塔，不仅雕刻精致，而且丹青优美，确实保持了中国隋唐时期寺院艺术的风采。

我是秋季到庆州东国大学演讲的，趁讲学的空隙前往佛国寺。不巧的是，陪同我的教授因下午有课无法抽身，但韩国又没有由校方派车的习惯，所以只得临时请一学生驾私车前往，有位来自清华大学而客座东国的女教授与我同往，名曰陪同，实亦未曾游过，顺风顺车，自多佳趣。而教授用学生的车，在国外似成惯例，我曾多次讲学新加坡，每每由学生驾车周游全岛，似乎顺理成章，也理所当然。说也奇怪，韩国近年经济滑坡，远不及中国GDP那么高（世界各国都比不上），可是他们大学生拥有私车，比例甚多。藏富于民与藏富于国，也许是姓"资"与姓"社"的一大区分。

缘于季节优势，到佛国寺时，天朗气清，枫叶如丹，山枝挂彩，群鸟和鸣，生态之佳，令人赞叹。无怪庆州朋友说我居首尔污染严重，殊不知我们来自的国度，白日见一湛蓝天空，夜晚能观满天星斗，都是上报或见诸电视的新鲜事，首尔尽日蓝天，已令我赞叹不已，所以谓之"污染"，颇不以为然。然而到了庆州，朋友之说却得到了印证。当时，我们一行人顺着佛国寺的回廊，过小桥，经流水，进庙堂，观寺塔，与其说礼佛，抑或说观景，倒不如说呼吸清新的空气。

佛国寺还不同于其他的佛寺，以一大殿为中心，而是群楼环绕，处处有景，所谓的法堂，或即正殿，也是错落有致且高低不同、连绵起伏的建筑体。当你穿梭其间，真正能感受到这不仅是一座寺庙，且是一个宏伟壮丽、丰姿多彩的"佛国"。

　　这虽然是千年古刹，闻名寺院，烧香者却甚少，也许韩国佛教徒更重内涵的修炼吧。作为游客的我自然也未烧香，因为这里没有像中国寺院附近大量兜售香火的群贩，况且我也不是佛教徒，这也是一番可享受的清净吧。

　　在离开佛国寺乘车前往另一新罗佛教文化名胜石窟庵的路上，我蓦然有了一种祈福的意念，或许受韩人的"传染"，祈福世界和平，当然从内心里更多祈祷当时身处半岛的统一（分裂带来诸多亲情的痛苦）。可一转念，又有点反讽的意味，试想在当今世界包括我身处之大国的博弈中，这可能吗？不想也罢，随车轮的颠簸，我似乎进入了短暂的休眠。有诗赞曰：

　　　　佛国精华在庆州，新罗旧迹海天秋。
　　　　和平祈福能消怨，但见飞檐镀色琉。

明洞大教堂

　　首尔明洞是喧嚣繁华之地，主要是商业区，游者如织，被称为购物天堂。可是在此不远处，却有另一天堂，被韩国人视之圣地，奉若神明，那就是闻名遐迩的明洞大教堂。我曾两度来此，中隔十载，且在同一位置，取同一视角拍照留影，对比之下，容颜已老，殿堂依旧，真有"物是人非"的感受。

　　明洞大教堂原名"钟岘大圣堂"，是韩国最早的天主教堂，也是其天主教会的象征，所以具有特殊的意义。该教堂设计于1894年，建造于1898年，这年的5月29日教堂与祝圣典礼一起，被奉献给韩国天主教的主保圣人"无染原罪圣母"。而这期间与其后半个世纪，正是朝鲜王朝灭亡且进入日占时期，教堂的祈福声随着国运的兴衰饱含了屈辱、辛酸与磨难，深藏着被迫害者、忏悔者与殉教者的呻吟及故事。

　　直到1945年韩国的光复节，这教堂才以"明洞"冠名，似乎意味着大光明的来临。

　　韩国教堂极多，只要你站在首尔的某一高地，就能鸟瞰到无数的尖顶与十字，或是天主教，或是基督教，如丛林般耸立，其中也不乏规模超过明洞大教堂的。然则何以韩人推崇此堂以极致，其间当有形象与文化的双重意义。

　　就形象论，明洞大教堂作为最早的砖砌圣堂，因纯粹的哥特式建筑风格被列为"国家258号文物"，而游人只要站在教堂东侧的高阶上留照，就可瞬间凝定因地势高耸而显得极为雄壮的教堂身影。这一视角，也成为首尔的著名一景。

明洞大教堂夜景

就文化论，教堂内藏有圣洗台、木造祭台以及诸圣像，均有着颇为沧桑也非常珍贵的历史价值，更重要的则是教堂圣地还拥有的三宝：一是"地下教堂"，位于大圣堂主祭台下，是作为朝拜和供奉圣髑的场所；二是"露德圣母山洞"，是当年卢南大主教于1960年为祈祷韩国和平而设置的，已为教堂游览区的一景；三是"无染原罪圣母像"，位于大圣殿后，是纪念教堂最初的主保圣人之造像，于圣堂建成50周年（1948）纪念时在法国铸造的。

有此"三宝"，还难餍韩人尊崇之心，所以在游览册页上尚写有这样一句话："明洞大教堂，在20世纪七八十年代近代史的动荡年代，一直担负着促进韩国社会的人权伸张和民主化圣地的角色。"尽管韩国旅游景点的中文说明多不重修辞，比如这句话中重复的"年代……近代……年代"，但意思还是明确的，可见韩国人又将这个教堂视为国家近代民主的摇篮。

是的，在韩国政治史上，他们最得意的就是两件事，一是光复，脱离日本统治；一是民主，以和平抗议（当然也流些血）改变专制政体，走向民主。而此两件事都说与明洞大教堂有关，这不知是韩国人的幽默，还是他们的实诚。

据说韩国主要有两大宗教，即佛教与基督（含天主）教，而一人可以信仰多教，所以该国宗教人口超过了国民人口。宗教是心灵的慰藉，是生命的寄托，所以在当今急速发展的时代，她越过工业时代，走进信息时代，仍劲健、盛炽。

"宗教与科学"的关系，我在对韩人的信仰的揣测中，或许有了点领悟。

至于"宗教与民主"，也许是韩人的创意，我不甚了然，至少站在明洞大教堂前留影时，还没想过。有诗赞曰：

　　明洞巍然大教堂，百年气象旧风光。

　　游心两度徘徊地，圣教原来治国方。

有关孔子：同声翻译的一则口误

我到W大不到一个月，就逢上了中文系升格为"中国语学院"的盛典，群贤毕至，热闹非凡，为了报答学校的免费吃喝与赠送升格礼品，当即献诗一首，内容是："祥云瑞兆正佳辰，外大中文气象新。拓扩堂庑观世界，提升学术出经纶。当年宾贡长安境，今日聚贤汉水滨。我自金陵千里客，欣逢盛会满园春。"虽为应酬文字，后经我手书，被该校中文系主任视为珍宝，用镜框嵌入挂在学院办公室，这也算在十数年众交流教授中惟独享受的"殊荣"。

也正是在这次庆典会上，韩、中及他国学者纷纷发言，或颂祝词，或谈学术，W大会堂每座皆有同声翻译器械，可译八种语言，我们几位来自中国的"客座"，只要选择"中文"按钮，自无"鴃舌"之障。等到W大中文学院池院长发言，他大谈中、韩文化的历史以及其国际化的意义，在大量的"丝米达"、"哈蜜大"的语尾词中，忽然听到同声翻译小姐说："韩国人了解孔子，中国人不了解孔子。"会场"碧眼黄须"的洋人没有反应，在座的中国教授愕然且不耐烦了。"我们不了解孔子"？"腹议"很快转变成"口议"，其间能感受到那种爱国激情的荡漾。

国人真是奇怪，在国内时常怨诽"国将不国"，亦曾痛破"四旧"，一到国外则很"爱国"，就像一些千方百计"走出国门"的异国同胞，爱起国来的口舌真叫人感动。固然，孔子是我国的大圣人，是"大成至圣"，不能被人抢走，会后与池大院长的理论是少不了的。质疑的结果是池院长（他汉语亦佳）也大吃一惊，说怎么会这么说？他说的本义是：韩国人了解孔子，中国人了解孔子，但他们的理解或有不同。原来是同声翻译的"口误"。

一场虚惊。我当时产生一种奇特的揣测，倘若此话当真，莫非孔子当年感伤"道不行，乘桴浮于海"（《论语·公冶长》），故而东渡入韩，告诉了韩人祖先大量的我们不曾见过的"语录"，或许比"上博简"中《孔子诗论》的文字还要多吧！否则怎么韩国人了解孔子，中国人不了解呢？然则又一转念，中国人又何尝了解孔子呢？孔子之后"儒分为八"，汉代的董仲舒将其"经学化"，宋代的朱熹将其"理学化"，近代的康有为将其"资产阶级化"，现代的革命家如匡亚明又将其"马克思主义化"（匡氏名言："孔子就是当年的马克思，马克思就是今天的孔子"），诚如《论语》记载的当年老农所问：孰为夫子？再看20世纪之孔学变迁，一忽儿"打倒孔家店"，一忽儿复兴"新儒学"，一忽儿将孔子与林彪捆绑起来加以批斗（"批林批孔"），一忽儿"孔子学院"世界遍地开花，成了文化战略。真是没搞懂，谁是孔子，曾代为自嘲云："一扇孔门暗伏机，开开合合几人肥。不知半百君家事，狗肉羊头孰是非。"

然而，庆典会上同声翻译的一则"口误"，着实又把我们大家与孔子捆绑在一起，愚弄了一回。有诗赞曰：

> 国际文明话孔门，同声误译觅真源。
> 大成至圣谁人识，鹏翼南图北辙辕。

庆州东国大学讲演

接到东国大学B教授的邀请，我一大早就从首尔乘高铁至大邱，再转普列到达韩国西南部的庆尚南道之庆州市。

在首尔临行前，同样来自国内客座W大的东北老大姐Z老师要将手机借给我，说如果走丢了可与中国大使馆联系，因为一些小车站既无中文，也无英文，只有韩文，这种担忧是情有可原的。我婉拒了，人总喜欢探险，况且还是都市之间的往来。不过，Z老师为我应对"陌生"的提示，却喻示了我在东国大学的讲席上真实经历的"陌生化"之体验。当我登上讲坛面对一群"他国"学子略带凝滞的眼光，一种异域的索漠与孤独霎时袭上了心头，就像迷途于小车站般，茫然而无助。

听课对象虽然是中文系师生，可当我俯身掠了眼每位听众面前平放的那张纸，我为讲演预先提供的"提纲"，当即傻了，纸面上极简单的几行中文字旁的广大空白处，被批满了密密麻麻的韩语注音，犹如汉人初学英语将"谢谢"一词注音曰："三块油喂马吃"，初学韩语的"谢谢"，也注音作"狗马四米大"。

这时，站立讲台上的我，腿略有点颤抖，脸上也渗出些微汗液，对一位久经沙场的老教师而言，真有点"老革命遇到新问题"的迷惘。在主持人宣布开始演讲时，我还处在短暂的迟疑中，也正是这短暂的迟疑，一个影像呈现于脑际：我刚来韩国不久，一次课上闲聊，某韩生说我的普通话还能听懂，并言曾有某山东籍中国教授，讲课慷慨激昂，可惜听者一句不懂，结果是他笑时同学跟着笑。

于是我的开场白破口而出："同学们，我讲的大家可能不懂，但不要紧，你们看见我笑，就跟着笑。"这下赢得了本场讲演的第一阵笑声。

本来的讲演题目好像是"中国文化精神"什么的，而站上讲台时就感觉到一种"自嘲"式的荒诞。病急乱投医，心急智慧生，当时灵机一动，如同教汉语式的就解析四个字："仁者乐山"，成了我的全部演讲。因为我想，中国文化精神的实质在"仁"，其外在形式曰"山"，谈"仁"不易，说"山"可观，于是讲演就成了自述观山之影像与登山之经历。

我于是从在韩国登的山谈起，又从韩国的山谈到中国的山，从中国的五岳三山说到"珠穆朗玛"，从"神山"昆仑说到"仁山"岱宗，从伏羲大仙说到圣人孔子，又从中国诸岳说回到韩国的群山，什么汉城的"北汉"、"道峰"，济州的"汉拿"，大邱的"八公"，大田的"鸡笼"……当然，讲演的主题还是由"行山"谈"寻仁"，然山岳不同，行仁或异，中国崇山峻岭，故好为"望岳"，追寻一种"会当凌绝顶，一览众山小"（杜甫《望岳》）的境界；韩国山势平缓，宜于攀登，所以行山成为其全民爱好之健身运动。登山健足，望岳浴目，各有胜境，殊无轩轾；然或"行"或"望"，又因时因地之宜，不可强求，此亦望"圣"行"仁"之道。

忽忆某年携妻挈子登峨眉山，至金顶茫然雾海，咫尺不辨，恍若有失，归途下行，遇几只猢狲，与行人掠物嬉戏，始驻足而有可观者，此峨眉之景欤？抑峨眉之神欤？我以此记忆为讲演结束语，掌声骤起，渐寥寥……有诗赞曰：

> 不谈学术说登山，东国师生列坐环。
>
> 快乐何来文字障，无端白发笑红颜。

"木鸡"的境界

到国外高校客座，是件"风光"的事，一则可传道海外，一则多了段"出国经历"（国内规定在外三个月以上谓之一次出国经历），填履历时好看些。我去韩国前，也曾准备了一些讲学材料，例如"楚辞"、"汉赋"等，因为有位教授在韩客座时接受本国高校某报记者电访，说将把他在韩国时先进的教学理念与经验带回来，以建设其领衔的国家某精品课程，于是"先进"二字，我心向往之。不过在临行前，有位前我赴韩的知心朋友告诫：千万别备课！这倒使我有了几分的迷惑。

这劝告和迷惑在我飞机降落后的几小时收到W大课表，就得到了印证与消释。原来我们这些中国文科教授来此基本任务就是教汉语，有"初级"、"中级"、"高级"三等，只有研究生班才讲点最浅显的"中国文化"。好在第一学期一个大字不识的"初级"班由韩国教授上，我们的分工是中、高两级，稍微可讲点中国话了。韩国高校类似中国，也是分本部与分校，我的高级汉语在本部上，本部是首尔生源，水平稍高，课程较好应对；而中级汉语在数十公里外的分校，生源既差，水平亦低，这其中如何品尝教学理念的"先进"呢？

实践出真知，传统的教学理念倒在课堂上时常得到，如"教学相长"。例如我领读"婚姻"，学生总是念作"哼因"，一了解方知韩语没有"婚"这个音，结果费了九牛二虎之力，让他们念得像了些，于是又解释什么叫"婚姻"，就是"一男一女"……真是诲人不倦，对方必然受益良多，我想。同样，每天领读单词和简短的文章，我念一句，学生接一句，却每每纠正了我那不标准的读音，一年下来我的普通话似乎有了些长进，这也是始料未及的。特别是在分校上课，上午一、二节，下午七、八节，中间数小时百无聊赖，不知为何，只得济补课堂"说呆话"造成的颚僵舌麻，满山遍野地乱跑，同伴戏为"高级流浪狗"。

应对漫长的孤独日子，接受不太情愿的"韩食"生活，倒还容易，最难的还是课堂上的"味无味"。

有时几位中国教授聚在一起闲聊，以疗口舌僵直之"疾"。某天，同行客座某君问我应对之法，对曰：熬、混、糊。随口一说，竟被同行誉为经典"三字禅"。其实，熬日子、混饭吃，是无须思考，而一"糊"字对待"教学"，则有悖师德，但大有学问可言。

这"糊"，绝非怠惰，而是积极地"糊"。学生读错音，我"糊"之以音；写错字，我"糊"之以字；连错词，我"糊"之以词；释错义，我"糊"之以义；配合"互动"，我"糊"同学"发言"、"发表"；讲求实践，我"糊"同学课外实习，游历山川；既像装裱匠，又似修饰工，"糊"得很累，很苦。因为糊得差，斑斑迹迹；糊得好，则天衣无缝。谁知功夫不够，一学期下来，我发觉自己的"糊"功全废。原来诸生既无需你领读，书上有拼音对照；又不要你讲解，字典、词典是学习的伴侣；只要你布置任务，例如"考试"，他们自然学习，完美应对。因为我"糊"得口干舌燥，满头大汗，他们仍是面无表情，只有在宣布提前下课时，才赢得男女同学的齐声：谢谢老师！

到了第二学期，为师者"糊"功略有改变，比如经常提前下课，增加课外实习，韩国节日照例放假，中国节日也考虑休息（这是韩生建议的),这样"谢谢老师"的声音变得更加频繁。只要一上课堂,我重复着"糊"音、"糊"字、"糊"义,学生一如既往的没有表情,似听非听地看着我"喋喋不休"。

老子曰"大辩若讷",讽我之义乎?"大智若愚",群生之谓也。

由老子联想到庄子,他在《达生》中记述了"纪渻子为王养斗鸡"的故事,说的是纪渻子为王养了十天斗鸡,王问鸡怎样了,纪渻子说:"方虚憍而恃气。"过十日又问,说:"犹应向景。"过十日复问,说:"犹疾视而盛气。"再十日问时,纪渻子回答:"望之似木鸡矣,其德全矣。"结果,这斗鸡不战而屈他人之"鸡",真像苏东坡诗夸奖的"庄周世无有,谁知此凝神"(《书晁补之所藏与可画竹》)。

孔子教学多年,忽悟"欲无言",或许是面对"木鸡"之全德境界,而发自肺腑的心灵反省。有诗赞曰:

腹内经纶海外迷,始知万物老庄齐。

无端小辩何穷尽,大智从来若木鸡。

汉语班上的中国生

近20年来，国内学术单位好开"国际会"，以张大旗帜，但却时常为受邀嘉宾颇感苦恼，记得某校某专业开某"国际学术研讨会"，来了个日本人，据说还有一个韩国的，这下名副其实了，可是上电视一报导，不好看，总觉得缺点什么，所以有的学校就请几个校内留学生到场，当然要"碧眼黄须"，以彰显视觉的"国际"意义。因为这种视觉误差对东亚诸国例如中、韩、日（韩国教授反对"中、日、韩"排序）的"人种"而言，最为明显，因此我在韩国作为"外教"讲授"外语"（汉语）时，就常被一些"外国人"蒙蔽，还无端"消费"了一些不该付出的夸誉与激励。

韩国学校的汉语班一般分三等级，曰"初"、"中"、"高"。初级从汉语拼音开始，自"a,o,e"读起，那课堂上洋溢着的"复古"气息，一下将我带回了童年的记忆；中级相当于小学语文，演习字、词、句，记得我小学"破门"时课本上的"人、手、足、口、耳、目"的字似曾相识，"首都、北京、天安门"的词虽不同，亦大抵如此；高级的则已有较长的课文，较难者已近国内的初中水平。

记得有次在中级班领读词语让学生练习，前几位同学读音还保留着"韩国式"汉语的音素，当点到一位好像刚开过双眼皮的女生时，她那语速流利且抑扬顿挫的标准普通话，令我这个曾被国内同学戏曰"桐普"（桐城普通话）的"师者"瞠目结舌，于是我问她是何地人（何方神圣），心想究竟是北部"首尔"，还是中部

"全州"，抑或南部"釜山"的？顶多疑惑是否小时候随父母在中国呆过。

不料，她的回话是："长春！"

"中国长春？"我幼稚地问。

"是呀！"她坦然地答。

于是乎翻检名册，班上同学名字皆一韩文，一中文，无法分辨；观其面相，或白脸，或细眉，或黄发，或"鸡冠"（即"小贝头"），难分"国际"。为弄清真相，只得戏问班上到底有几个中国人，一举手四五位。再问地区，或曰"上海"，或曰"成都"，不知是麻辣，还是酸甜，我木然于堂上，无语半响。这种好奇，又延续到给高级班上课时，堂上一问，七八个中国人，再一打听，连初级班也很多。我惊讶，惊讶异国"胞裔"求学于"国语"之班，更惊讶这些年轻"胞裔"在堂上跟随我起劲地朗读"我们"、"你们"、"他们"时，竟修炼得与我一样，脸不变色心不跳。

不知出于好奇，还是责任，我"请教"诸国生为何到国外修习汉语，而且是如此的"牙牙学语"。诸生的回答很简单：学分容易修，学位容易拿。再问他们到国外拿此学位何意？答曰：回国后就是"海归"（俗称"海龟"），谋得工作且好亦易。

我面对他们避"难"求"易"的平静表情，忽然想起《唐摭言》上记录的一则故事，某生在市场购得佳诗文一卷，以为科考之"行卷"，并将此卷投谒主考官，孰知主考官认出此卷乃当年他所作而流入市场者，该生不巧被"撞破"骗行，悻悻而退，临去却向主考索要卷子，主考质问此卷已假，索回何为？生曰：花钱所买，他年尔非主考，予尚可用。

然而转念一想，自己的想法或比拟或许过为"苛刻"，因为诸生毕竟不是作假，而是很卖力地"鹦鹉学舌"，所以为了让他们既不失学分，又不浪费青春，我私自为其开"方便之门"，即初、中级汉语修习的"中国生"统统"滚"开，时间可供以读有用之"书"，或回寝室作养身之"睡"，修高级汉语者悉听尊便，因为解读课文时还有些典故或故事。当然考试必来，以慰其求"分"之悬想。

这事发生不久，某韩国教授请我评阅他的硕士生论文，这种汉语班上的情形又得以"升格"。该硕士生女性，从韩国教授习"中国现代文学"多年，论文题目是《巴金的文学思想研究》，答辩时用"汉语"，属"外国语"，鹤立于众韩生间，好评如潮，令人刮目。一问，依然是"学位"与"海归"的双重收获。

学术打假，近年域中甚嚣尘上，然打假即"假"，如钱锺书笔下方鸿渐之"克莱登"学位，现实人物如唐骏之"西太平洋"大学，然则真实者如我所见之"学分"、"学位"，甚或是名牌大学的"文凭"，岂不是"假作真时真亦假"？形形色色，是是非非，莫"明"其"妙"。有诗赞曰：

> 国际文凭盼海归，华章给力学分肥。
>
> 真经了得他乡色，敢笑江东一渡苇。

记一次学术交流活动

到韩国外国语大学任教刚两周，就得到中文系主任的通知，要我们提交论文，参加一次学术交流活动。等到文本下达，并收悉对方送交的评阅文章，方知是外大与中国北京大学协约主办的"第二届外大——北大中文论坛"，论坛主题是：中国语言文学的跨文化交流。

论坛在一小型会议室举办，室内置一长形中空会议台，北大来了约十位中文系教授，坐在一边，外大也有十来位教授，包括多名我们这类来自中国的"客座"，坐在另一边。论坛说是"中国语言文学"，其实一讨论起来，实质是中韩文化的交流（包括冲突），我们的身份最尴尬，既是中国人，又是韩国外大教授，而且还要代表韩国外大与中国北大进行论辩（其中最尴尬的是来自北大客座外大的张君），所以私下自嘲其身份的变移，成了"汉奸"或"假洋鬼子"。

好在针尖儿对麦芒儿的争锋时间很短，大多数的时光是在和平友好中度过的。至于我提交的什么文章，评的是北大某君的，时间一过全忘了。惟独有两篇论文在该论坛上的发表，至今记忆犹新，令人难以释怀。

一篇是韩国外大某教授的，专门讨论韩国首都为何叫"首尔"，而不应叫"汉城"？他以不容置疑的激烈而激动的口吻阐述："首尔"是韩语的发音，是这座城市的符号，过去中国语谓之"汉城"，乃是一种历史的误会，特别在他谈到韩语发音问题时，我听得云里雾里，糊涂中觉得有些道理。所以私下为该教授的发言立一论文题，曰：韩国首都名"首尔"非"汉城"考。因为这是篇考证之文，虽然仅纠缠于发音，而缺少历史的证据，但该教授对他人的质疑声充耳不闻，那种韩国学者"褊狭"中的"固执"，让大家着实地领略了一回。

我当时也想讨教，例如韩国文字创始于朝鲜时代的世宗大王，在此之前这区域的名称怎么回事？如果"汉城"是历史的错误，那么至今还保留着的名称，如城中的"汉江"，城北的"北汉山"、城南的"南汉山"，将又作何解释？是否属清除未尽的残余？可是一想到自己"外大"的身份，也怕论坛的对等形式失去平衡，也就存疑于心，最终没说。

另一篇是中国北大某教授的煌煌巨文，意思是论首尔"清溪川"的美丽及文化内涵（或价值什么的）。"清溪川"是首尔的一条人工建造的城中河流，也是时任韩国总统李明博担任该市市长时的一大政绩，意义在清除建筑垃圾（如城内高架等），回归自然环境。我所见到的清溪川，就是一极平常的人工水道，宽处数米，窄处可纵身跃过，既无深厚的历史内涵，也没有令人兴叹的自然景观。然"文"者，饰也，小小的清溪川在北大教授的笔下与口中，变得壮浪而神奇，美丽而华贵，那水美，石美，人美，环境美，装饰美，一"美"到底，令在座的韩国教授不断颔首微笑，连连称颂，也增加了一层"心理美"。

古之所谓"谀文"，无过于斯，我想。然则谀文有"谀圣"，有"谀墓"，此皆不是，或可谓之"谀邻"、"谀友"，以让东道主心痒如搔，有"美"的回报，至少彼此愉悦，何乐不为。不过，来自北大客座外大的Z君，听后大不以为然，觉得"清溪川"入论文，进论坛,已是荒唐,而言过其美,"谀"而失"分",真是"其其以为不可"。

过去有则笑话,意指人之有"才",何则不"文"。说的是某"老爷"(大王)亲自主考,忽于堂上纵放一"屁",即命考生以此为题。某考生习"义理"之学,为文云:"形而上者谓之气,形而下者谓之屁,气也,屁也,一而二,二而一也。"某考生习"辞章"之学,则为文云:"恭维大王,高耸金臀,洪宣宝屁,依稀乎丝竹之音,仿佛乎芝兰之气。"两生为文,各有千秋,均得高分。有诗赞曰:

自古高才好作文,而今论说建奇勋。
交流学术何须学,兴怨且观妙在群。

江陵会议

在韩国教汉语期间，参加学术会议常是一种客串，也是一种奢侈。韩国教授主持会议，往往是国际的，作为在韩中国教授，邀请参加，无需提供经费，韩方何乐不为？而作为因教汉语而与学术久违的人，在会上消费一下荒疏的学术与空虚的精神，不无快感。在一年参加的记不清几次的学术会议中，由我客座时的同事、W大朴教授在江陵主持的中韩学者某主题研讨会，是印象最为深刻的。

江陵地处江原道，为韩国的最东部，距京畿首尔有数百里路程，对暂住首尔的我来说，这次行程似乎也有"千里江陵一日还"的意味。

说实在的，在异域蹭会，对会议内容倒不重视，更关心的还是趁机观赏一下该地区的风光。而这次游观还是有可圈可点之处。比如这里正是一时为中韩学者（包括广大网民）争论不休的"端午江陵祭"所在地，虽然不是端午节，我没遇上那"世界非物质文化遗产"的表演，但在公园与海边，一些戴面具、踩高跷的男男女女、各色人等的排练，倒也令人饱了眼福。这里还有两个著名的景点：一是镜浦台，高高耸立于一片开阔的湖边上，登临遥眺，神清气爽；一是乌竹轩，是坐落在海边的名士宅院，其中丛生的黑色竹林，异于常见的翠竹，而多了一点翰墨书卷的气息。

当然，江陵最大的特色，我想就是路边随时可见的书院、家庙与孝子祠等建筑，多是白墙黑瓦，幽雅庭院，有点像徽派建筑，然而它却是韩国民俗风貌的典型代表。这种散落而自然保存于民间真实的历史"图像"，是在首尔和京畿道很难看到的，尤其是与人造的什么"韩屋村"相比，其阅读感受截然不同。

由于个人偏好，我还是最爱江陵的"海"。根据我国的地图所示，这片海域称为"日本海"，但却是韩国人最忌讳的，他们称之"东海"，是与中国相邻的海域"西海"（我国的东海与黄海）对称。比较而言，韩国人更喜欢东海，这不仅是景观，更内含经济价值，因为他们认为只有东海的"水产"健康可食，是优品质。当然我所爱者只是景色，那墨蓝色的海浪忽波涛汹涌，忽旖旎舒展，对映淡蓝色的天空和飘忽不定的白云，毫无浮游之秽物，更无泛起之沉滓，是我孤陋寡闻者所见到的最美的海域。不过有同行者曰：南非的海比这还要深，还要澄，还要美。

好景常使人变得贪婪，我是头天下午溜会观海，一直到夕阳落照，群鸥回旋游弋于暮色中；翌日黎明即起，徜徉沙滩，再观海上日出之景，偶然间见一身材苗条、肩披纱巾的女子进入海滨的视线，在晨光下，在微风中，那一瞬间使我这来自江苏的人感受到了最真实而神奇的"蓝色经典"。

为了来日重复记忆，我同样不脱俗套地用蹩脚的傻瓜相机记录下了这片海，后来放进我的博客空间，有人看后说真是专业水平。我私忖，这既不能归功水平，也不能归功相机，而是江陵海的美丽无法掩盖，哪怕是转换为图像。

既然是学术讨论会，我也得参与其间，除了评点一篇报告，就是旁听一轮讲演，其中最麻辣的花絮，是位韩国学者针对中国学者一篇关于中日韩文化比较什么的文章，而大发的一通议论。他说："你们的政府，你们的学者总是称'中、日、韩'，在我们韩国地界也这样，而我们始终是按'韩、中、日'排序，而不说'韩、日、中'的。"也许是习惯，也许是细节，也许是谁都没想到，听众哈哈一阵哗笑，几分诡谲、戏谑，或者还夹杂歉意、嘲弄，我也不甚明白地裹挟于其中。

然而我对这次会议之"学术"的印象，还是源于此"会"而出乎"会"外的一件事。本来W大客座中除我尚有北大Z君、复旦N君受到邀请，拟同赴江陵，然因需在首尔江南某酒店集中，与中国来的学者同行，所以转车折腾，天未明即当起，于是Z君年轻贪睡而"自误"，N君曾有江陵行历而不往。结果我检读携归首尔的会议文件袋，其中有四份记录Z、N二君与会之证据：一曰"代表名单"，二曰"住宿安排"，三曰"餐桌排位"，四曰"发表论文"（或评议论文)，皆赫然在目。我试想，如果千百年后，得此文件者考证二君交游行历，某年某月某日参加江陵会议，绝非"孤证"！因思自乾嘉以来，考据风炽，弥漫至今，似有非考据即非学术之势，乃至桐城姚惜抱紧随而倡"义理、考证、文章"三者不可或缺之论，不无以"考证"壮胆之嫌。又思袁子才说不懂考据不可言诗，仅知考据更不可言诗。我惊曰：专事考据者，不可言"人生"。

惊惧之余，遂尽弃此会议文件袋，以减少一份贻误后学的"文献"。有诗赞曰：

> 海东美色数江陵，穿越千年孰为凭。
>
> 叹息人心多孽障，晴空墨浪月初升。

发表

在韩国任教，课上学会了一个词，叫"发表"。何谓"发表"？类似同学在课堂上发言，但又不同，发言可因问即答，比较灵活随意，而发表则要庄重得多，学生要做准备，犹如学者作学术报告。

韩国大学的学生最喜欢发表，韩国教授也喜欢学生发表。据说韩国教授有两大法宝，一是迟到，这类同日本，上课迟到的时间越长，证明身份越高，学问越大；另一个就是听任学生在课堂上发表，有的先生一堂课下来没说几句话，甚至一学期下来也没说几句话，全然由学生轮流转着在讲堂上忙碌。

学生在堂上发表，先生在堂下坐着，有时沉默，有时点头，有时微笑，有时插话，喝茶，闭目，养神，很恬静，也很惬意。

我了解并运用"发表"，是一学期近半的时候。因为教汉语，主要是领读，上传下受，口干舌燥，兴味索然。到了要期中考试，有同学来问："老师，什么时候让我们发表？"或又建言："期中考试就让我们发表吧！"

我初不甚解，后咨询同行客座的"前辈"，方始释然。于是这次的期中考试就由同学们发表，本拟每人五分钟，班上30来人想在两堂课完成，结果大出我的意料，有的同学半小时下不了堂，轮番上阵，整整花费了10个课时，同学们还是余兴未了。

这下不仅让我感到了"先进的教学方法"和"调动学生主动性"的课堂效应，而且发现一个奇怪现象：平时课上读书磕磕巴巴，特别用"白文"（没有注音）让其朗读更是断断续续，而一上堂发表，则异常流畅，且神采飞扬。而作为"师者"坐在堂下听同学发表，也确实是种享受。因为他们准备的极其充分，不仅有讲稿，而且制作影像（PPT），讲的又多为旅游经历，世界各地，景致风俗，图文并茂，光怪陆离，例如法国的酒庄，印度的牛粪，南非的海，瑞士的山，真给了我不少的知识与收益。当然他们也热衷介绍在中国的游历，使我也能不至于木然痴坐，可参与互动，而有关新疆的葡萄，西藏的寺院，连我这个中国人也觉得不及他们有口福与眼福，只能静穆地欣赏那投影上或鲜美，或古朴的画面。

尝到了甜头，我在韩国第二学期汉语班课堂上，让学生的发表变得更加频繁了。在同学们朗朗上口的发表声中，我也享受着韩国教授品茗旁观的滋润，既省了口舌，又养了精神。

一位同样客座韩国的友人对记者说要把在韩国先进的教学经验带回国，培育我们的精品课程，我想这先进也包括"发表"吧。有诗赞曰：

> 授业成均觅道源，无声绝胜有声喧。
> 课堂上下师生替，子欲无言是预言。

龙仁校区

W大有三个校区：一是本部，在首尔市江北，是我一年的居住地；一是新区，据说在首尔市江南，我仅看过图纸，没有去过；另一个就是一直在使用的分校，在首尔附近的龙仁市，故称"龙仁校区"，我客座的第一学期就在此担任了两门课程。

从本部到分校，每天都有班车往来，车行单程约一小时，我经历了整整一学期每周一次的这一昏昏沉沉的行程，也正是在此昏沉的颠簸中认识龙仁的。

龙仁校区建置在一条狭长的山谷间，零散的教学楼、图书馆、办公楼围绕着蜿蜒而漫长的中心大道，自然形成学校的几个区域，如果从高空鸟瞰，犹如银河系里的几大星区，以其不同的建筑风格，闪耀出奇异的光辉。据主管龙仁校区的W大副校长介绍，这里曾是古朝鲜某王朝打算建王宫的地方，具有龙凤翔舞的地气，因为周边绵长缠绕着的山脉，就是龙山。也正因这里景色美丽，气象非凡，所以每次经过一小时的艰难车程，只要一进校区，立即就能化昏沉为清新，不像是来上课，仿佛是到了一自然氧吧，享受疗养的。

具体的美，容易辩说，龙仁校区属于整体的美，似乎只能得"意"而忘"言"了。回想起来，我的龙仁经历与心境，可用四个字加以概括：

一曰"惊"。我在韩国因语言不通的第一次迷途，或者说惟

——次的迷途，就在龙仁，使我感受到"陌生"的惊惧。那是我刚到首尔的第二天，初次到龙仁上课，有助教同行，将我带到两个上课地点熟悉环境，并告知傍晚的回程车在某处停靠，共三辆，我应该坐第一辆。可是下课后，我迷恋于景色，转昏了头，好容易找到助教指示的上车点，看见一排校车顺序而至，我就上了第一辆，谁知站位错了约十数米，结果与一班学生拥挤在一车内。等到我意识到乘错车时，车已离开龙仁，向另一方向快速地驶去。当时真是惊愕无措，因为我还没领临时居住证、教师证，也没买地铁卡，甚至身上连韩元都没有。好在开车的年长司机在我与之比划中懂得了什么，并于中途陪我下车等待于道旁，总算找到了一辆将我送回本部的顺道车。

二曰"变"。龙仁校区最美的是植被，各种树木，各种花草，在道路旁，在山涧边，在园林般的校舍的周围，在龙山的漫山遍野。这里，我看到了冬雪的覆盖，春花的灿烂，夏雨的洗涤，秋叶的流丹，正因节候之变，故有景象之美。景观因时而变，方呈示动态的美，然而动态的美，又源自静态的观照，以静视动，才能于中品鉴、体悟。我在龙仁校区，每每于课间休憩，安坐在清水塘边的山冈上，俯察近景，平视远方，那岁月的堆积，和瞬间的凝定，享受到的是以不变应万变的永恒、安逸。

三曰"闲"。陶渊明说"虚室有余闲"，王摩诘言"人闲桂花落"，这一"闲"字，意味深长。倘无"闲"，我在龙仁就没有以"静"鉴"动"的趣味，也没有对景候变化的领略与关心。当然，我的"闲"首先是"被闲"。由于校方排课的需要，我在龙仁上午两节课，傍晚两节课，而其间有三四个钟头无所事事，先则在外教休息室打瞌睡，但身边黑人、印度人的热情与气味，逼得我只有"放浪形骸"于外，然流浪之苦，未可言宣。某日静坐清水塘边，忽悟外物之"苦"源自本心，倘本心转"苦"为"乐"，外物亦为之变。"流浪"恍然而为"游赏"，风光无限，自在眼前。于是，"被闲"一下转换为"自闲"，不仅"独乐"，还惠及群生，天气晴朗，清水塘边的草坪，就成了我教授汉语的课堂。有一天草地课堂刚开张，某女生忽然掏出一张B超胶片给我看，说那影像是她肚子里女儿的玉照。我望着仿佛成形的小人影，惊叹韩国女生是那样大方地将"人伦"自然化，还带着美的欣赏。这也成了这堂课同学们热议的话题。

四曰"忆"。到了秋季，我的课都在本部，在省却路途的疲劳与昏沉之时，也失去了对龙仁美景的亲近。但我时常忆怀那些景物，特别是从清水塘往山间的小路，两排高大挺直的银杏树夹道而立，顺着山势延展，成为龙仁一道特有的景象。我想到了秋季，那绵长的金黄色通道，该是多么的壮观。带着这样的忆念，在一晴朗的秋日，我再次来到了龙仁，漫步于铺满金黄落叶的小道，这亲历，这趣味，不知为了一时的快适，还是为了往后的记忆。

古人写美景，喜欢借水，如"月映于川"，喜欢用镜，如"照花前后镜"，为的是虚化美，而我觉得对美的虚化，最佳方式是借助记忆。因为有些美，还是虚幻些的好。有诗赞曰：

天然丽色在龙仁，清水塘边说教频。
四字箴言成忆念，当年浪迹作游春。

北方有佳人

韩国同学在听课时很沉静，绝无课下议论影响堂上教师讲授的陋习，可是如果让他们课堂发言或作专题发表时，则十分活跃，有着争先与占台的表现欲。可是在高级汉语班上，有两位女生总是沉默寡言，班上同学轮流"发表"时，她们也是拖延到最后才上台，而且略显谨慎与畏葸，后来一打听，才知道是她们来自遥远的北方。

这两位女生长得很文静，每每坐在教室的角落部位，很不起眼，但却每每引起我的好奇心。这不在于她俩的装饰与班上其他女生的不同，有时穿上有点寒碜的便服，偶尔却身着朝鲜族的民族装而显得不够协调，我真正感觉她们与众不同的，则是两人共有的忧郁的眼神，有点闪烁不定，且透泄出些许淡淡的悲凉与美丽。

真正给我有较深印象的，是课上与这两位同学的两次交流。

一次是课堂上例行的同学"发表"，班上的男女众生，为了表达或炫耀汉语水平与旅游经历，一个个口若悬河，一会儿是北美的枫叶，一会儿是南非的海滨，一会儿是印度新德里的神庙，一会儿是中国凤凰小城的街道。台上的同学吹得是天花乱坠，台下带有考评性质谛听的我，则是云里雾里，因为他们谈论的均属我不曾经历的。而到这两位北方同学发言时，声音骤然变得很轻微，一位谈自己的母亲，一位谈自己的弟弟，既没有投影音像，也没有演讲时的抑扬顿挫，只是像喃喃的自语，絮絮叨叨地讲了些生活琐事，既不生动，也不动情，然而班上同学却静得出奇……我当时想: 这次"发表"该给她们高分,还是低分呢?

又一次是算"课外活动"吧,也可称之为"教学实习"。为了说"名词",话"名物",我将全班同学拉到了课堂之外,穿行于校园的山道与水径,以宋儒"格物致知"之法,松竹水石,飞禽走兽,训习汉语,信口开河。而这些异域生员,平日沉寂课堂,一放入山野,立即变得狂野起来,惟有这两位北来的女生,不为外景所动,仍悄悄地坐在草地的一角,缄默无语。等到下课时分,其他同学一哄而散,惟此二位顺着山道往校区中心走去,恰好与我去往食堂的路同一方向。我看她们有点冷落,于是邀请其同进午餐。教师因上课的原由,午餐是免费的,而请同学吃饭则需刷卡,二位也不客套,默默应承,默默而食,饭后竟默默而去,除了我问话略有回答,余下的仍是那淡淡的忧愁。

到了学期结束,考试完毕,班上的同学皆默默而退,惟独这两位北来的女生递交考卷后,非常谦恭地走到我面前,深深地一鞠躬,我诧异地作回礼态时,感到她们好像有什么话要说,或许是我平时间的一些"好奇的话头",她们以沉默应对,现在将离别时略有歉意吧。我期待着什么,可是她们终未说什么,又是默默地转身而去。

当我目送她们走到教学楼过道尽头时,忽然想起《汉书》中记述的歌词:"北方有佳人,绝世而独立。一顾倾人城,再顾倾人国。"佳人善顾盼,而不好言说,才增添了"无声"的力量,而这两位北来的女生为何那般默默无语,这当然与古代的歌词没有关系,可是我终究也没有弄明白。有诗赞曰:

试问南来北地生,艰难岁月孰平衡。

佳人语默哪堪说,倾国何需又覆城。

韩国校园里的"图腾"

在首尔的一年时间，我每逢周末都要出外闲逛，其中最多的就是"校园访游"。

除了首都以外的诸"道"，仅首尔一城，我们就逛了50多所高校的校园，比如参观面积最大的"首尔大学"（原名"汉城大学"），一查地图，市内还有一所"汉城大学"，于是又辗转往访，则是一所极小且局促的院落，一问方知属地方管辖的排名极后的院校。据说北京大学百年校庆时邀请韩国首牌高校"汉城大学"参加典礼，结果误投至此，这小"汉大"喜出望外，自然"盛情难却"，到了北京，致想邀的而且与北大对等的汉城大学缺席，主办者才知道闹了个"笑话"。

韩国校园一般都是开放性的，犹如公园，基本上没有围墙，然其最为奇特的还是每座校园里都有一尊"图腾"，即动物的塑型，矗立于显要位置。

"图腾"是古老氏族的标志，有独特的内涵及判别的意义，如氏族外婚制的施行。而这些校园雕塑"图腾"，各校不同，亦以其形象与个性，成为这所学校的象征。

比如高丽大学校园内矗立着百兽之王的"狮图腾"，那半醒半睡的狮像在夕阳的余照中仿佛追记着高丽王朝的雄伟沉酣的旧梦，以及在现实中仍然可以与首尔大学一争高低的气势。

而作为与"首尔"、"高丽"并列"三鼎甲"的民办高校延世大学,虽然不敢与首屈一指的首尔大学叫板,却常与高丽大学为孰是"榜眼"、孰为"探花",颇有轩轾,所以她的校园内则高耸独立着雄猛的鸷鸟"鹰图腾",一双厉目在晨光的照射下闪烁,彰显着一种戾气,隐喻着某种追求。

当然,有的校园图腾又与学校的性质相关,分设在首尔与庆州两地的东国大学是由佛学会资办,以佛教立校,所以校园内不仅有供奉菩萨的庙宇,还有内含佛教本生故事的"白象"图腾,蹲伏于极为显眼的地方。这其间蕴含的那种海天佛国般的优雅与静谧、超脱与广阔,不仅是"东国"人的骄傲,也是参观校园者真切感受到的奇异风采。

我所客座的高校是"韩国外国语大学",她在首尔城中校园面积算最小的,不足骄人,其教学以"外国语"为主,在当今学科齐

外大和平鸽雕塑

全、规模宏大的办校宗旨下亦 "乏善可陈"，然而该校傲视群雄的则是高度的 "国际化" 程度。据说这种国际化不仅压倒全韩高校，而且居世界第一，就凭校园内挂满了100多个国家与地区的炫目旗帜，以及每有活动汇聚一堂的各色人等，的确能昭示这一点。国际化要 "协和万邦"，重一 "和" 字，于是外大的图腾非 "和平鸽" 莫属，那温馨而可爱的 "鸽图腾" 雕塑也成了学校的象征。

每当我夹着书本去上课时，穿过教学楼右侧丛林 "和平鸽" 塑像旁的曲径，漫步于活生生的飞鸽群间，校园的景致映入心田的是宁静与安详，还有一种静穆中的飞动。

有时联想到我国高校，象征何在？是日益攀比的宽广大门，还是鳞次栉比的高楼，显然都不是。于是从中发现，宜在 "校训"，然其或谓 "天行健"，或谓 "地势坤"，或谓 "严谨"、"求实"，或谓 "雄伟"、"博大"，将其 "语象" 化为 "图像"，只能是 "空空道人"，不知所云。于是我又想，何不借 "他山之石"，亦于校园内塑造图腾，即使是 "鹪鹩"（麻雀），也能 "言有浅而可以托深，类有微而可以喻大"（张华《鹪鹩赋》），适性明心，要比不着边际的空话要好。有诗赞曰：

> 校园特色看图腾，立学宗门信有征。
> 异域情怀思故国，浮风褪尽自心澄。

堂上"宫殿"商榷记

韩国访学,住在首尔,颇为首都圈之外的"外乡"人所艳羡,就连家居第二大都市釜山的白教授见到我,都说:"噢,您住首尔共和国哟!"意思指首尔占尽了韩国的资源,也主导了全国的经济,故有"共和国"之称。而首尔市民自诩其文化,传统的宫殿建筑显然是其骄傲,那里载录了他们祖先的辉煌和屈辱,是具有国家象征的集体记忆。

首尔原名"汉城",是朝鲜王朝时期的都城,既有太祖李成桂下令于1392年建成的正宫"景福宫",又有相继建成的离宫"昌德宫"、"昌庆宫",成宗私邸"德寿宫",以及光海君九年(1617年)建造的"庆德宫"(后改名"庆熙宫")等,诸宫相连,楼阁曲环,依山面市,蔚然而有形胜之观。

在群体宫殿中,景福最盛,据说当年建成时有200余栋殿阁,旅游手册上称之为"富丽堂皇",可惜毁于历史上的"壬辰倭乱"。而日据时倭寇竟以此宫为"圈畜"之用,以践踏被征服之民的祖业与自尊。或许正因如此,韩国人对此宫殿的情感尤为浓厚尊重,加上景福宫的后墙紧接现在的总统府"青瓦台",相映古今,更成其心目中首善之区的首善之地。

就游者的观感而言,这些宫殿无论是建筑规模,还是景观气象,我均不敢赞一词。论其整体,倘与北京故宫相比较,择取片景一角,也胜却此间无数;论其局部,此中池塘水域,安能与中国江南园林媲美？此间亭台楼阁，充其量也只堪敌山西的晋商大院，而其宫室周遭的围墙之低矮，与我国北方一些地主豪宅对比，夸大其词可称在伯仲间。倘若追溯历史，我想作为"属国"的朝鲜王朝，当年建造宫室，一定不敢逾制，所谓堂皇富丽，或许也是一种历史的想象罢了。

带着这样的实际观感与"大国"心态，加上口无遮拦的性格，在一次研究生课上谈及历史文化及建筑艺术时，我毫无保留地宣发了自己的看法。

正当我侃侃而谈、自我陶醉之际，有一鬈发微胖之女生举手轻言："老师，商榷！"

我愕然，以为自己的观感失误，比较不妥，立即停止"宣教"，请其发言。结果该生的"商榷词"则大出我的意料，因为她既不评判我说的正确与否，也不驳斥我也已自觉的"不合时宜"，而是从学理的角度说："中国古代的宫殿是高大，围墙更高耸，但却隔绝了自然与人民；我国宫殿虽低微，围墙虽矮小，但从景福宫内可看到外面的自然山水，游人出入其间，尽管缺少神圣感，却也没有畏惧心。"

我无语……

结果，该生得了这堂课的最高分。有诗赞曰：

> 游观殿室觅知音，比较中韩话古今。
> 课上闻声商榷曰，天然妙境见民心。

暑期汉语培训班

韩国W大的外国语教学是国家一流的。他们自认为是世界一流的，原因有二：一是小语种齐备，如有专门的系科教授"越南语"等；二是将语言上升到文化，故校内多设研究所，与中国的交流不限于北京外大，而要比肩北大。这样的学校，这样的名望，韩国境内的学子视为圭臬，各类假期培训班也是少不了的。我在该校的暑假期间，正巧遇上了"汉语"培训班，作为来自中国的"外教"，任课责无旁贷，而这些成年人与全日制同学相比，在课上有时会给你意外的惊喜与惶恐。

我受命授课的培训班，是"中、小学教师师资"班，中学又分"初级"与"高级"，还有"男校"和"女校"。过去中国也有女校，却没听说过男校，而韩国则分三类，男、女为二，外加综合（男女混合），不过教师不以性别分，男校有女师，女校有男师。而这些学校都需要教授汉语的师资，已足见汉语在韩国的普及程度，例如"孔子学院"在欧美，或许有些实用，设在韩国，那仅是一种摆设。

在韩国授课极为自由，有时有课本，有时没课本，没有什么"原则"，没有什么"核心"，更没有政治的"禁忌"与民族的"避讳"，没想到我们教汉语，那语言的拘谨（不能说快）却带来了思想的自由。培训班虽有教材，但可以不用，于是我拟订了若干"话头"，例如"政治"、"外交"、"宗教"、"旅游"、"家庭"、"婚姻"、

"风俗"等等，排列对话作为引导，然后课堂讨论，学员自由发挥，这样时有新意，常出乎我的意料。

例如讨论"政治"，学员会骂总统，还会问我中国人敢不敢？

谈"旅游"，学员带来了世界各地的幻灯片，当然其中也有他们自己的身影。韩国虽小，但韩国人旅游则忽欧忽美，忽巴西，忽南非，具有极强的世界性，所以每次令人质疑他们的经济危机。每当他们伸出大拇指说"中国，不得了"时，我真感到"内疚"，我们的同学，我们的教授能跑跑"云（南）贵（州）"就够奢侈了。有一种泡沫经济，叫做"盛名之下，其实难副"。盛名何来，并非虚名，确是真实的，一言以蔽之："国"富"民"穷。

言及"家庭"，学员不讳言恩爱，也不讳言矛盾，甚至反"客"为"主"，要我谈谈家庭，巧在妻、儿正在韩国探亲，结果两人分批到课堂，每人帮我上了一次课。

说到生日聚会，学员们已做好预习，课上我正在与大家进行对话训练时，忽然有蛋糕捧上讲堂，分享饱啖，成了课上的精彩花絮。

如此"传道、授业、解惑"，前所未有，真有些乐不思"乡"了。

学员中最令人难忘的有两人，一男一女。男的是位初级中学的教员，他每次上课都坐在最后，一不小心双腿就盘到不大的凳子上，当我们目光相接时，他又不好意思地放下，不一会儿又上去了。由他的举动，我发现韩国人盘腿已成为一种民族习惯，于是我以盘腿与直坐为题，又"糊"了一节课，该学员在以后的课间腿盘得也更自如了，因为他已不需顾忌我的看法与情绪。

另一女生是高级中学教员，也是培训班的班长，她每在课间休息时，就从自己的兜袋里取出许多布料，制作各种"包"类的用品与饰品。我好奇地询问，她向我展示了自己的提包，是她用布料做的，在世上独一无二，她说不喜欢什么"LV"和"爱马仕"，更喜爱自己的工艺品。一个现代女孩的民俗情节，令我很感动，有一节课就为她而设，由其主讲工艺布包的制作及其文化意义。

也许作为报答，在培训班课程结束的那天，她为我制作了一个小狗头形的钥匙包，甚是可爱。而在狗面的背后，她认真地绣上一个对她而言工整的外国字"结"。

班长赠送小礼包

陌生就没有讳忌，她不知尊者"名讳"一说，也不知狗头背面署名之"怪异"，更不懂男女有"别"，包括用"字"。但她毕竟与我们共同学习了"婚姻与家庭"一课，知道中国的中庸之道，于是作为"中和"，她又特地为我的妻子做了个布料的名片袋，由我转赠，用心良苦，匪夷所思。有诗赞曰：

　　　　师资培训若谈天，众口同声一曲弦。

　　　　最是依稀蒙昧处，他乡异国结心缘。

新年团拜

在一椭圆形的大厅内，在一片如水晶般玻璃球体的金色的、白色的灯光辉映中，沿着大厅弧形壁幕，以黑、白、黄肤色组成的、有近百个国家和地区的数百位教书先生一排站立，形成约280度的弧形人墙，排场壮丽，气势恢宏，这就是我当年客座韩国W大新年团拜时的场景。

团拜是中国传统的礼制文化，大约兴起于宋朝，文武百官于新历"元旦"相会言欢，互致祝福，品清茗，尝糕点，自然是少不了。其风气一直延续到现代，只是下行于各单位团体，同仁新年相聚，虽繁文缛节，但多乐此不疲。我记得20多年前每逢大年初一，都要克"己"奉"公"，早起骑车十数里，赶到单位参加"团拜"，除了品尝瓜果，有时还能拎回一袋点心。自私宅安装电话，开始删繁就简，多改电话拜年，手机、网络继兴，真所谓"相对"如"梦寐"，团拜已离现今的人们渐行渐远。

没想到多年后，在异国他乡的临时"单位"，又一次参加了团拜活动。只是团拜日的"元旦"并非中国传统的"元旦"（春节），而是西方阳历的新年第一天。

回到团拜现场，在大厅里，各种肤色，相聚一堂，表明该校的国际化程度；而男女老少，胖瘦高矮，熙熙攘攘，更是不拘一格。只是这团拜活动非常奇特，既无茶点，又不寒暄，更没有新年礼物，连主人公的校长也不讲话，大家默默而来，默默而立，默默而散。

当然，最为奇特的是列队形式。大厅门居中，人们渐次鱼贯而入，校长进门立左侧第一位，然而依次握手、站立，无论你站位何处，与人握手的次数均与他同。比如紧次校长站立的第二位，他先只需与校长一人握手，但继后百人千人，他均需握过。我当时站在约沿壁180度处，先与已站180度内之人一一握手，然后再接受后到的约100度之人的握手、问候。结果凡参加团拜的人，都有一次"互握"的机会，真是公平交易，特别是一时间与世界各地三种肤色的男女人等"执手"，虽瞬息"分离"，也是罕见的经历。

记得握手之际，我忽然想起某年某报载，某人提出古人作揖之法甚佳，握手很不卫生，因为手上难免带有各种细菌，更难免交叉传播，况且还有偌多"非我族类"之手。握手必近距离接触，各色人等，各种气味，"交叉"感染，有时也真难"同气（同为人气）相求"，更难"意气（异气）相投"的。

是日，新年第一天，我茫茫然而来，茫茫然而归，回到学宿的第一件事，就是洗手。

又一年后，美国总统奥巴马访韩，高校演讲选择了W大，地点就在这椭圆形大厅。有诗赞曰：

　　　执子倾心话语难，新年互拜在韩国。

　　　厅堂兀立多颜色，万国衣冠见大观。

序齿社会与韩国老人

　　居韩一年，不仅目睹了四季景物的变化，也经历了一年内的诸多社会活动，其中我所在大学的"校庆"活动，亲历其事，印象颇为深刻。我作为临时的一分子，自然久"客"反为"主"，为所在学校取得的成绩鼓掌助威，而在礼仪活动结束后，也收到与人相同的校庆礼物，一枚学校徽章和一把印有校名的硕大无比的黑色雨伞。

　　校庆日上午八时，我们准时进入学校大礼堂，场景布置质朴无华，大家按名牌就座，井然有序。也许是外教，我们的座位较前，在前台的三四排间，台下第一排应是校长和参加活动的重要来宾，而在台上就坐的却是一排老人，而且活动开始的第一项，就是校长率各学院的院长上台向这排泰然安坐的老者行鞠躬礼。接着是校长发言，然后是其他学校某校长代表来宾致贺词，再后是一杰出校友与学生代表发言，大约个把钟头时间，校庆活动就结束了。

　　在整个活动进行过程中，那班老人始终安坐台上最显要的席位，按照我的生活经验与知识阅历推想，应是"老领导"、"老首长"吧。带着好奇的心于事后问中文系主任朴教授，才知道是本校退休且健在的老教师。至于为什么校庆第一程序就是校长率众领导向老者鞠躬，朴主任略带无奈的口吻说：韩国是尊老社会，序齿不序爵。

这是制度，还是道德，我一时也没想清。

然而在现实的生活中，在热闹的市面上，韩国老人是很庄肃威严的。我觉得韩国人很有意思，无论是校园，还是公园，年轻人都非常活泼自然，自娱或同乐，是那般的奔放洒脱，但一到中年的光景，面部忽然变得没有了表情，显出极度的肃穆与镇定，至于老人，尤其是老太，其容则寥乎若秋木，冷兮似冬水，甚或呈"不动如山岳，难知如阴阳"的浑然、木然之状。

不过，韩国老人"静"中发"动"，有时是很剧烈的。例如在首尔的地铁上，每节车厢的特殊座位是供老孺病弱坐的，但上下班高峰时人多拥挤，若某年轻人坐了这类座位，就有老者上前拎起年轻人的颈脖将其扯离，然后自己坐下，年轻人顶多傻傻地看一眼，然后悻悻走开。一般的座位有年轻人坐着，倘遇到刚上车的老者站立身旁，你最好还是主动让位，否则结果亦与特殊座位情状等。至于年轻人主动让座予年长人，后者却绝无致谢之语态，而是理所当然，安然入位，目视前方，面无表情。

在公众场合如此，居家如何？不得而知。

记得在课堂上我曾谈及家庭中"婆媳"关系之"天敌"论，就问韩国同学家中这层关系怎样？很多同学异口同声，说自己的妈妈很怕奶奶，见到奶奶十分敬畏，也有几个说话直率的同学当众告诉我，说他妈当面敬奶奶，背地里却常常骂奶奶。看来韩国的尊老敬老也是有条件的，荀子说"伪"者"人为也"，人要装饰，装饰久了，自成了风气，而徘徊于情、礼间，执中之难，执中之要，韩"潮"似可借鉴。

一恍过了三年，今年国内某校举办校庆提出"序长（齿）不序爵"之口号，一时被许多媒体炒作，以为开创新风，沸沸扬扬，其实在现实的世界，这也是个"舶来品"。当然，自18世纪以来，西学大兴，民权平等，引领风会，东土应运而生"西学中源"之论，而"序齿不序爵"之举，包括这一语言，也是中国古老的传统，何"新"之有？然则推敲"序爵"之说，乃三代封建敬"宗"重"庙"及有德有功之意，有"公"、"侯"、"伯"、"子"、"男"之位，然自战国、秦、汉以降，封建废而专制兴，两千年来，无"爵"可序，近百年更是"家族"亦废，所谓"无恒产而无恒心"（孟子语），学术失据，以致无"家"可言，所谓"序爵"，乃"序官"而已。

"序长而不序官"，在官本位的社会，似石破而天惊。其实学校办学，重在学统学风，"序官"或"序长"，都是摆设，倘学风醇正，无愧本心，又何必津津乐道这风气的"宠儿"，秩序的"玩偶"？！

有诗赞曰：

　　年轮爵位不堪伦，旧去新来说亦陈。
　　忽忆居韩观校庆，政风穆穆学风醇。

奎章阁小憩

游观"首尔大学"，校域广阔，环山而建，楼宇峥嵘，绿茵缘水依山，犹如一大公园，且区域分配顺山势成波折，一时难以尽览。于是盘旋其间，忽见一青黑建筑，古典飞檐，门前有回廊，可供小憩，闲中抬首看门额，竟是鼎鼎大名的"奎章阁"。

其实来游此间，奎章阁自是预设观赏项目，只是因歇脚不期然而遇，更增添些许唐突的愉悦。

对韩国来讲，奎章阁也是舶来品。这奎章初为中国元朝都城大都皇宫内的殿阁，位于兴圣宫兴圣殿西。据文献记述，元朝至顺三年（1332年），大臣撒迪建议修撰一部自皇帝登基以来的当代国史，收藏于奎章阁。《元史·文宗纪》载：文宗"置学士员，日以祖宗明训、古昔治乱得失陈说于前，使朕乐于听闻"，因而有了奎章阁学士员制度。

朝鲜王朝取效中土，李朝时代正祖李算创立奎章阁，以为王家图书馆，又称内阁（是校书馆址外阁的对称），原址在汉城市钟路区昭格洞。1894年"甲午更张"以后，奎章阁被关闭，接着1910年日本吞并朝鲜，奎章阁藏书被朝鲜总督府接管，时藏书达13万多册，曾仿效中国修《四库全书》方式，广泛搜求和刊印古籍，使之成为朝鲜文化宝库，后来成了汉城大学校内的图书馆。

就是这座校内图书馆，却以"奎章阁"之名被韩国学者（甚至包括民众）视为朝鲜王朝治学经国理念之中心，当今，不仅韩国学者访书治学于其间，就连中国学者治域外汉籍，这里也是必访之地。

不过，中国民众了解奎章阁，或许更多地源于韩国作家廷银阙的一部名曰《奎章阁之恋》的小说。这部小说是《成均馆罗曼史》的续集，拟效中国"梁祝故事"，描写了女主角允熙女扮男装就读奎章阁，并与男主角善俊相恋，自然又是一番韩式的刻励坚忍。我时常奇怪，在中国文学创作界早已抛弃古典，甚至抛弃"文人"自身的经济大潮中，韩国作家却仍"自恋"于古雅与文情间不想自拔，总喜欢将当代的爱情故事安排在典雅之文境，如"成均馆"、"奎章阁"等，真是有趣得很。

我到奎章阁那天，正逢馆内二楼有古籍、文献及字画展览，也不需与任何人打招呼，即可拾级而上，饱览一番。在当日的展览中，我印象最深的是古籍中的"礼书"最多，还有许多耕籍图、婚俗图等，再看另一室内展出的大量的朝鲜人作为中国行纪的"燕行录"版本，真切地感受到那久违了的中华礼义之邦的辉煌与威仪，当然更加感怀异域邻邦珍藏文献的苦心、实践礼仪的操守，至少在祭祀时不要摆错了三头（猪、牛、羊）。

由于是"路过"，并没有打算潜心访书与习文，所以我们小憩稍许，就离开了。只是临别前同游者互摄存影，惊鸿一瞥。

也许真切的活泼的感受，都在"临去回眸那一转"。我一时间羡慕这所学校，图书馆叫"奎章阁"，虽古老，却有特色。联想中土圣域，学校图书馆即"图书馆"，或增捐钱人的名姓于前，甚或前赘以某某品牌，如"真维斯"什么的，哪怕这钱是来自卖化妆品或内衣。他山之石，可以攻玉，何不学学韩国，京师大学堂藏书处也叫个如刘汉的"石渠阁"、元蒙的"奎章阁"，或者清宫的"文渊阁"、"文澜阁"云云，虽敛不得财，至少还留点面子。有诗赞曰：

小憩奎章阁内闲，燕行识得旧时颜。

名声不及钱财色，汉帝寻仙海外山。

梨花藏美与高丽藏书

居韩期间游观了数十所高校，其中主要是在首尔的。而在首尔高校中，校园较美的，又数首尔大学、高丽大学、延世大学、梨花女子大学与庆熙大学，前三所在学科成就方面称"三鼎甲"，然作为游者的眼光，我以为以高丽、梨花尤甚。

古之俗语戏曰："书中自有颜如玉。"梨花与高丽，给我的初始印象，或者说浮光掠影的观赏，这"书"与"颜"是分离的，因为梨花藏"美"，令人眼花缭乱，何干书事，然则美得典雅；高丽藏"书"，观之如入山阴古道，何干美丽，然却令人颇生艳羡之心。

步入梨花女大校园，最奇特的就是据说由旧铁道改建成的两排对衬的教学楼。这庞大的教学楼群，形成两排对峙之势，其间犹如一弘深的隧道，由下而上，举目高耸，两旁楼宇，全然玻璃幕墙，缘级构造，顺阶而上，鳞次栉比，人行其间，则藐然一粟而已。

顺着幕墙向上援攀，可见教室编号，寻一门而入，则有内梯盘旋其间，透过玻璃墙面，隐约可见群女读书其间，幽静娴雅之状，使人肃然、穆然。也不知是"女生重地，男宾莫入"的训诫，还是自己不忍干扰这恬静，同游者一群，皆默默地走过。

出了楼群，忽然想起宋玉笔下的《登徒子好色赋》，其中戏剧人物"章华大夫"偏偏于仲春时节，行于桑间，见"群女出桑"，还要"观其丽者"，好在发情止节，最终"扬诗守礼"而罢。然而采桑之女，虽古典但却奔放，梨花女子，虽现代然则温雅，时光错综，不可同日而语，不过以个性解放之程度区分古、今，或亦忤谬。当然，白居易《长恨歌》云"梨花一枝春带雨"，又过度纤靡，与梨花女子的当代书卷气格格不入。在校园的绿地上，我们常见三三两两女生手持书本，或匆匆而过，或席地而坐，总是那么从容，有点书本上说的"温、良、恭、俭、让"的美，似乎与其他学校的女生有点不同。有人说梨花女大是韩国领导"夫人的摇篮"，是否梨花女大专门开设了什么"家政"与"领导之领导"的"艺术"课，均未考证，不敢妄言。

高丽与梨花大不相同，那门前威严的石狮在夕阳的余光下显出昔日的辉煌，而校园内一幢幢石制的坚实厚重的楼宇，尤给人以庄肃神圣的古典感受。当然，现代有现代的冷漠，古典有古典的温

高丽大学

热，就个人游观遭际，前者属梨花，后者乃高丽。这不仅因为高丽离我居住的W大近，更重要的是高丽藏书丰富，且多古典文献。

某日，由友人导引，前往高丽大学图书馆善本书库参观，馆中很多中国古籍，也是令人眼花缭乱，据研究域外汉籍的学者介绍，其中的中国文献不乏珍本、孤本，亦令人肃然、穆然。不过，对我这个外行爱好者而言，其间两类物件最引人入胜。一则是馆内珍藏的大量中国皇帝给朝鲜藩王的诏书，例如康熙皇帝的亲笔诏令，显然是存世的惟一珍奇，如果将这域外诸多帝王诏令汇集起来，印制出版，不仅有助国内学者研习交流，也使当代民众得饱眼福。一则是诸多中国常见古籍书，虽多为当年朝鲜王朝科举考试之用，并无多少版本价值，但是在这些书页的上端写满了古代朝鲜人（世宗大王之后）的"导读"语，我姑且称曰"韩语导读本"，倘将其整理汇集，也是极有意义的。

当今钻故纸堆与现代金融学已隔离很远，会诵几篇赋与吟几首诗也算不得时尚，书中的"黄金屋"与"颜如玉"早被历史的尘埃掩埋，只是在异域的闲寂间翻翻中土旧籍，掸去书尘，其中还掩藏着美丽，至少我是这么想的。

不管是梨花，还是高丽，人美，书美，都是美。有诗赞曰：

> 金屋藏娇汉帝宫，长门旧曲画楼空。
>
> 他乡访学登高丽，顺道梨花一瞥鸿。

面试

　　在韩国W大参加过一次学生入学面试，因为学生报考的是中文系，所以每场考官两人，一位韩国老师，用韩语问话，一位中国老师，用汉语问话，且以中国老师评分比重偏高，责任显然重大。

　　这是某星期天的早晨，因几天前接受系主任电邀参加面试，我来到约定的会议室，只见校长亲自站在门口迎接众"考官"，一一握手，并用韩语反复说"拜托"之类的话。我在国内参加面试多矣，从未见此排场，更未见过校首殷勤如此，仿佛为校招生是他的"家事"，这不能不油然产生庄重而神圣的感觉。

　　韩国社会很有意思，礼节甚重，但做事倒也自由而散荡。当我受命前来取考题时，还不知与谁搭档，也不知分在何组、何地，没有工作人员指点，只见墙上贴着一张图示，你自己按图索骥即可。好在与我搭档的金教授在面试开始前五分钟赶到，他帮我取了材料，并领我随他去了该去的地方。

　　到了考场，也没什么规矩或客套，金教授任职本校，我属客座，且有母语与外语之别，他显然是主考，我自甘为副。但在面试过程中，由于是中文系招生，金教授每每让我先提问题，仿佛我成主考，他为副。不过"大政方针"还是由他拿，真是"吹皱一池春水，干卿何事"？

　　金教授在考前就告诉我，现在各校生源均不足，今天前来面试者要录取70%。换句话说，是暗示我"口下"留情。果然，面试结束后，他已圈好录取名单，征求我意见，我虽要体现自己的存在，提出一二想法供其调整，但大多首肯而已。

最有意思的还是面试过程，让我感受到韩国中学生进入大学门槛时的状态与情境。

这些考生不知是否经过训练，无论男女，进门都是一个90度的鞠躬，口称"考官好"；临去时又是一鞠躬，口称"考官再见"，皆一句韩语（对金教授），一句中文（对着我），都是黄皮肤，我真佩服他们如何识得孰中孰韩。还有一个细节值得重视，考生循序进场，无人带领，来时轻轻地推开考场的门，去时慢慢地掩上门，悄然无声，非常乖巧、可爱。

在考试间，校方提供的材料只是名单与打分表，并无固定题型或参考题，全由考官随意提出，考生应对也无法准备，只能就题发挥。我所提的问题，主要围绕三方面：中国、文化、人生。提出的问题宽泛，答题空间就大，这不仅能够更多地"招人"，也有便于将来学习中文的同学对"语言"这玩意儿随心点，灵活运用，自由发挥。

而每次面对考生随机出题，我总是想着在国内面试时的情景，不自觉间，心里产生了中、韩学生的比较。从进门考态看，韩国考生个个挺直腰身，故作自信状；而中国考生则动作多，故作自由状。从进入考状看，韩国考生反应不快，略显木讷；中国考生勤于思考，爱耍小聪明。从考试内容看，韩国考生无论什么问题，均结合于生活，谈问题鸡零狗碎，倒近人情；中国考生关心政治，谈问题一分为二，不偏不倚，颇似国家部门发言人。从考试风格看，韩国考生多平常心，似嫌平庸，但不乏细腻情感流淌其间；中国考生好主体性，志向高远，却常有功利意识充斥其内。

当然，我参加的韩国面试，考生以中文流利为敲门砖，而在中国面试，考生进门首先是英语挡道，过关与否，真是"黜落在初场"了。

由于考试内容简单，主要观其语言水平，所以我的浮想联翩并不影响面试进程。结束后，我与金教授又返回原先的会议室，在一张表格中签名，领取一天的酬金，中韩教授，同工同酬，并无差异。有诗赞曰：

> 韩生敬肃直腰身，话语平常意态真。
> 抉择中文尊大国，无心政治说人伦。

审稿与发稿

在韩国一年间，除了本职工作的教学任务，其他学术事务也不少，比如招生面试，本科、研究生毕业的考查及答辩，各类学术会议的论文撰写与品评等，还有两项与文字相关者，即审稿与发稿。

所谓审稿，即为当地的诸多学术刊物审阅他人的中文稿件，以提出刊用与否的意见；所谓发稿，指的是自己在韩国学术刊物上发表学术论文。

审稿与发稿，身份不同，心态也完全不同。审稿，其权操之于我，或报以脉脉温情，或肃然有杀伐之气，颇为自得；发稿，其权操之于人，或录用，或修改，或否决，不敢自信。仅就经济一端，二者亦别：韩刊审稿费极低，约一万韩元，相当于50元人民币（我在韩时比价），虽有收入也不足喜；韩刊发稿费不低，先付万元审稿费，通过评审后再付20万元刊载费，然虽多有付出，却因有经费来源，自然也不足忧。

细勘其原由，宜观韩国特色。

先说发稿，我们客座韩校，有项科研经费，W大是每人每年300万元，但必须有两篇刊载的学术论文去兑现，倘发一篇，付100万，再发一篇，追付200万，你再接再厉，继续刊发，也不会再加分文。对比之下，花20万刊载费换200万科研费，傻子也知得失。当然也有更抠门的，两篇文章全在国内发表，分文不花，也能得到300万。我与同事Z君觉得在韩一年，不发韩刊，总有点缺憾，故采用国内一篇、韩国一篇之调和法，韩国也选他们的"C"刊（核心期刊）《中国学研究》，交了20万，我将一篇研究《老子》的文字送了去。后回国一打听，国内某些C刊收版面费每文多达5000元，而韩元20万仅市价千元，况且20万也仅占月工资的1/20不到，而5000元则是中国一般教授月收入50%以上。如此一想，又是老子的得失与祸福之论，付了钱反而觉得赚了。

再看审稿，纯属帮忙，捞点外快则小，能消磨域外生活的寂寞，倒一举而两得，何乐不为？可是韩国很少现金交易，都是"一卡通"，审稿报酬，需提供卡号，任对方打入或否，我一年不知审了多少篇稿，有首尔的，有庆州的，有全州的，有大邱的，消费时卡内从来没感到钱数有额外增加。或许是韩元数额太大，这每篇审稿万元之数已隐没其间吧。后来有些刊物比较诚实，揭开了其间的奥秘。他们曾来信云："先生多次为我刊审稿，谨表谢忱，您如有稿件需在我刊发表，可以审稿费抵数。"附注："审稿费每篇1万元。"原来是画饼充饥，谁愿意为了一两万再花十几万发篇赚不到科研费的稿子呢？真有点有"得"反而如"失"的感受。

白审了稿倒也罢，白发了稿更难受。我曾在上世纪90年代在韩国某刊发一文，虽未花钱，但国内无人知晓，仿佛"自己的学术史"被挖去一块，幸好友人向某博士推荐，该博士论文才引述此文，在国内学界有了点痕迹。

这次花20万韩元发表的文章，必然也是无人知晓，回国后我首次违背"学术道德"，稍作改动，将此文在国内期刊重复刊发一遍，也许是小心眼，稿酬千元，正抵了那"20万"。有诗赞曰：

得失钱财竟为文，韩元国币判难分。

归来重载投华夏，异域心微眼底醺。

师生雅集

人云名实相称,意在名副其实,在韩国不知是否语言的差异,一些旧的汉语用法真的名不副实,其中"雅集"即为一例。

某日,学生班长送上请柬,上写有某某韩餐厅师生"雅集",并说明某学长到,某教授来,特别是该系的主任与该班的"学监"(应该类似我国学校中的班级辅导员)将参加,这对我这初来乍到的"客座",倒是与东道主结识的机会。因请柬书曰"雅集"二字,我特地用宣纸写了首诗作为见面礼。记得诗是这样写的:新罗学子忆唐朝,两国文明史册昭。正是海东春色好,师生雅集乐逍遥。

诗中"新罗"与"唐朝"比况今日之事,意在连接两国千年雅集之风流传统。

到了众生雅集的餐厅,大家分作三排席地而坐,熙熙攘攘,热闹非凡,教师并不穿插于学生间,而是在第一排就坐,由几位班干(韩国学校也重学生干部)陪同,静静等待系主任到达。不一会,该系朴主任进门,全体学生均站起来欢迎,很懂礼数,已初见"雅集"之"雅"。开席后,上的全是韩国学生聚会最奢侈的佳肴:烤肉。为了凑"雅"寻"趣",我将前写之诗展开,解读一遍,众生愕然,诸师亦然,虽然有某君说珍藏,我看其实也是漠然。

原来这雅集,就是吃烤肉,喝清酒。

韩国学生,本来很拘谨,两杯清酒下肚,便也随心所欲起来;韩国教授,本来很矜持,三杯清酒下肚,衬衣扣开了,领带歪了,变得放纵起来。喝得多了，桌子敲的阵阵山响，有的怀抱酒瓶，头叩桌台，嘟哝有醉态，如不羁之野马，或病困之懒猫。我不善饮，更畏惧这种会引起头疼的清酒，倒显得清醒，不过礼尚往来，应付了几杯，已飘飘然有退席之意。谁知刚言明退意，就被众生极力挽留，身边的韩国教授也拉住我说，这才是"一过"（过，音"各"），后面还有"二过"、"三过"。

果然这边烤肉吃罢，大家又蹒跚而出，迤逦过街，到对面的一家啤酒店开始第二场"雅集"了。

又是三排对坐，果盘菜肴，一字拉开，大桶吃酒，尽情上来。这教授能喝，学生更能喝；男生能喝，女生尤能喝。最有意思的是，酒在这里似乎并非助兴，而是酒即兴，兴因酒起，酒人、雅人，浑然一体。这时，我真有点被裹挟的味道，欲罢席而不能，想脱身而不得，刚才被清酒伤了头，现在又被啤酒胀了肚。面红耳赤，频繁如厕，何"雅"之有？

初始，韩国诸师生还照顾我们，用中文与我交谈，当渐入酒境，他们自顾自饮，狂呼乱叫，全是韩语，把我们晾在一边，陪着喝酒，却无交流，委实有了点尴尬。这"二过"延时又一两个小时，趁他们再转移他方"三过"时，我悄悄地溜了。好在他们酒意愈浓，也无心旁顾。

在回学舍的路上，已近半夜，一弯冷月悬浮在初春的寒夜，我打了个酒嗝，意识才慢慢变得清晰起来。

后来又收到多次"雅集"的请柬，我都借故没有参加，因为实在怕喝作为韩国品牌的勾兑清酒，还有那不知倦乏的"一过"、"二过"、"三过"。有诗赞曰：

> 君人贰过更无三，酒醉开襟意气酣。
>
> 雅集原来非翰墨，夜深半月挂天南。

我的"国际学舍"

W大中文为大系，对中国客座教授甚礼遇，安排宿舍优先，均在校园内，不会被"流放"到校外零散的寄宿处。而校内寄宿楼有两幢，一旧一新，我住在新楼，该楼五层以下是学生活动区域，其上才是外国教授的宿舍，也许客大欺主吧，楼名曰"国际学舍"。

学舍底层的大厅很气派，设有咖啡店、沙发与座椅，供人休憩。大厅正面有一排电梯，供学生使用，而拐进一弯道，内设一台电梯，是专供外教用的，有时外面电梯忙，学生也不讨巧占用外教电梯。楼内人员庞杂，然井然有序，是国际学舍给人的初始印象。

我住进国际学舍的十一层，房号1101，三支光棍来夹个圈，挺好记。

学舍房间有两类，一是套间，一是单间，我住的是单间，面积约40平方米，很大，兼卧室、客厅、饭厅与厨房之用，而洗手间与浴室分开，倒是讲究。房间内有床，有沙发，有茶几，有橱，有饭桌与书桌，还有几张椅子，虽简陋，却很实用。而且茶几很大，一侧可堆书，供平时看书查书；另一侧空着，有时兴致起作"书法"之用。书桌则小，供放置电脑一台，平时写作即龟缩于此。在韩一年，我成书三部，一为"姚二"作注，即导读姚永朴《文学研究法》；二为先父作传，即《诗囚：父亲的诗与人生》；三为庄子作评，即《庄子注评》，且皆于回国当年由凤凰出版社推出，故戏称"凤凰三书"。

我的"国际学舍"

这成于小书桌上的文字，伴随我度过了无数迟眠之夜，也让1101室的灯亮映射在校园的绿树间，光影婆娑。有时伏在窗前，观望自己灯光反照的回光，仿佛融入心底，显然格外的澄明、静谧。

回国后，时常梦见国际学舍，在那里，既有我孤居一室而产生的思考愉悦，也有与周边"邻里"交游的美好忆念。

我斜对门住了位东北大姐，虽是女教授，却豪气感人；我的楼下六层住的北京小兄弟，青年才俊，却学养深厚。三人意气相投，常邀游半岛，真如香港凤凰台某节目名：锵锵三人行。多年后，只要有机会，我们在国内又曾聚会，延续那"三人行"的故事，用真实的行为来艺术展现往日美好的记忆。

正对门的上海男教授，清癯却好运动，但不喜交往，彼此默契，也是我的佳邻。特别他擅长烹饪，时常有香气飘逸而来，令人不胜向往。

还有久居七层的老客座T教授，在我刚来初到时，不仅为我指点迷津，并送来了锅碗瓢盆；那九层的上海女教授W君，纸牌技艺精良，不仅培训了全楼的中国教授，而且在大雪纷飞的寒夜，消解了众人的寂寞，赢获了阵阵欢笑。

与国际友人的交往，在国际学舍中是少不了的。在一年中，印象最深的有三次：

某日，楼下十层的印度佬在电梯中相遇，彼此问好后，他却执意邀请我到他房间坐坐，难忤好意，只得前往。进得门内，怪异之气扑鼻，欲退不能，谁知此君待我坐下，竟在锅中舀出一碗食物作为"招待"，气味尤烈，推迟不过，只得赶紧找一"忽然想起"的理由，落荒而逃。

又某日午后，楼上十二层的德国佬，长相高大凶狠，颇似纳粹与黑手党的混合像，他突然敲我的门，出于礼貌打开门后，他嘴中嘟哝着我听不懂的话往里闯。我大惊，急将其挡在门外，断然关门。过了一天，他又来，如法炮制，这次我敞开门，让他比划，终于弄懂了他的意思。原来学舍房门是自动的，只要放手，它就关上，但弹力太好，声响较大，传声亦广，原来他是抗议来了。这以后我关门改为手控，声音小了，那德国佬每在校园见到我，都亲热地跑过来打招呼，有时还似欲有所动作，这使我更为惶恐，避之惟恐不及。

好像在学舍七层，住了个浪荡的法国小子，碧眼黄须，经常酩酊大醉，满楼发着酒疯。据说他除了上课，就喜欢逛酒馆和红灯区。某夜，悄无人声，万籁俱寂，他又大醉而归，摸不到自己的门，就一层层顺着按锁（密码锁），然后咚咚乱敲，到得我门前，狂暴乱踢，十分恐怖。好在我尚未睡，正在灯下评注《庄子》，那鲲鹏展翼，水击三千对心灵的震撼，也不亚于门外敲击声的震动。门是钢铁铸造的，很扎实，法国小子撼不动，又改换门庭，一路敲去，咚咚声变笃笃声，渐行渐远了。

　　一段寂寥而有味的生活，一班匆忙却有趣的人。这，就是我的"国际学舍"。有诗赞曰：

> 时观国际舍前灯，降陟高低十一层。
> 夜半敲门黄发汉，安知笔落击飞鹏。

在韩国过"三节"

　　每年一过暑假，进入九、十月份，就有"三节"接踵而至，分别是教师节、国庆节与中秋节，而学校又照例发一份"贺礼"，经20多年好像从200块涨到了1000元。到韩国的这一年，这三节仅减省为一节，因为9月10日的教师节、10月1日的国庆节都是中国的，中秋节则是共同享有的。

　　韩国也是这样，规定的节日要放假，中秋休息一天，其他两节因我们离国在外，不能享受，包括国内本有的1000元好像也没了。然而有趣的是，由于韩国学生的理解与我们身居海外产生的执着爱国情，此三节又让我们享受了特殊的休假权利。

　　教师节的那天我正好有整天的课，在头一天下午，忽然有同学举手发言，说："老师，明天是中国的教师节，您休息吧。"我心想，韩国教师节我们已放过假，重复再放是否妥当？正犹豫间，全班同学随声附和："老师，放一天吧。"我知道，他们只要你提前下课，都会齐呼：谢谢老师！何况放一整天？但由于同学们以尊重中国、尊敬老师的姿态提出的建议，安能无感于怀？于是决定放一天假。

　　我思考片刻，刚接纳谏言并宣布放假，已赢满堂喊声：谢谢老师！

　　回到宿舍，一问诸客座同事，每班皆然，可见人心所向。

　　到了国庆节前夕，我们有了"前科"，也有了冠冕堂皇"旷课"

的经验，不待学生提出（学生对中国国庆不感兴趣，未必会提），我就与诸客座相约，主动出击，宣布国庆放假。理由是这年正值国家"六十大庆"，有天安门阅兵式，而我们身在海外，爱国热情难以抑制，所以需要组织收看电视实况转播。理由充分，同学理解，于是又一阵"谢谢老师"的呼喊声。

我当时在班上有点错位，觉得阅兵式很好看，还天真地问同学："你们明天也收看吗？"他们摇摇头。这才使我想到身处"外国语大学"，学校为照顾中国教授，才为我们宿舍的电视开启了几个中国频道，一般韩国同学未必看到。况且，韩国人对中国经济发展有兴趣，他们要做贸易生意，甚至到中国谋生，但对其军事强大未必赞赏，"邻之厚，君自薄矣"的古训，长期浸润于汉文化的韩人还是知道的。

国庆节上午，我们没辜负自己争取来的休假，在一位老党员的房间，大家欢聚一堂，自发地组织起来看电视直播的国家六十大庆阅兵式。当时有位同事突然产生"作秀"之想，说我们不妨打电话给新华社驻首尔记者站，让他们做个采访，题目可以叫"海外中国教授自发组织收看国庆阅兵式"，然后再加上些什么"热血沸腾"、"思念祖国"、"信心倍增"等话语，大家都可以闹腾一番，也给国内的家眷看看我们的能耐。结果，终未"作秀"，只是当时大家说话间，确实笑得有些"热血沸腾"了。

这年的中秋节在国庆后数日，照例的假日，师生同乐。韩国中秋节仅一天假，凑上周末，合计三日，大家都要回乡祭祖，结果交通堵塞半日后，首尔城为之一空。我们所在的学校，多外地生源，平日喧嚣之地，更是寂寥无声。对影自怜，不及相濡以沫，所以几位居校中国同事购月饼，买水果，到中秋的晚上，在空旷的校园内摆放桌椅，享受团圆情怀。是夜月明星稀，清光飘洒在一群侃侃而谈的异乡跋涉者的身上,忘了思乡,也忘了身在何处。

时至夜半,忽然风吹云起,一阵细雨淅淅沥沥地洒落下来,我们才慌乱收拾残局,逃进各自的学舍。

俗语说"云掩中秋月,雨打上元灯",明年的"上元节"是否下雨? 到时或许早忘了,但那时我已结束飘泊生活返归故乡,则是一定的。

这经历与想法,就是我在韩国度过的金秋"三节"。有诗赞曰:

金秋节日度三元,异国他乡忆故园。
默契师生情义在,清光伴雨亦销魂。

在韩中国教授会

一到韩国，就收到份信函，来自"在韩中国教授会"。该电邮函件希望我们尽快与其联络，以备为同胞"解难"、"答疑"，且能共同参与一些活动，建立在韩中国教授的工作联系，信中说得更漂亮些的话，还有所谓"心灵家园"云云。

国人经历了诸多的灾难，尤其是精神的灾难，早已"人心不古"，这信函不仅没有解除初到异乡陌生的畏葸，反而增添了是否"骗术"的警惕与防范。我与几位同时收到信函的中国新同事相约，请教于本校的老"客座"T教授，得到的回答是，别理他们，都是"骗子"。

果然如此？虽然我们先入为主，不再考虑参加什么"教授会"，但后来与之接触，"骗子"说是种不恭的气话，因为在韩中国教授会还是颇有作为的。

据我的见闻，该会有三件事值得一述：

一是组织一些学术活动，包括组织参与韩国主办的学术会，并共同筹资办了个"中国研究"类的刊物，除了少量外稿，主要是解决中国教授在韩发表论文之问题。然而，所谓价廉而物不美，此刊是也。比如在韩其他刊物发文，要交20万版面费，该刊仅收10万，算是廉价了，可是只要打开一看，就会发现错别字连篇，好好文章被折腾得不忍卒读，所以我既未参加此会，更未在这个刊物上发表论文。

二是组织少量的旅游活动，这对置身异地欲游而无门的诸教授而言，的确是福音。可惜据T教授的转述，他们在我们来的头年冬季组织的雪岳山之行，"旅途"成了"畏途"。当时收费并不低，但操办人为了节约开支，租了一辆破旧而拥挤的面包车，在归途遇上大塞车，又加上车况差而颠簸不已，多数人有呕吐或窒息状。尤其不能忍受的是在雪岳高山，也为了省钱，居然男女同舍，一大间房子地上铺满被褥，横陈异性人类于其上，与白天所见雪岳美景，冰雪圣洁，真有霄壤之别。一二"有志"之士，不堪其"侮"，与该会负责人商榷较量，结果以实在找不到更好的寄宿地为搪塞，大家只得勉强凑合了一夜。听了这样的介绍（类同控诉），谁还愿意参加如此惊心动魄的旅游？从后来我们自由行的生存体验看，不参加教授会，至少在旅游问题上是完全正确的决定。

三是可以组织形式直接与住韩大使馆联系，大使也曾莅会，与大家友好一番。特别是遇我国政府首脑访问韩国，教授会也能凑上去，与"驻外使节"、"海外学子"一道由专车送到机场或特定场合，手持小红旗抖动摇晃。

当然，除了上述的活动，还有迎新、送旧的聚餐，费用是自己掏腰包。至于每年每人应交的会务费，也不多，仅3万（韩元）。不入会，就省了，但要洁身自好，不要再去沾"会"的光，这是我们这些散兵游勇的信守。

在一次学术活动中，遇见在成均馆大学长期客座的L教授，他是现任"教授会"会长，颇为嗔怪我们不参加会，失去很多机会。我们回答他，说W大中国教授人数居韩国学校之首，本身自成团体，何必再入团体？其实，我们心中的真实想法是，一个被组织久了的人，一旦失去组织，也是一种享受与快乐。有诗赞曰：

> 华人海外自成团，教授居韩有会餐。
>
> 忆昔寒酸游雪岳，自由浪迹莫圈栏。

笔底乡情说"姚二"

在海外授课，是课时多而时间闲，因为排除了家居的一切闲杂之事，犹如孤栖的修道者，至少那夜的寂寞显然漫长、静穆、空灵，而给人以想象的"游刃自如"。我家乡的美学家朱光潜论陶渊明，喜欢说"静穆"与"飞动"，我想他是参悟到身体的静穆最易产生精神的飞动。飞动亦躁动，如何平息海外生活的躁动，学者有两种思路或办法：一是以沉静深稳的学术心境平息之，即撰写著作，我的一位友人说居家无法动手的著述都是在海外任教时完成的；一是以创作的冲动顺适之，即写写闲适文章或作诗填词，享受一番居家时不易多得的"文人"情趣，我多半选择后者。

当然也有介乎二者之间的，那就是做些古籍的注疏与著述的评点，我在韩国一年中接受的第一项任务即评点（或谓"导读"）姚永朴的《文学研究法》。

这姚永朴也是我们桐城家乡人，因排行老二，人称"姚二先生"。记得儿子读初一时，上的是比较西洋的"外国语学校"，可是他与人斗狠时，不知怎么搬出了"桐城派"，大有桐城人就是桐城派传人的意味，真是化"腐朽"为"神奇"。不料与他斗嘴的女生说桐城有什么了不起，我也是桐城人。儿子回来转述给我听，我问那女生姓甚？他说"姓姚"。我说你别跟她斗了，我们"许"姓，在桐城望族中排名第八，人家"姚姓"仅次"方"姓，屈居第二。既然是同乡，加上如此一排序，纷争遂息。而姚姓在桐城也有两支，一支来自江西婺源，名人有姚休那（康）；一支来自浙江余姚，名人如姚鼐，姚永朴则为此系后裔。

接受评点《文学研究法》的任务，出于两重心态，一是"乡情"，一是"民国教材"热。姚氏此书，是其民国初年居北京大学讲席时编写的文学教材，与其《史学研究法》并传，乃典型的以旧学识撰写新教材的范例。

可是，当我孤悬海外"学舍"寂寞地评点此书时，对其中的思理、法则、结构、文采并无太多的念想，反而是书外的几件事或者说是想法，盘踞于当时的脑海，久久回响。

例如"桐城谬种"，那钱玄同与林琴南的勃豀时喧耳鼓，而姚二先生也因著籍"谬种"之列，在这场争论中从北大溃退，从此"转战"东南、安徽诸校，孰知近百年后"谬种"复生，或有夺"嫡"之争，以"桐城"为荣，真是匪夷所思。而我复为所谓"谬种"之书详加"评点"，推波助澜，更是所思匪夷。

又如这姚二先生南归后，双眼几乎失明，故其一生编写了许多教材，然在上课时却没有眼睛用教材，讲授内容全是天马行空，单凭记忆，经史子集，顺口而出，以至相传有"先生写书不过尔尔，先生讲书，则执当今之牛耳"的自诩、自夸语。

再如乡间传闻，说某日姚二行路，内急，扯裤即解，不料正遇一老妇迎面而来。这老妇见状，用手执之木杖，抬手便打，并且大声喊叫：打你这死老头子。这姚二突遭变故，边拎裤子边跑，口中喃喃有词：死老头子，还800块大洋一个月呢！据说当时部聘教授月薪600，姚二为讲座教授，则月薪800。此闻之先君子，未考。

正是伴随着这些奇怪的记忆，我评点了这本书，很顺适，也很愉悦。也许文学本无法，就像教材是写给别人看的，姚二堂上闭目养神与那海阔天空，正是其鲜活的形象，它属于姚二，也属于《文学研究法》。

于是，我在海外约略一个月时光的消费也有了答案，是居家时并不系怀的"乡情"在异域的发酵，它填补了一段空白，当然既是"学术"，又不是"学术的"。有诗赞曰：

> 无端海外说乡情，姚二文章北大名。
> 谬种桐城非定论，且观异域起南旌。

夜撰《诗囚》忆亲情

翻开我的人生史，1岁父亲"打"成右派，劳教；3岁母亲气病，逝世；13岁随父回乡，遣送（某公安别了把枪）；从大城市到荒村，失学、劳作、饥饿、面临死亡，自然算过了个"悲惨的童年"；然在童年的记忆里，却偏偏留下许许多多的美好记忆，那是因为有个忍辱负重、独吞悲辛，然又大慈大悲，和颜悦色的诗人父亲。

2005年我接到赴韩国教学的任务，因父亲身体状况不佳辞谢未行，结果父亲成了"先父"；2009年到韩虽膺负教学任务，但心中怀揣一件事，想用一年的海外孤独，换取一部父亲的诗传，就是后来出版的《诗囚》。

人真奇怪，相近就显得相远，相远却更为相近，当年与父亲蜗居一室，平常到漠然，而今天人相隔，却亲近而无间。

所谓日有所思，夜有所梦，在韩国撰写《诗囚》所经历的36个夜晚，常常与父亲梦中相见，音容笑貌，栩栩如生，醒来纵笔，竟如流光溢彩，万斛涌泉，不能自止自扼。

感谢上苍，在父亲离去的四年间，第一年是痛苦的梦，梦中总是反复论证与否定父亲的"死亡"；第二年是怀旧的梦，往事情景，时时浮现，虽如生，亦如幻；第三年这类梦也渐行渐远，偶一为之而已；然则四年以后，在异国他乡，再次"重梦"，且那样的亲近而自然，他年追忆，又是一段感动而美丽的人生。

为何将父亲诗传取名《诗囚》，表面取法元好问论孟东野"高天厚地一诗囚"，然其中感受，实如书前《题记》所言，是人生，是情海，是古今，是宇宙。这本书作为在韩成书三部之一，均由凤凰出版社印出，故亦"凤凰三书"之一。出版之日，感赋七律一章：

> 家世黄华翰墨乡，桐城学脉少陵行。
>
> 慈怀盛德抚孤幼，泣血倚声述悼亡。
>
> 教泽频年流美誉，诗情一触奏笙簧。
>
> 海东旧月拳拳意，厚地高天起凤凰。

诗前自序曰："《诗囚》者，先父之诗传也。余己丑岁客寓海东，居舍寂寥，时窗外明月孤悬，室内案灯独映，因披览先父诗章，忆生鞠之恩，情难自抑，乃舐笔和墨，撰此诗传，计36日而后成。书罢修饰，竟无更改，私忖纪实之文，事实即佳；抒情之笔，情至天成，何须绘缋？传成，蒙凤凰社诸友垂青，不逾年而问世。呜呼！不能藏之名山，允当呈之现世，是邪？非邪？知者正之。感念之余，因成长句。"

如此"自吹"，于我也算人生第一次。因为在韩的那些孤清的夜晚，当时写到《断弦之音》与《草堂诗囚》两节文字时，两度嚎啕，以致失声，一个人在"失声"之后"发声"，又何所惧哉？

忆昔当年，父亲被迫害幽禁荒村茅舍，白发长须，奄奄一息，我带领一班"知青"将其救出，这是我平生最得意之"事"；而今我著述多多，或称"经典"，实文字浮云，何足道哉？惟《诗囚》一部，20万言，有读者坠泪，有评者叹息，心血凝结，幻为文章，乃堪称我平生最得意之"书"吧!

　　为了《诗囚》,我打心里感谢近邻韩国,一年间是她给了我衣食,给了我时间,给了我自由,给了我宁静的夜晚,还给了我与父亲相会的心灵,于是有了这"个人的历史"(蒋寅评此书的题目《历史也是个人的》,文载《中国社会科学报》2010年10月21日)。有诗赞曰:

　　　　匆忙一别四年空,多少恩情旧梦中。

　　　　两度无声捐涕泣,异乡月色入朦胧。

在韩说《庄》

出版社的友人邀请评注《老子》，以为我已有两部研《老》撰述，手到擒来，殊不知重复自己，味同嚼蜡，于是自荐评《庄》，恰逢获赴韩国高校客座一年的机会，在韩说《庄》成为自己居韩期间既清冷，又愉悦的事情。

谈到《庄子》，自然想到晋人郭象注《庄》，向秀亦注《庄》，向秀见郭注后，便废书不复为的故事。这中间可以看到郭注之审慎精美，向氏之刻励自律。然时过境迁，学术史家癖好钻墙打洞，以为此一公案，亦为悬案。或有谓向注在先，郭有剽窃之嫌；或取折衷之法，称郭象之注曰"向、郭注"，落实到版本问题，于是有了"向郭本"的说法。

而今我注《庄子》，前有千百家之众，如何着笔？且身居海外，观书有限，于是选录好篇章，邀学棣黄卓颖君在国内为"注"，我在海外作"评"，师生联手，成一佳话。因为，注宜广收博采，折衷取义；评宜"孤陋寡闻"，方有独见。此经师生合力，千里契翕，始成注评《庄子》，出版时并名，以免后世学人惹是生非。在我执掌"老庄研究"课听时，尝戏称曰："许黄本"，意与"向郭本"并。

昔史迁述《庄》，以为"大抵皆寓

言"，因其虚构人物，以代言方式立论，最擅长说理，且寓真情于诞妄之词，神异诡奇，跌宕生姿。如此尤物，在孤悬海外的心灵间把玩，忽静寂如死水，忽飞动如狂风，忽凝然而如痴汉，忽变态而若超人，其间庄子赐给的感受，绝非居家琐务缠身者所能体味。

而在韩期间，最大的乐趣是登高览胜，其与评《庄》叠合的时分，形成白天身体运动带给心灵的宁静，晚上寒舍挑灯，万籁俱寂，静对庄子，却带来了心灵的激荡。而动静相宣，身心健康，其乐无穷。所以在品读《逍遥游》时，兴起一律，首联即谓"品读南华若看山，奇峰突兀入云霄"，现实之"山"与心灵之"山"的叠映，真无所谓于虚幻与真实；而诗末联云"人生寄旅逍遥客，求得心平万事闲"，乃是在韩评《庄》获取的快适。

注《庄》且评，易坠入庄子的悖论。

庄子何人？曰：古人。古人何则？曰：死矣。死人之书为何？曰：死书。

《庄子》的《天道》篇有"轮扁答齐桓公"载：轮扁问桓公所读何？桓公对曰"圣人之言"。轮扁问"圣人在乎"？桓公答"死矣"。轮扁说："君之所读者，古人之糟粕。"

用此理看待论《庄》，亦"糟粕"欤？然不读《庄》，又焉知轮扁之说以及"糟粕"之为"糟粕"呢？缘此，在韩评《庄》，得到了两点启示：

一是读古人书的心态，宜居"半死人"之状，诚如《庄子》的《大宗师》篇中托颜回之说："堕肢体，黜聪明，离形去知。"只有将读者置于"半死"，才接近古人之"死"，所以要在"死寂"之境，以"孤寂"之心，易取其义，我居韩夜深之状，甚若是。就生理而言，孤悬海外，心极静，身极慵，有时一觉睡到晌午以后，真不知魂灵所寄。我评析《齐物论》完，成七律诗一首，其下半首写道"形形色色终非色，岁岁年年不计年。蝶梦庄周周梦蝶，何须物化自天然"，此并非夸张，乃如史家之"实录"。

二是读书要"得言"，不要一味"得意妄言"。既然古书是"死书"，得"意"亦糟粕，不如去其深层的糟粕，得其表层的符号。所谓"文如其人"，读书当"知人"，然"文如其文"，更为直接，何必舍近求远，偏偏弄些高深的"意象"，而丢失了直接呈现的"语象"呢？

归国后，《庄子注评》印行，放置案上，即"许黄本"。然此本与韩国有缘，我在韩，为一年之客，卓颖则娶丽女，一生为韩之婿矣。有诗赞曰：

> 向郭言庄疑案成，许黄合作谱新声。
> 师生挈手逍遥境，永忆他乡一段情。

池夫人

在韩国W大中文学院同时客座的中国教授中,T女士是令人记忆最为深刻的。

她是个老"W大",三度客座于该校,可见其教学认真,特别是教汉语的水平是受校方认可的。加上她的性格开朗、为人大方,且谈锋健,笑声爽,成为初来乍到的中国教授的领路人与召集人。每逢节假日,为了消释大家异域的孤独与思乡的情怀,她常常邀请大家去她的单间寓所,每人做一道菜,她会再加一碗汤,或者相约在大家没有课务的夜晚去校门口的咖啡店,来一杯拿铁或卡布奇诺,在欢笑声中送走那无尽的寒凉与寂寞。

T老师年过半百,然风韵犹存,高挑的身材,白皙的皮肤,说话时热气腾腾的脸上浼出的小汗粒,很容易使人忘却岁月的年轮,而联想到她当年青春靓丽的容颜。她也极善保养,每每面颊或鼻尖有微汗渗出,她不会用手帕类的布料在脸上拭抹,而是用一种吸水纸轻轻熨帖,那种轻盈而柔美的动作,与她果敢坚毅的北方人性格迥异。我们时常笑说,T老师的脸部就是韩国化妆品市场,因为不仅来此的女教授向她讨教化妆品种类与用法,男教授的太太们来韩探亲,也都是由她热心地带到周边的化妆品商店,拣选抉择,期盼着一种价既廉物又美的驻颜术。

校方经常邀请中国教授聚餐,因为在W大中文学院是大系,享有较高的地位,所以汉语教授也享有较好的待遇。每每聚会,T老师作为久经沙场的"老人"，自然是中方的代表，席间侃侃而谈，始终是唱主角的。而韩方教授多沉默寡语，惟独学院院长池教授最健谈，常与T老师对面交语，互相表彰，近乎吹捧，省却了我们很多不必要的逢迎。

这池院长身材短小，却很丰硕，虽年过六旬，满头白发，然面色红润，气壮声闳，有韩国男人特有的果敢与执着。池院长最得意的谈资是他的两段经历，一是越战期间参与美军的战斗，如何对抗"中共"与"越共"的；二是他任外交官时，某年最初发现某"中共"飞机途经韩国领空直飞台湾，而当飞机迫降台湾桃源某军用机场且当局还陷于一片混乱与紧张时，他早已预测到情况的大致，并通过外交途径预先通知了美国方面，结果与他所料不差，因此他也受到了上级的嘉奖。当然，在他每次的夸许中，都要夸奖一番T老师课上得如何如何好，似乎带有"政教"意味的树立榜样，以便在座的其他中国教授效仿。

记得有一天，我乘电梯从所住的外国专家楼下来，正巧碰上池院长，他脸仍是红扑扑的，并仰首对我说刚从T老师那里来，一边说，一边伸出右手的大拇指，我想又是夸奖T老师的课上得好吧。

与T老师交往，也有很多话题，其中她最感兴趣的是"革命"与"男人"。

T老师算是一位"官二代"，她说的革命史指的是父辈的光荣。她父亲是老"四野"的，根据她的言谈与手势，她父亲跟着林彪打下东北，赢得半壁江山，然后挥师南下，那得意与崇拜，真令人可笑而又可敬。因为南下，T老师出生在南方某城的市府大院，她有次偶然提及自己丈夫，好像也是个"官二代"，是革命的联姻。后来改革开放，她又移居到更南部的一座城市，成为某高校某院系的党总支书记，当然也兼职为"教授"，专业是文化开发与研究。

至于"男人"的话题，T老师最惊人的话语是"男人精贵，女人贱"。她不是随便说说，而是从生理、心理、社会、文化等方方面面加以论证，这种言论出自一位女教授之口，且与当今女权主义的"先进"思想格格不入，真令我们闻之色变。也因如此，T老师每每赞美父亲的革命，崇拜林彪而骂叶群，谈及小时候哥哥如何照顾她，充满了温馨的回忆，聊到独生女儿时，也是夸耀一番女婿，她纯乎一个男性崇拜者。

"革命"与"男人"话题的缩合，就是T老师极度阳刚的爱国主义。她诸多"大中华"式的"大国沙文主义"的言论，常常给人感觉到她多次客座韩国不是来"挣钱"，而是来"济贫"的。在高度爱国情绪的支持下，她的说法也产生过矛盾，比如她曾随口说到韩国男人很"弱"，或许是指类似网络语言的"衰"，当时某上海男教授就以"市侩"般的狡黠追问：T老师怎么知道的？大家一笑了之，因为这些闲话也只是为了虚度域外生活，填补心中的寂寥而已。

一年时间很快过去，我们这批"客座"相继回国，T老师再次留了下来，继续她的异域教学生涯。

又过了一年，遇上T老师原中国学校的某君，说她嫁给了W大的一位老院长，姓"池"。我有点愕然，但很快又坦然，只是想到何时故地重游，见到T老师当改称"池夫人"了。有诗赞曰：

> 大国风徽隔代传，佳人异域续前缘。
>
> 豪情换作池中物，笑说清溪不是川。

池院长眼中的"北大"

北京大学在中国当代教育史上的崇高地位，不容置疑，但在韩国教授眼中，似乎超过了中国人的想象，将其视为"独尊"的地位，则不免有些夸张。近年北大在中国的命运，也有着令人不敢猜想的悲凉，例如高考，清华大学的文科（比如中文系）录取线竟超过北大，真是不可思议。好在韩国教授对此不甚了然，他们还是一味地尊崇着，我所在的W大，就以能与北大交流学术或交流教授为荣。

韩国W大中国语学院的池院长，对北大的期望与推崇，我想是任何一位北大教授，甚或近数十年来历任校长也不敢奢望的。他一谈到北大，就痴迷于一种梦幻般的境界，或者说生活在蔡元培的时代。

W大中文系每年有若干位中文外教，有三所学校是固定的，即北大、复旦、南大每年派一员，与我同来时的三校教授，我年最长，复旦次之，北大的最小，是70后。而每有活动，池院长首先考虑的是北大的Z君，然后依次才是我等；如有相请，或希望有代表发言的，池院长总是手一指，请北大的Z教授先来。虽然中国社会并非"序齿"，而或更多的是"序爵（官）"，但在没有官的情况下，特别朋友间，还是礼让长者的。也正因此，池院长的举动每每让好友Z教授很为难，亦略嫌尴尬。例如池院长手一指，Z教授总是转指我们年长者，我们又不好忤了主人意，很多场合都是Z教授被晾在那里好一会,有时打哈哈了事。

享受荣光的同时,也就意味着要担负责任,池院长对北大的推崇也是如此,往往还迁移到具体人物的Z教授的头上。

在一年间相处时很多的话题中,最敏感的话语就是民主政治问题。池院长有天请大家吃饭,喝了几杯清酒,忽然谈到中国知识分子的软弱,并由此联系到民主。他说韩国的"民主"全是靠知识分子争取来的,从朴正熙、卢泰愚到金大中,几番奋斗,几度流血,才有了今天。而你们中国人……说到这里,他低下头,抿着嘴,不知嘟哝了什么,忽然声调一下提高了若干度,说:"就能民主啦!"他此时气血喷张,红颜白发,对比色显得更为清晰。而我们则有些木然,茫然,不知他喝多了,还是想表达什么。

有次又说到这一话题,池院长对中国经济总是赞美,对中国政治总有些非议,所以"民主"成了他的"自负"与"自夸"。不料这次他说着说着,突然话锋一转,又习惯地指着Z教授说:中国的民主靠你们北大,北大就靠你Z教授,只要你振臂一呼,就万事大吉了。

面对池院长严肃中的笑话,Z教授又显得有些局促不安起来。

其实,Z教授与我们一样,只想到在韩国怎么混过这一年,在今天如何混过这一顿令人不敢恭维的韩餐,做梦也想不到自己要改变"中国命运"。这伟大的使命来得太突然了,只因自己来自北大,于是我们听到Z教授对着池院长像自语般地喃喃说:

池院长太高估我们的北大了,太高估了……

事隔不到两年,主政北大的某君果然有了非常之举,他高调地向北大学子讴吟了他发自肺腑的美丽"凤"体诗章:化学是我的爹,化学是我的娘……

我想，如果池院长听到了这来自北大的时代最强音，该有何感想？

我又想，如果北大同仁知道外域某校一位个头不高的院长对他们及其学校的"期望"，不知又作何感想？有诗赞曰：

> 北大园池北大墙，韩人度越看风光。
> 咸丰偏作开元梦，一曲歌吟化凤凰。

车助教

在韩国高校客座，很难遇上教授，一则因为教授人少，不似域中有"遍地走"之"誉"，或"多如狗"之"毁"，一则无事在家，没有什么"项目"、"工程"的填表任务和提高觉悟的什么"学习"；然则学校里的助教却不少，多是在校生或研究生。

我刚到仁川机场，就有一大男孩朴助教"接机"，送至宿舍楼，又来了位精熟汉语的车姓年轻女子接待，她成为我在W大第一学期名副其实的助教。说实在的，在韩一年，见不见领导如系主任真无所谓，当届主任也只是请我们吃饭时才见面，而几天见不到助教，却有点"惶惶如也"，茫然不知所措。

车助教汉语名"孝真"，是位在读博士生，学的是世界经济，同时还兼任一点其他课程。她中等身材，却纤巧苗条，较为瘦削的面部，有一挺拔且显得不太匀称的高高鼻梁，还有双乌黑且略感深邃的眼睛。初看确实有点"异相"，看惯也就觉得"顺适"了。

她真正令我赞叹的还是工作的快捷和有条不紊。我抵达首尔的头三天，她天天来办事：第一天晚上送教材，安排上课事宜；第二天上午就带我们去办理"临时身份证"（居住证）和银行卡；第三天则陪同我去分校上课，介绍教室、办公室以及来往班车等情况，下午又带我们到财务部门填表定工资。这件事很麻烦。她先领了韩文的表格，将其中主要事项译为汉文，再叫我们填写，然后她再将其译为韩文。

正是在这次填表过程中，我感受到了中、韩文化的异同。所谓"同"，就是都讲人情；所谓"异"，则是中国之"人情"更讲关系，韩国则不尽然，甚至有些"利他"的纯粹性。在填表过程中有个细节，后来回想起来，真有点莫名的感动。

事情是这样的，车助教与我们形同陌路，初次相识，可是在填写"工作年限"一栏时，她用不太熟练的汉语告诉我们这一项很重要，看我们对她说的话不甚了然，她于是显得很焦急，反复说着，脸上已泛起了红晕，我们仍听得茫然。直到后来相处久了，我们才知道，对待客座的工资，各国、各地、各校或有不同，有按学位者，有按职称者，有合同先行确定者，而韩国W大薪金标准则按"工龄"定资。这财务部门也很奇怪，也不看中国"官方"出示的材料，只凭当事人填写，这正是车助教为我们着想的焦虑之处。好在我是如实填表，否则哪怕笔误，也悔之晚矣。据说有两位同年工作的副教授，就因填表有点差距，结果月薪竟讹差"百万"之巨。

车助教工作勤勉，办事周全，为人热心，仿佛是一种工作的惯性。有时看她辛苦，我们觉得过意不去，便约几位客座一道想请她吃顿饭，聊表谢意，结果也因她的婉拒而未遂其愿。终于有一次让我们看到她除工作之外而显露生活情趣的一面，那就是济州岛之行。

这一年的暑假，我们有三位中国同事携家眷邀游济州，一次偶然的机会我向车助教咨询旅游路线，她却回答说她的男朋友就在济州，是位经常出海的船长。我想这是绝好的条件，于是邀请她同往，作为我们的高级"导游"，她的费用由我们承担，当然"导游费"就免了。她听后欣然允诺，为我们购机票，定路线，包商务车，订三室一厅的旅舍，结果有了我们记忆美好的济州"豪华游"。

在三天的游程中，我们登龙首岩，上城山日出峰，观看海底火山，拍摄天帝渊瀑布，游茶园，进玻璃城，过思索之苑，处处有车助教的讲解，还不时伴随那愉悦的笑声。当然，我们也见到了她的男朋友，端庄、大方、稳健，还很帅，而且还特地赶来与我们共进了一餐济州特色"马肉宴"。

由于要尽"助教"之责，哪怕是额外的，车助教与我们在济州是同吃同住，三间房一家一间，她就寄居客厅。在将离济州的那天晚上，她略带羞涩地对我们说：今晚我就不回来住了。我们也略带歉意，感到她为了我们的游览，来到济州却生疏了男友，劝她第二天不必一早赶来。

不料，第二天清晨我们刚起床，就发现车助教靠在客厅的沙发上休息。我们说飞机起飞还早，意思是责怪她不必这么急着赶来。她喃喃地说："他今天要出海。"说话间，她的神情有点儿落寞。

我想起在来济州时的飞机上，曾问她别人都从外地聚集首尔，你博士毕业后是否伴随丈夫调到济州呢？她回答说也许吧。

暑假过了，我们换了新助教，也没有留下车助教的电话，直到客座结束，临别那会儿也没有能感谢一声。一时很熟悉的人又走进了"陌路"，算起来车助教已博士毕业，只是不知道她现在是居住首尔，还是济州？有诗赞曰：

　　　　助教心诚数孝真，济州三日笑声频。
　　　　可怜梦在夫君伴，博士生涯海上春。

恩京小姐

韩国读书人除了韩文名字，都还有一个中文姓名，恩京小姐姓李，是我客座一年学校中文系的"大助教"。

韩国高校教授很少，一般退休一位才能增补一位，很多教师都属"时间讲师"，经常赶场子授课，以赚得收入，十分繁忙辛苦，而在学校工作（兼职）的，助教特多，且有等级。据我了解，助教一般分为三等：初级者是小助教，帮助教师或登分，或跑腿等杂活，由高年级本科生或研究生兼任，数量稍多；中级的是具体为某几位教授服务的，特别是外教，如发教材，办证件，引导着做些后勤方面的事务，一般由高年级研究生或博士生兼任，数量似较前者少；而最高级的就是大助教，全系只有一位，由有工作经验的在职博士生轮流担任，总管所有助教，职责类似中国高校院系中的人事秘书加教务员、会计、办公室主任等。恩京小姐就是我在W大中文系教书期间这样的重要角色。

初见恩京小姐，是我们刚到的第二天，她来到我们所住的"国际学舍"做礼节性的拜访，并预先告知学院院长、系主任将为我们接风，再说明请我们吃饭的时间、地点。她给人的第一印象，就是文静而干练，而且属于电视剧上常见的标准的韩国美女。

她不仅面容姣好，而且性格开朗，应对大方，第一次与我们见面，交代完公事，便用一口流利的汉语与我寒暄起来。她说着说着，忽然插入花絮，说前面来客座的老师如何答应在中国帮她找个对象，然后话锋一转，说：许老师帮我找好吗？

直率得太可爱，虽然她年龄也不小了，或许因读学位耽误"求偶"。我也笑着答应，说回国后帮助谋取，因为我的一位博士也娶了韩女，同根同源又是跨国婚姻，何乐不为？只是以后遇见她，再没提起这话题，我的答应自然也随风飘逝。

每次到中文系办公室办事，都能看见恩京小姐不是埋头做事，就是接电话联系工作。说实在的，国外学校办事人员（包括兼职）的高效率，真令人钦佩。尤其叫人难忘的，是不管多忙，只要我们这些"教授"一到，她总是设法放下手中的事，请我们在沙发上安坐，泡茶侍奉，极其周到。有时还找些热点话题与你谈论，显出雍容大雅的气度。

中文系办公室

我常在品茗之际，环顾系办公室的摆设，偌大的房间，中间放一长桌，周边是靠椅，用于开小型会议；依门一排书橱，放满了工具书与本系出版的学术著作、杂志；书橱边有一长沙发，前置大茶几，有茶海，每每品茗，还是地道的茶道，而恩京小姐倒茶时，也颇自然而有风韵。房间的窗边置放一拐形工作台，是恩京小姐与两个助手（学生助教）落座处，工作台尽头有一张博古架，上置几件古董与奖杯，博古架墙上方悬挂了几面锦旗，是该系荣誉的象征。在锦旗的下面，则有一片约3平方米内嵌的空间，放了一张办公桌，那是系主任的，却常空着。我想，这大房间的主人，应属恩京小姐。

因为，房子是为人所用，恩京忙碌的身影，才给这房间带来了生机。在这房间里，我们几位客座教授的"无巨细"之事，皆由恩京小姐办理，无论分内分外。有次我回国开会，来去机票一趟是韩亚的，一趟是东航的，韩亚的报销，东航却不报，财务部门说发票不规范。我用狼狈的语言做无望的交涉，终于打算放弃时，恩京小姐知道这件事后，主动帮我联络，从订票的东北老太，到东航售票点，再到校财务处，折腾了两个多星期，终于有一天接到她的电话，说钱打到我的工资卡上了。

认识恩京小姐不久，就逢上中文系升格"中国语学院"的典礼，我作了首诗，并用半尺宣纸书写好送到系里，由恩京小姐转赠系主任朴君。隔几天我再到系办时，已见诗笺被装裱放入镜框，悬挂于主任背后的高墙之上。我夸奖恩京小姐的重视，她却再三作揖感谢我，说这样好的诗，美的字，怎么能不挂呢？又怎么能随意挂呢？

一学期客座要结束时，我最后一次到系办，打算与恩京小姐和其他人告辞，不料迎接我的是位新面孔女性，她告诉我恩京小姐因需要完成博士论文的答辩，已在几天前离开了这岗位。这也很平常，很自然，只是在我离身时，再次回首打量了那幅由恩京小姐亲手挂上的嵌字镜框，有我的字，我的诗，对着门，的确很显眼。有诗赞曰：

> 韩家有女曰恩京，治事玲珑治学成。
> 待字闺中缘博士，文华丽色见前程。

校友李允惠

国家改革开放以后，校友也得到扩大，过去在海外的多半是逐年迁徙的华裔，而近30年来却增添了大量的外籍人士，他们留学中土，学成返国，我们的近邻韩国，这类校友尤多。我在韩一年，遇上很多曾经就读于南大的校友，其中对我帮助较大，且接触三次以上的是李允惠小姐。

李小姐在中国时学的是汉语专业，南大研究生毕业，返国后却就职于银行，改行由"文字"而"数字"，现在已是某银行的主管。我在去韩前，她过去的中国导师就告诉我有关她的情况，并给了联络方式，说金融方面的事可以找她帮忙。而所谓"金融"，就是兑换工资，据说韩国很怪，如认识熟人，特别是像她这样的银行主管，那兑换率会高得多。

美学家宗白华先生曾有五境界说，分别是"功利"、"政治"、"伦理"、"学术"与"宗教"，并于后两者间引申出"艺术"的境界；合此六者，又每以一字提其要，曰"利"、"权"、"爱"、"真"、"神"、"美"。孟子曾批评"天下竞逐利"，引发千年的"义""利"之辨，作为人身，不能无"利"，而作为教师，又是文科好"美"者，更羞于言"利"，所以当时只将友人写上的李小姐联络方式的纸条夹在笔记本中，到韩国后几乎忘了这件事。

一晃就半年过去了，在临近暑假的某天晚上，忽然接到一位女生的电话，一听就是带有韩音的汉语。对方说她名叫李允惠。

我先愣了一下，猛然间想起，呵，是校友李允惠。一打听，才知道她最近与导师有联系，得到我的资讯。真是热心的域外人，也许是好奇，我们相约第二天中午在W大门口的小咖啡厅见面。

在咖啡厅内，我见到了准时赴约的李小姐。她短发白肤，中等身材，非常精神，一看就是做事干练的白领。她很直率，没有什么客套，直奔主题，询问我工资现在需要兑换否？而且告诉不必去她所在的汝矣岛总部，就在W大门口的毋里银行即可，由她关照是会优惠的。她不仅主动提出帮我兑换工资，而且说我的中国同事需要都可以找她。这与我离国前她导师的说法颇有差异。她导师叫我悄悄找她，不要惊动别人，会带来不必要的麻烦，而事实上，她却如此主动直率，令我惊讶。后来在与韩国人的接触中，发现中、韩办事都喜欢找关系，只是中国人略显神秘，韩国人更为坦诚。

因为怕麻烦人，我将工资集到年终才一并兑换。兑换那天，我邀了三位同事一起办理，李允惠已为我联络好毋里银行的崔主管，由她帮着做汇兑工作。

这崔主管热情大方，对我们态度极好，可惜不懂中文，无法交流，于是每填一表，每办一事，都由我用中文将资讯电告李允惠，她当即用电话口译给崔主管，崔主管再帮忙填写。如此三角形的电话直线联系持续了整整一下午，才完成了共四人计亿元的汇兑业务，这在银行汇兑史上也许创造了个"方法论"上的奇迹。

当然，校友的热情，崔主管的敬业，真是令人感佩。

过了新年元旦，学校也放假了，我们准备打道回府（国），忽然有一天早上接到李允惠的电话，说下午来看我。

一见面，她就递上几大包韩国盒装糖果，说她结婚了，是喜糖，请我带回国分给母校的老师，当然包括我的一份。她坦然，并无新婚的羞涩；我欣然，感受到师生的友情。这情感，无论在国内，还是在域外，都是那般的温馨、绵长。有诗赞曰：

> 春风沐浴海东情，化雨催生利率赢。
> 跨界相逢欣跨国，桃花灼灼唱新声。

警察的盾牌

在街上走路，无非两种人，一是各色行人，属"大众"，一是警察，属"小众"，而小众维护治安，保护大众，不可或缺。倘遇上什么突发或群体事件，这小众人数一多，有时也成了"大众"，我在家时，每往学校的行途中，必经政府机关，就常看到两个警察对待一个访民的情形。相比之下，韩国社会这类群体事件更多，因为"民主"，稍有风吹草动，就集会，就游行，包括一些庆典活动，也会有不和谐的抗议之声，甚至付之行为语言，发生肢体冲突，于是警察也就忙碌起来了。

首尔警察的形象，给我印象最深的就是手持盾牌。他们是这样一个群体，没有警棍，没有水枪，没有一切进攻性的武器，只有盾牌，以抵挡可能伤害自己的袭击。所以每当有抗议活动发生，或者预测将有抗议活动发生，到了傍晚时分，在首尔的街道，特别是中心区钟阁、市厅一带，就有大量的警车停在路边，一排排的警察蹲在街头、广场吃快餐，身边始终斜倚着一张盾牌。而当抗议活动一来，山堆潮涌，警察们排成阵列，队队行行，重重抵挡，步步退缩，却有条不紊。

有的抗民很凶，特别是些老者，挥拳舞棍，打得年轻的警察躬背缩首，而手中的盾牌是上移下挪，被敲击得"铮铮"作响。有时逛街，亲历这种场景，不免生好奇之问，答曰"民主"。然美国亦民主，孰敢犯"警"？于是私忖，莫非是西方"民主"与东方"礼让"结合的精神产物!

然则也不尽然。据相关报道,韩国警察也很凶猛,比如在西海区域执法,常有进攻性器械虐胁中国黄海"闯海偷渔"者的行径,也因多次摩擦而生出外交纠纷。难道内外有别?

无独有偶,据国内报章多次记载,某地某老外丢失自行车被民警几小时内神速破获,交还失主,感人至深,国际形象大好。而网友却多哓哓,追问国人丢车若何?我也曾丢失自行车多辆,也曾报案且有警察认真记录,结果都是泥牛入海。或曰:"丢人"(指拐卖妇孺)都管不过来,何况区区"丢车"乎!

我回国后曾有次在酒席间对一位身为警察的亲戚谈到首尔的警察与盾牌,他听后第一反应就是眼睛一瞪:"这还得了?警察是吃素的呀!"他愤愤,我悻悻。

冷暖自知,警察也是血肉之躯,何必吃素?于是真有些同情那记忆中的首尔警察,抖动的盾牌与畏葸的面容。

不过转念一想,他们以"小众"的屈辱迎接"大众"的快适,还是令人敬畏的。有诗赞曰:

护国保身有盾牌,何须利器出胸怀。

无端席上犯颜甚,吃素原来未谑谐。

卢武铉之死

　　在韩国首尔居住的一年，所遇到的政治大事，除了受报章的蛊惑，整天提心吊胆地怕朝鲜的导弹飞过来，就是连续死了两个总统，先是卢武铉，后是金大中。金总统是参加过卢总统的葬礼后不久病故的，悄然安息；卢总统则不然，是"坠崖身亡"，所以更具有新闻的震撼力和视觉的冲击力。

　　这是2009年的5月23日，到日中时分，电台、报纸、网络连篇累牍地爆料：卢武铉坠崖自杀身亡。

　　是日风和景明，据报道清晨九时许，卢武铉在一侍员陪同下于居家屋后的烽火山散步，忽然停足一无名崖边，纵身而下，待救护车急送至附近的釜山医院，已宣告不治。旋即卢氏"遗书"被发现，真相大白，其中有段凝重之语，华文报纸的译文是："我就是要用这种惨烈的方式死去，以昭示我的清白，我的尊严。"原来是"以死明志"，只是选择的方式过于惨烈。

　　于是联想到前几个月来的新闻，不断爆出卢前总统"家人的贪腐"行为，其中较严重者是其妻收了某董事长的贿赂，其女卢静妍从泰光实业总裁朴渊次手中获40万美元资金，在美国购买了私宅，卢总统因此接受釜山地方检察厅的传唤调查。也正因这一曾经"治国"者"齐家"之失败，在他的遗言中尚有"我一步也无法迈出家门，我的家就是监狱"的苦闷、困惑与忏悔。

　　卢总统在位时有两大政绩昭然于世：

第一件是继承与发展金大中的"阳光政策",对朝鲜予以经济与道义的支持,使韩国民众暂时避免了对南北对立之战争状态的担忧。因为朝鲜之于韩国,有着最朴素的感情与最简单的逻辑,就是你给"阳光"我理所当然地"灿烂",你不给"阳光"我就责无旁贷地赠送"导弹"。

第二件是平民出身的卢武铉,自称"清正廉洁的总统",廉正自律,打击贪腐,不遗余力,其政绩也是有口皆碑的。正是居于"自诩"与"自毁"之间,卢氏的贪腐或许真是"己所不欲"而家人所为,况且与其他一些国度官方公布之贪腐案相比,也是"小巫"见"大巫",数量之少,"力度"之弱,皆不足道。但他毕竟"杀身成仁"了,而且选择了脑浆迸溢的惨烈的结果。

于是舆论哗然,怜悯声起,就连时任总统前往吊唁,也受到了"拥卢"者的鄙薄与羞辱。我所任教的校园在卢武铉的悼念日,拉起了一条巨大的横幅,上书:MINGBO(明博)OUT。

有人说韩人脸皮"厚",什么"孔子"、"曹操"都是韩人,什么"端午祭"也成了他们的文化遗产。而我则觉得,韩人还是知"耻"有"勇"。一个总统,以"死"谢"罪",其震撼力不仅表现于"新闻"的层面。我居韩一年,已见诸新闻报章者有多位著名明星(歌星与影星)或坠楼,或服药自杀而亡,因为生活压力大,难忍"潜规则",与我国明星比较,其或与"高贪"(高官贪污之略称)之"潜"与"被潜"(互潜),得意时"鲤鱼跳龙门",失意则"咸鱼待翻身",犹如某影名"活着",不啻霄壤。

结果,韩国政府为卢故总统举行了连续七天的仅次于"国葬"的"国民葬"。

七天,是月阴的轮回,中国人为死者过"七七",具有招魂的意味。据当时现场吊唁情形与有关推测,卢武铉所坠之"崖"或将成为新的旅游景点，而我想，每当一弯冷月照临那垂挂着一二枯藤的崖壁，人们总会记起这里发生的故事，和一个可以安息的灵魂。有诗赞曰：

一代君王坠石亡，新闻效应耐思量。

可怜夜月临烽火，太息人间善恶场。

偶遇"大长今"

《大长今》百集电视剧曾裹挟着"韩潮"风靡中国，我对韩国电视剧的细腻很佩服，但对其过度细腻不耐烦，所以很少收看与置评，然与《大长今》倒颇有缘。正因有"缘"，所以在韩国期间游至某地人谓这是某剧外景拍摄处，我均茫然，惟两次偶遇"大长今"，倒是自主的感受与认知。

我说的两次偶遇"大长今"，并不是见到扮演"大长今"的那位女演员，我虽然通看了百集《大长今》，也只知道银屏上的那个胖胖的医女，却记不得演员的名字。所谓偶遇，指的是游览过程中碰上该剧的拍摄基地而已。

一次偶遇是在扬州。

距首尔不远的京畿道有广州市、扬州市，还有南扬州，我对扬州颇感兴趣，源于中国的扬州离我所在的南京约一小时路程，韩国的扬州也距我暂住的首尔大致相同路程，且古人"烟花三月下扬州"、"骑鹤下扬州"、"十年一觉扬州梦"的清词丽句的吸引，对"扬州"地名显然有着"类比"或"联想"式的向往。

逢一假日，我们乘地铁辗转而至此扬州境。下车后，除轨道与交通，则满目荒莽，穿过一地下隧道，始进入一平常市镇，寥寥楼宇，稀疏行人，皆匆忙，无流连徘徊意。我们展开地图，询问路人，"扬州何在"？回答是：此即扬州！失望、沮丧，寻找咖啡馆，聊天，是随着我们漫无目的的蹒跚碎步产生的系列想法与行动，结果咖啡馆也没找到，只得面向荒原，逍遥散荡一番。我们越过一段小山丘般的斜坡，忽然看见有古典宫室的大屋顶，渐行渐至，竟然是一大片宫殿，走到近前，我忽然感到似曾相识，迟疑片刻，破口而出：大长今。同行友人也是书斋生员，不知"大长今"为何物，而该友探亲而来的夫人，则亦随我而恍然大悟，而且惊讶神色还多了一层对我也知道大长今的"同情"与感动。

这里是"大长今主题公园"，园内划出近4000平方米的面积搭建起王宫御膳房、厨房、补给处、内需司、司瓷院等建筑布景，极为壮观，而这不期而遇的"朝鲜王朝"虚拟旧宫，成了我们扬州之行的惟一观览之地。老夫聊发少年狂，一会儿握握戏中男主角的剑戟，一会儿摸摸女主角用的坛罐，一会儿尝尝阶下囚的滋味，一会儿坐坐主审官的宝座。那阶下囚与座上客的不断转换，戏中人物

扬州大长今拍摄地

虚拟的"真实"和我们真实的"虚拟",也只有看过该剧的人才会有某种难以言表的心契与愉悦。

第二次偶遇是在同属京畿道的水原。

水原有一景点叫"华城",华城下有一人造"行宫",仿拟朝鲜王朝第22代王"正祖"时的建构,供游人参观。而我一走进行宫,就看到一排熟悉的大酱缸,还有大长今藏宝、挖宝的那株大树,更直白的征象,则是立于宫墙旁边两尊铁皮做的但却挖空脸部供游人照相的男女主角造型,原来是《大长今》又一处外景拍摄基地。因为有了前次的经历,于是一笑走过。

人生多有定数,即使是游戏。在荒莽无味之扬州的偶遇,于我自有前缘。

那是旅韩的四年前(2005年),我第四度赴新加坡为中文硕士班(七、八届)讲授文化史课程,七班某女生因选戏剧学老师指导论文而"落选"(选者太多),于是转至我的冷落门庭,她的毕业论文选题是电视剧《大长今》研究。已选之题,难以更改,不解之惑,岂可勉为。于是双向磨合,互为屈服,该生改《大长今》之"剧本"研究为"文化"研究,息"现实与虚构"之想,启"历史与现实"之思,更变影像、技巧、符号等等,而为内官、医官、女医官云云;我则熬夜突击,连续三天完成观看该剧任务,百集长篇,五张碟片,看后略知所云,期免以昏昏使昭昭之讥。

开卷有益,观象有得,不期然扬州、水原两度偶遇,使我像一"韩剧迷"娓娓道来,既增添了游览的乐趣,又令同行的年轻人、女性们"刮目"相看。积学之功,岂可轻忽?有诗赞曰:

长篇百集《大长今》,偶遇扬州不必寻。

积学原来多妙用,前缘后续有知音。

韩食、泡菜与国际化

朝鲜半岛是单一化的民族，半岛之半的韩国自然不是多民族国家，且不类中国按地域划分诸多菜系，他们就钟情于一个民族的菜系：韩食。

一个外国"客"，要认识韩国，必先尝韩食，也许正因为其单一化特征，更能彰显其民族的骄傲，而我以欣赏"他族"的骄傲，对比"自族"的荣光之心态，况且以一饱"口福"的方式获得知识，何乐不为呢？

W大附近就有很多韩餐馆，是我们经常光顾的地方，有时独往，有时结伴而行，但开始适应她，则需要克服两大障碍：一曰习坐式，二曰识菜名。

韩餐馆皆席地而坐，这对自宋代即改低坐为高坐且习惯历千年的国人而言，确是不小的难题。首先是不易坐下，坐下后又是姿式难看，因不善打盘，于是在矮凳般餐台边那局促的空间，伸满了男的、女的、老的、少的、粗的、细的、赭色的、白皙的、着裤而半掩的、穿裙而多露的"腿"，有时还占驻了别人的行道。尤其是餐罢起身，酷似"人猿揖别"的过程：先就地爬起，腿不堪直，腰不能伸，如猿行之状；稍许弓背微展，踉跄碎步，颇似"类人猿"图像；再步数履，筋骨渐舒，体形较前略直且高，蹒跚跚跚，则如"类猿人"；及至店门，付款穿鞋，跨步行街，已俨然人类矣。在韩国地铁车厢内总有治疗罗圈腿的广告，应是针对需求而有的放矢的。

韩食以泡菜最具特色，然泡菜是不要钱的，配主食奉送。一般每位只需点一主食，或烤肉，或鱼汤什么的，泡菜就能配满餐台。据说某中国客以惯常之豪迈，大咧咧地摆袖伸拳，"啪、啪"点了六七道主食，结果遍地泡菜，坛罐狼藉，语言不通，只能虎食狼吞一通而退。我也时常闹笑话，因为每每看"图"识"谱"，先横眼扫过别人餐台所点之菜，然后对照榜上韩文菜名再点食，有次点了一锅排骨腌菜汤，结果上来的是两瓶酒。退换？不知怎么说，只得再按图索谱，补上一份可充饥的东西，当然心中或暗自窃喜，有了酒喝还不识得一个"酒"字。

韩食奇在喧宾夺主，作为辅配的泡菜名声最响，在外国人的眼中，似乎代表了韩食的主体。泡菜品种甚多，加上每餐配食数量不少，所以韩国主妇家里都要备一大大的冰箱，储藏大量的泡菜，来了客人，烤一盘肉，煮一锅大酱汤，抓几样泡菜，就是主客皆惬意的美餐了。我想，韩人吃韩食时的那种"自得"与"自豪"，如果没有"民族脊梁"的支撑，会令人大惑不解，因为我们常不够善意地推测，这是长期从"贫穷"与"贫乏"中提炼出来的文化结晶吧。

一种针对我类似"腹诽"之心声的强音响起，那便是韩国政府通过最高领导人总统和总统夫人之口，要将"韩食"推向国际的"浪漫"宣言，此乃我在首尔时发生的事情。这似乎也印证了我国一些学者的名言，那就是"民族的，就是国际的"。

于是我眼前出现了一幅幅壮观的画面，在联合国总部，在八国峰会上，在大大小小的国际活动中，那些西装革履、峨冠博带者席地而坐，饮着大酱汤，身体欠佳的加碗海带汤，面前铺满了泡菜，坛坛罐罐，形形色色……古老者旧曰：呜呼！现代青年说：哇塞！

有诗赞曰：

> 国色天香大酱汤，坛中泡菜觅珍藏。
>
> 其间妙用缘虚腹，了却东方跨远洋。

全州"拌饭"

韩餐犹如韩族，具有单一性的特征，没有中国诸如川菜、粤菜、湘菜、淮扬菜等菜系，但它也有地区性的品牌意识，全州的石锅拌饭就闻名遐迩，即使在首都的首尔，也有拌饭冠以"全州"招牌，以慰求食者的"慕名"心理。

为了名副其实，寻根溯源，在一无课之日，我约请两友乘快铁专程从首尔赴全州去吃地道的拌饭，这一举动虽然不能与传说中某些国际大明星或某国"富（官）二代"飞地中海吃鱼虾，飞冰岛吃北极贝那样的潇洒相比，但对我们这些俭朴惯了的工薪阶层而言，也着实是快适地"消费"了一把。

全州在全罗北道，位居首尔的正南方，快铁约一个半小时抵达。这里有韩国最大的由800多座房屋组成的"韩屋村"，比较完整地保存了朝鲜时代传统士大夫阶层的生活面貌。人的欲念也是既"贪得"，又"精进"，就像明清时代的读书人中了进士，还要入翰苑一样，我们到了全州也取法乎上，要去韩屋村"体验"拌饭的滋味。

进入韩屋村，茫茫楼宇，重重庭院，因旅游之用，个中空无一人，我们穿街走巷，登堂入室，多次"借问酒家何处有"，游荡半晌，竟找不到个韩餐店。时逾午后一时，诸君饥肠辘辘，无奈寻一出租的士，对司机扮吃饭状，听其在韩屋村中乱转，偶然逢上一二小食店，皆路边餐馆，与心理期盼差距太远，于心不愿，于是直到在街巷中寻得一门面较大的饭店，方入其间，觉得很宽敞，便泰然安坐。然环顾店中，空无顾客，几个上了年龄的店员，正束手闲聊，见有客至，喜气盈面，待坐定上茶毕，见我们每人点了一份石锅拌饭，又莞尔一笑，似有理解与宽慰的意思。

"主题"思想的呈现，寄托于我们每人面前的热气腾腾的石锅，当然还有琳琅满目的泡菜。依照店主人的指导，我们将石锅中的饭挖出，再舀一瓢开水放入石锅内，发出锅巴与沸水相融的嗤嗤声响，就成了一锅香气盈室的汤饭。当然重点还是将菜料与米饭相拌而食。菜料有荤有素，有肉丝，有萝卜丝，有鱼片，有白菜片，还有葱、蒜与大酱等，被我们一股脑儿放入锅中，搅拌成五颜六色的杂烩。

说老实话，至今回想，也不知吃的是什么味道，不过当时吃得却很认真，仿佛有将萝卜丝当虾条，将白菜片当深海贝的态度。因为是"全州"拌饭，它多了份"品味"，多了点"心情"。

饭后消食，顺便逛逛韩屋村，走到村头一端的"丰南门"，巍峨壮观，令人驻足赞叹。再看门楼两侧，一栋栋典型的韩餐馆一溜排近在眼前，旅者盈门，欢声笑语，我们顿时又有了一种误入歧途，未进"清华"之地的懊丧与迷惘。有诗赞曰：

> 一餐拌饭赴全州，快客飞驰忆旧游。
> 杂色锅中谈趣味，丰南胜境意踟蹰。

兄弟咖啡店

在韩国养成了喝咖啡的习惯。这一则因为沿街多有咖啡店，行路或游玩时累了歇脚，习惯地点一杯拿铁，或加糖块，或不加，既慰口舌，又增添些许休闲的韵味；一则因为此地咖啡便宜，每杯约2500韩元，按照我在韩国时的比值，也只相当于12至15元人民币，较国内在低收入的情况下那三四十元一杯的"高消费"，花了钱反而似乎有了"赚头"，至少在心理上是如此的。

在韩国的一年光景，我与同是客座W大的几位中国教授不知进了多少家咖啡店，也难以计算饮用了多少品种，但给我留下深刻印象的，还是W大左侧小巷内的那一家，店面上端的招牌上写着黑体字：BROTHER。我们也很自然地将其翻译成汉语，引申曰：兄弟咖啡店。也许是店名的亲和力，也许是离学校最近而不劳远足，这里成了我们中国教授与韩国同学共享的清谈沙龙。无论是冬曛，还是夏夜，或者在淅淅沥沥的春雨声中，或者在明月高朗的秋晚晴空，我们常常相约而来，兴尽而去，那种魏晋中人的生命快适，不期而遇地在异国他乡的小咖啡馆中，形成了一种时空的叠印。

咖啡店主是位中年汉子，中等身材，却总戴着一顶纸折的高高白帽，一脸实诚，却有几分滑稽，年轻的学子们称他为"咖啡大叔"。

这位大叔制作咖啡手段娴熟，工艺精到，不仅味美可口，而且给饮者以视觉的享受。我们常是五六人围坐一桌，所点咖啡品种各异，滋味不同，尤奇特者是每杯咖啡的表端，经咖啡大叔的点缀，或奶油，或巧克力，构成一个个鲜活而异彩纷呈的形象：有情人心结，有夜空星云，有一朵玫瑰，有几茎翠竹，有憨态的狗熊，有独立的仙鹤……当然，这种工艺给人美的感受之外，又使我们每次开始饮啜咖啡时总有种破坏美的心理罪恶，幸好这种美是花了钱后可以重来的。

咖啡大叔对我们的优待是容忍我们的高谈阔论，虽然有时也嫌妨扰别人，将我们安排在内室。也许是为外国学生讲授汉语的缘故，教师经一段时期的教学自己的母语水平也在不断下降，有时因故意放慢语调而显得木讷，所以兄弟咖啡店也成了大家在课堂上受到压抑，不自觉地发泄母语的地方。

其实，教授们在一起是很少谈学问的，一般的话语可称为"庄语"与"谐语"两类。庄语即政治（国事），谐语则笑话，特别是略带色彩的网络段子。由于我们这伙"饮友"是夹杂男女且上了年纪的教师，谐语作罢，仅存庄语，于是什么"故皇"、"今上"，"改革"、"贪腐"，信口而来，无所顾忌，倘若观点不同，也争得面红耳赤，有时忽然想到"莫谈国事"的故训，然转念又一想，身在异国，自由自在，何所惧哉！

这间居身局促的小小咖啡店，却给了我们自由想象的空间。我们畅言，我们忘却，我们在这里真实地隐蔽了炎炎夏日，度越了漫漫冬夜。

有次在课堂上谈起咖啡文化，我向高级汉语班的同学们介绍了这间校门口的"兄弟咖啡店"，全班漠然，我解释不就是"BROTHER"吗？片刻，一阵哗然的笑声响起，我至今没有搞懂这笑声的缘由。有诗赞曰：

一客咖啡意味长，冬曛夏夜弟兄行。

清谈爱国增消费，直把他乡作故乡。

W大冷餐会

在W大任教一年，最多的活动就是冷餐会，无论校庆、院庆、系庆或其他什么庆典活动，还是节日、学期结束，甚至当时的校长出版一本书，都要举办。

冷餐会内容相近，有韩食、西食和类似的中食（冷餐），但场景多不相同，有时在楼内的餐厅，有时在校园的草坪上，有时也拉到外面，韩餐馆或者洋餐馆，只要是校方举办的，质量都不会太差。

虽然，冷餐会很多，而且也诱人，可以免除韩食之"苦"与"制作"（烧饭）之"劳"，但我也仅参加过两次。这缺席的原因很多，大略有三种情形：

一是正巧自己有课，没了口福，这应该是最常见的。

二是嫌礼仪烦琐，冷餐会开始前校长迎接来宾的寒暄以及讲话，会使你坐上两个小时没动静，韩国人那悠闲的"慢"劲，在这类场合表现得淋漓尽致，不耐烦，也就不参加了。

三是地点嫌远，懒得劳足，比如首尔以汉江中分南北，学校在江北，高级餐厅（特别是洋餐，韩人除重韩食，就崇洋餐）多在江南，从学校到江南，地铁一号线转二号线，少不了一小时路程，所以江南餐会，我基本放弃。

也有偶然情况下缺席，是具有重叠原因的。例如校长朴哲教授专业为西班牙语，他有本译著出版，就以个人名义掏工资举办冷餐会，宴请全校教师，由各院系助教逐一通知。朴校长习洋文，重洋学，爱洋餐，所以地点选在江南的西餐馆，而江南有一繁华之地，曰"蚕室"，这冷餐会就办在蚕室。当时收到请柬，心中不爽，当然也因江南路遥，校内好几位中国教授均未前往捧场。该地为何取名"蚕室"，不知音译还是意译，当然朴校长是不会以韩人之心度中人之腹的，更不会知道中国汉朝司马迁疏救李陵而面对汉武帝的后果，只是我们横梗于心，又不便请益于好为考据的韩国教授，因为总是觉得不雅。

我所参加的两次冷餐会，一次可谓"豪华"，一次则颇为"清雅"。

豪华的那次在学校主楼的顶层餐厅举行，是暑假前的聚会，全校来自70多个国家的教师在一座圆形大厅中穿梭往来，红酒洋餐，随意取食，各种肤色，在鎏金灯光的摇曳下相映成趣。这场冷餐会还有两件趣事：一是为暑期结束返国的教师发放"荣誉证"，上面印着"巨大贡献"之类的套话，由校长一一颁发，其隆重程度，见所未见，当时心中私忖，下学期就轮到我们了，满心地希冀。二是表演节目，那真是一场到大剧院购票也罕见的多国音乐会，特别是一位俄罗斯的胖女人，热情奔放，抱起朴校长又唱又跳，这朴校长带着东方的腼腆和迎合西方的情怀，笑脸应对，娴熟旋转，动作却有点别扭。大家哄然爆笑，全场震动，也算一个高潮吧。

所谓"清雅"的一次是在教学楼前草地上的冷餐会，好像是中秋前夜，大家自由组合，围坐在数十张临时安放的餐桌边，食品是中西结合，各取所需。韩国教授饮着清酒，呱呱之声最为喧嚣，好在有乐器伴奏。少壮烈，如萨克斯管乐声；多悠扬，如古琴洞箫的声响。直到夜阑声息，食客们在蹒跚中稀落散去，才发现青天镶嵌的明月，如净洗后的铜镜，清光如泄，有一二夜鸟颠倒时差的啼鸣，向天边抛去一无形的弧，参加完冷餐会后返归宿舍的我，心中闪过一丝罕见的清新爽利，当然不是"举头望明月，低头思故乡"之类。

我很怀念W大的冷餐会，它融会中西，且属于教师的"全体"，而非少数人的饕餮。有诗赞曰：

> 冷餐会上聚群贤，汉北江南两地偏。
> 幸运相逢多国色，佳肴口福舞翩跹。

免费早餐

民以食为天，更以食为先。

到一个陌生的地方，首先要解决吃饭问题，佳肴美食，固不作非分之想，然一日三餐，不可或缺。我当时是夜至首尔，第二天早晨就饿了一顿，不是因为兜内无韩元，而是校内食堂未曾寻到，门外超市又不认得，于是只能挨着，等待救援。直到日高三丈，约韩国时间上午十时左右，助教才给送来算暂时借支的韩元，并告诉校内用餐地点，早餐是免费的。

翌日黎明，为了享用，或是参观免费早餐，我早早起身，时虽阳历三月初，这北地仍寒风刺骨，踏着地上碎冰，伴沙沙声穿过校园一角，入教师会馆，见左侧一大厅，即教工食堂。后来得知我们居住的"国际学舍"楼内也有食堂，早餐同样免费，但掺杂学生，不及这里安静。

我当时寻一座位，打算享用来韩的第一顿早餐。

我傻坐一会，来了位久客W大的中国教授，告知用餐程序，即先在门口一表格上签写所在院系及姓名，当然是英文（其实即拼音），然后自取托盘及碗筷，到窗口等待领获食品。于是我按程序走了一遭，领到了早餐，是一份寿司，一碗咸菜汤（或豆芽汤）和一盒酸奶（或牛奶）。又一日，如法炮制，却领到两片烤面包夹蛋，汤与奶如旧。我心中窃喜，想这免费早餐还一日一变，比单调的韩国大餐还要丰富。到第三次，又是寿司，第四次，或领面包，原来换来换去，整整一年，就没变出过第三品种。

人是好奇的，也是创新的动物，新奇即"好"。所以第一天享受免费早餐，感觉最好，第二次有所变化，感觉亦佳，到得三次、四次，乃至N次，已成为习惯，味觉与神经都变得麻木了。有时吃罢早餐，呆坐一会儿，忽生质疑：既然单调到不好吃，又何必晨兴而往呢？然而一转念，何谓"好"，山珍海味，优劣也有比较，难以定夺，这使我每每想起家居时某君谓"吃"或"食"云："便宜就好，不要钱更好！"此大乘解疑法，令人信服。

尽管免费，我的早餐缺席数愈来愈多。

校方规定，休息天与节假日不供应早餐，我先是周一至周五享用，后渐改为自己上课日享用，再后来是早晨有课才享用，于是每周顶多一两次而已。

不享用免费早餐的"早餐"，或自备，买些面包、牛奶什么的，更多是不吃，因为吃不及睡。在国外，没有电话干扰，没有杂事烦心，这懒觉睡得越来越懒。记得有一天睡醒，睁眼一看钟，下午一点，揉揉眼再看，依然，怀疑钟坏了，取表一对，信然。自己当时吓得摸摸脉搏，是否"昏死"过去？这次昏睡，给我以警示，不仅上午有课要开闹钟，即使是下午一点的课，也开闹钟，这一做法也被客座诸友传为笑谈。

到了第二学期，我去教师会馆吃早餐的次数更少，到十月一过，天气渐冷，几乎就不去了。

也许经历了近一年的摸索，我们又在校园附近的里巷中找到了更多的饭店，更多的花样，特别是发现了一家火锅店，成为一年客座"最后食谱"的美好记忆。火锅以牛、羊、猪肉为主，我们最喜欢羊肉的，每进店中，总对店老板说"下普，下普"（韩语"火锅"的拟声）。老板知我们是中国人，而且是老客户，所以很关照，每次总是推荐新品种，或免费加上两碟小菜。在离开韩国的前夜，我们又聚会于此，"下普，下普"，老板又笑吟吟地为我们上火锅，拌凉菜，极度热情地为我们推荐店中的新品种，我们不忍心告诉他这是"最后的晚餐"，耐心看着他的比划，微笑但却沉默。

　　我结束客座离韩的飞机是中午，这天早晨又去了趟久违的食堂，想再一次享用免费的早餐，遗憾的是已放假，只能以想象享受当时第一次进早餐时的"好"感，只是心里有点空空的。有诗赞曰：

　　　以食为天圣训看，他乡盛馔实艰难。
　　　晨兴遍觅何须觅，慷慨人生免费餐。

丢失的"南京鸭"

问起南京的特产，开口就是"鸭"，过去推崇"板鸭"，现在追奉"咸水鸭"，而且还强求品牌如"国卤"、"韩复兴"什么的，也讲究新鲜，要在市场现买现切，真空包装就逊色得多。在韩呆了一学期，吃够了"韩食"，胃中油水尽失，暑假回来餐桌上放盘鸭肉，也算是滋补品了。问题是暑假一过，又要接受新学期"韩食"的考验，所以在临行前，妻到楼下市场切了好几只咸水鸭，分若干份包装好，叮嘱我返韩后隔两天吃一包，当然还准备两大包是返韩当日晚招待居韩客座的几位中国教授的。

我在临行前就通知了近日返韩的东北赵君、京师张君，预约他们早一天到首尔，第二天等待与我同行飞来的"南京鸭"。

在由南京飞往仁川的航班上，我美滋滋地想象着当晚"鸭宴"的丰盛与朋友吃鸭后的赞美。想着想着，渐渐困乏而进入轻度的睡眠状态。

随着飞机的颠簸，我在迷糊中蹿出了儿时某日的记忆：好像是我上小学五六年级时，那年头我们全家每天的菜金是一角钱，有天早上起来，父亲听说菜场来了一批便宜且优质的白萝卜，叫我去抢购一篮子。中午放学回来，他觉得最近生活很苦，为改善伙食，给了我五角钱，吩咐我下午放学顺道去卤菜店买点火腿或板鸭。

我怀揣着这笔"巨款"（当时身上很少能放五角钱），不知是惶恐，还是激动，下午课也没什么心思上，一放学，立即赶到家附近一座桥头边的卤菜店去买,谁知店员打量了我一番,把钱退给我说:五毛钱买什么火腿?我说就买板鸭,他回答板鸭整只卖。我当时想父亲下好大决心才给我们开荤"打牙祭",所以不想违了他的愿,也不想失去解自己"馋"的机会,于是自作主张买了一包卤酱干回家。父亲也没责怪我,只是说也好。这一天从早到晚,我就接触了南京特产的一荤一素,素者萝卜,荤则鸭,前者购得,后者未果。

这又使我推测一奇怪现象,按生物进化或品类排列,动物总要优于植物,然而比拟人的时候,又是植物优于动物。譬如说某人"是棵树",所谓"好大一棵树",似乎是赞美,而说某人"是只狗"、"是头牛",几乎是谩骂了。说南京人是"大萝卜",虽不雅,其中却也内涵了忠厚老实的意蕴;如果说南京人是……我又蓦然想起一位新加坡籍研究生,由我指导其论文,她因写论文查材料每每往返于新加坡与南京之间,在论文完成后,她为感念老师和学校,也为了记录自己攻读学位的艰辛,在后记中写了段感人的话语,其中有句云:"从狮城到鸭城,又从鸭城到狮城。"天啦,什么时候南京成了鸭城?只因有可口的咸水鸭?生活在产生诸多奇怪词语的时代,说南京是鸭城,居住在城里的人怎么想,居住在城里的男人又怎么想……

恍惚间,飞机已平稳地降落在仁川机场的跑道上。

由于轻车熟路,我提着行李一马当先通过检查处。

记得年初来韩国时,我带了些熟菜"蒙混过关",似无阻碍,而同来W大客座的另两位教授,一位带的火腿、熟肉均被没收,另一位的香肠什么的也被查出,因其陈述自己是教授,竟然被放行。

这次缘于"轻敌",我没有夹在人群中过检查口,孤零零独步一人被闲站着的检查人员喝住，一打开旅行箱，一包包鸭肉哄然而出，对方毫不怜惜地用一大塑料框将所有鸭子纳入其中，宣布没收。我情急之下，忽然想起某教授的经验，赶忙掏出印有"教授"名牌的工作卡，可是对方熟视无睹，依然没收。为了路途的辛勤，为异国他乡飞来不易的鸭子，我又苦口婆心地劝说检查人员千万别扔了，说这是美食，没有病毒，你们留着自己慢慢享用吧，其中当然还夹杂着对"韩食"的怨诽，也不知他们听懂否。

南京鸭，首尔的美餐，就这样被丢弃在仁川机场。

这天晚上，几位同事虽然惋惜丢失的"南京鸭"，却仍相聚一堂，又吃了顿韩国的烤肉，喝了一碗大酱汤。有诗赞曰：

> 南京水鸭越空行，了却他乡美食情。
> 一梦依稀千里外，仁川应识秣陵城。

街头的中国店

　　在韩国首尔开中国小商店的，多半是东北人。W大附近的中国店，需出校园大门一直向前走200余米，然后过一铁道，左拐弯将进一市场的路口处。站在路口，就能看到"中国"字样，店主是东北老太，一口标准的东北腔，为人热情，可店里销售的商品，却不敢恭维。尽管我对这中国店兴趣不大，但当时寻访到此，倒费了一番周折。

　　有时说咫尺天涯，真形象得很。这家中国店距我们居住的校园不足300米的路程，就因隔了个地铁通道，硬是整整一学期没来过。还是因暑假里内子探亲，少不了自购与代购化妆品，由一同事"老客座"亦"韩国通"率领来一专卖店，终于跨过了铁道，还没到购化妆品的地方，就一眼看见了路边这家中国小商店。于是一发不可收，到我们客座的第二学期，隔三差五都会来小店购物，倘有街头监控，定能看见我们行至铁轨边，左顾右看，趁火车未到便一溜烟而过的身影。

　　所谓购物，对我来说只是为了满足口腹罢了。这有两重原因：一是韩食虽"好"，却"为伊消得人憔悴"，周边也有一两家中国餐馆，却只吃了一两次，而且如《晏子春秋》所载"橘生淮南而为橘，生于淮北则为枳，叶徒相似，其实味不同"，中国餐已"韩国化"，倒不如到中国小店买些如火腿、皮蛋什么的成品，却是未经"意译"，也免得整天在房间自开炉灶，烧得乌烟瘴气的。二是韩酒

（此指白酒）不敢接招，没有酿造的，只是勾兑的，入口时尚有甜味，不一会儿头痛额涨，而每从国内来，机场只允许托运两瓶，自从找到这家中国店，那虽然蹩脚的高粱酒或二锅头，每周买上一小瓶，倒能聊充无酒之"饮"了。

这店主东北老太很会兜售她的舶来品，除了冬枣、花生，还有每天蒸的肉包，煮的菜饺，我们既想尝试，又经不住她的劝说，时常购买，吃后那滋味总觉上了当。而最引诱我的还是某日她向我口宣之广告，说早晨来有豆浆、油条。这不仅将我一下带到了中国，甚至还拽回了童年时代。我怀着无限憧憬地回到学校，感到这美事不能独享，于是叩响了同事Z君的门，向他宣示这一喜讯。

结果，我俩共同下决心克服睡懒觉的习惯，第二天起了早，大约上午九点（时差一小时，中国的八点）赶赴小店，案台空空，说已卖光。我等心有不甘，过了两天再赶去，时针刚指八点我们已到，豆浆没了，还有几根委顿的老油条无力地靠锅边，很难引起食欲，只能悻悻然归。不知怎的，我们一改平日的散荡慵懒，过了两天又去了，这是早晨七点，韩国的冬季天刚亮未久，不料店门虚掩，掀帘一问，回答是今天歇业。

人的忍耐与坚持都是有限度的，我们一怒之下，再没有光临这家中国店。只是最后在店里买的几瓶酒，伴我度过了离开韩国前孤独的寒夜。有诗赞曰：

国食原藏咫尺旁，他乡度日醉高粱。
无端歇业音声断，小店油条泡豆浆。

韩国商品 ABC

　　首尔也算是一个购物的天堂，有处地方叫"乐天世界"，中国旅客多半曾被拉去享受一番购物的快感。而我客居经年，所以知道每一街区都有大型商场，还有一些"主题"小商店，也不必辐辏于"人多势众"之地，在散朗中自由舒适地购物，也许是人生的境界，因为对"物"的珍爱，是人类原始的本能。

　　说起在韩购物，我经历了两次高潮：

　　一次是内子暑期探亲来韩，由熟悉韩物到购买韩物再到品第韩物，一下经历了"三级跳"，当然这成绩的取得，也包括其他中国教授被探亲而来的亲属团的积极参与。

　　另一次是离韩返乡时，总得捉摸着买些什么回去，好在有第一次的购物高潮的铺垫，这次只需按图索骥，依样画葫芦，虽消耗些体力，心情倒是放松的。

　　购物既有快感，也有痛苦，快感来源于占有欲，痛苦则在于销蚀，除了销蚀钱币，更在于精神的销蚀，销蚀了购物的耐心与意志。当然，这种精神的销蚀又"受惠"于同行"女人们"的两大形态，一曰"购物狂"，一曰"恋物癖"，前者固然给人以冲击力，但潮起潮落，来去迅疾，容易承受；惟后者"千锤百炼"，把你"耗"得焦虑、暴躁、松弛、颓废，以致"黯然销魂"矣。

　　例如某日晨兴，天清气爽，妻嘱上街购物，相邀同行者数人，孰知行不数里，至一小商品店，数妇共入，徘徊于局促的空间，左寻右觅，上观下察，硬是两小时不出店门。我倒是出出入入，外面空间很大，却如困兽之斗。结果诸位"千呼万唤"始出来，或手持一小袋，或手托一小杯，或两手空空，则满心欢喜，一天宏伟的购物计划，只能不了了之。

又一日，友人告知首尔市郊有"文井镇"，其为服装大市场，多廉价"名牌"，遍及世界各地，据云纵观世界时装风云，可尽萃于数公里、几街区之间。于是我们相约而行，惟同事张君自谦"道行未深"，实乃"深明大义"，借故逃脱，而我则被裹挟而去。

由W大到文井，地铁整整坐了一个半小时，来回三小时，倘无收获，代价何等惨重。

到了文井，街区市场渐次开放，满城服装，眼花缭乱，同行者又是来来往往，进进出出，我们逛了三小时，居然仍无斩获，只得寻一韩餐馆歇脚充饥，然后再"战"。下午如法炮制，又是三个多小时过去，我的眼前已将漫长的时光浓缩成两个快镜头：一是享受手感，一只手伸向挂着的衣服，"唰"的一声，已以千百万次掠过无数衣架，掠过无数商店，掠过了整个大市场；二是出入试衣间，门启门阖，人进人出，各色服饰，百花争艳，待镜头停止，却依然如故。最终的结果，不是两手空空，就是空空两手。

在归程的地铁上，妻说某衣可以买，同行者说某裙应该买，并相约改日再来，兴致盎然。我却听得此声，被赞誉的"道行"一下子土崩瓦解，沉默无语。

后经论辩，多数男性的逛街焦虑缘于"占有"的物欲，而多数女性的从容"不购物"，是购物的享受，是购物的境界。再经事实证明，倘非她们的观察与磨砺，又焉能为一国商品进行品第评判？

有关韩国的商品，内子的结论得到共识：第一等是厨房用具，什么电饭煲、不粘锅、特制烤肉锅、打蛋机、榨汁机，还有刀、剪、碗、筷等等，一时间占领了家中的灶台。

第二等是化妆品，什么"雪花秀"、"秀丽韩"、"兰芝"、"(皇)后"，还有BB霜等等，一大堆新名词，不仅涂上了中国女人的脸蛋，还印入了中国男人的脑海。某韩国教授是中国通，与我为友，某日问我，你们中国人都喜欢什么BB霜，为什么？我反问你们韩国人不喜欢吗？他回答说基本不用。说此话时，脸上略有几分骄矜之色。

至于韩国商品的第三位，大家争论未休。我觉得是葡萄酒，但却是法国工艺，似不能成立。或以为食品，如海鲜，市场的鲍鱼物美价廉，是一选项。或以为紫菜、海带等，既包装精美，又价格便宜，而且质量优等，又一选项。

正在大家居异国而无聊且"聊"间，内子仿效韩餐做的海鲜大酱汤端上宿舍的小方桌，时窗外明月临照，室内热气腾腾，众口品尝，忽有一顺口溜出现在饮啜间：数老三，大酱汤。有诗赞曰：

　　厨具居冠次化妆，刀光剪影BB霜。

　　三才物象难评说，沧海月明大酱汤。

韩氏考据学

据报章登载的一些事情，很能看出韩国教授多有考据癖，他们凡事无论巨细，都想考出个究竟。从治学态度来讲，这令人钦佩，然观察其考据动机与过程，又特快速且"自恋"，所以结果常令人不敢苟同。自我旅韩客座，朝夕与之打交道，经常同室开会，同场答辩，甚或餐桌闲聊，对其考据癖与考据学，却渐渐产生了理解之同情。

韩国教授的学问似乎是永远问不倒的，无论什么古怪的问题，或者根本就无法有结论的问题，他们都能坚忍挺拔地解释，而且信心满满地给出结论。如果你还不识相继续追问，他仍不厌其烦地重复解释，还是那结论，信心满满，真是外水泼不进，内水滴不漏。久而久之，对他们的考据已不反感，反而觉得可爱，如果聚会时缺少了他们的考据，总觉得缺少了什么愉快的事。

仔细一想，这种可爱的快感，或许缘于韩国教授的考据方法。试述其要：

一曰大胆考证。胡适之曾云："大胆假设，小心求证。"而遇到的一些韩国教授治汉学者，多大胆考证，当然也没有小心假设，因为他们的假设都不是假设，是结论。某日，遇到有考据癖的孟教授，治汉语有成，颇权威，曾在学术会上洋洋万言，大谈"汉城"用语之错误，令人刮目。正巧，这天相遇且有空暇，孟教授兴起，与我们同去吃烤肉，烤肉必用菜叶包食，内多夹大蒜，问及如此食蒜，不怕口中有味，乘坐地铁时说话会否影响别人。孟教授断然回答：韩国蒜只有香味，没有中国蒜那样具刺激性的"臭"味。我们追问其理，有考据癖的孟教授欣然接招，讲了一大通，最后的结论是因为是韩国土地上生长的蒜，所以不臭。这被我们很长时间留存于记忆，见证于笑谈的"韩国大蒜不臭论"。

二曰随机发动。中国禅宗谈理说趣，常以随机发动之法，往往已使人丈二和尚摸不着头脑，而韩国某些有考据癖的学者，却多以此法为严谨之科学研究，所以他们的考据课题俯拾皆是，或见于学术会议，或见于茶余饭后。有天与池教授共餐，桌上有苹果，池教授顿时兴起考据瘾，说这韩国苹果，吃一个晚上不用起来解手，每天吃一个，那太幸福了，终身无病灾。在他眼中，韩国苹果价值连城，是"金苹果"。这次不待我们询问或质疑，他就从韩国苹果的发源说起，喋喋不休讲了半个小时，结论仍是因为是韩国土地生长的。当然，池教授的随机发动极快，也爱屋及乌，他曾服役于越南，所以由韩国苹果说到越南香蕉，那每天吃一根也是延年益寿。我们很快岔开了话题，否则他的结论也只能是因为越南土地生长的，当然更重要的是他曾在那里呆过。至于中国一发现什么文物，一发现什么墓葬，他们的课题立即来了，结果都是可以想见的。

三曰推理奇特。韩国某些学者的考据也讲求推理，但却完全在自己的思绪中运行，心无旁骛，也就无须旁证。在一次学术会上，孟教授重拾中、韩民间相争已久的话题，即韩国"江陵端午祭"被定为"世界非物质文化遗产"，专门作长篇大论。孟教授的考证确实为我释疑，那就是注册文化遗产者为韩国江原道之"江陵端午祭"活动，而非如中国一些网民争执不休的"端午节"本身，说韩人抢了中人的端午节似不妥。但是孟教授接下来的考证又渐使我胡涂了。他说韩国的文明史有8000年，江陵端午如划龙舟等是两三千年前的遗俗，这已远远超前于我国的屈原时代，更早于出现《荆楚岁时记》记述端午纪念屈原而划龙舟的南北朝。如此釜底抽薪的结论又是如何考证出来的呢？孟教授说当地发现过古船，又说有材料的，再追问，则说每个民族的节日或传统都有必然的文化因子。如此大胆奇特，倘再无知地问，也就无趣了。

四曰好大喜功。韩国学者的有关历史人物籍贯考非常发达，但很有品格，不像中国某些地方不仅抢真实的秦桧，还抢虚无的西门庆、潘金莲，他们要的却是圣人孔子，或者名人曹操。据说孔子是韩国人早有"韩版"，而我在韩国期间，正好国内发现"曹操墓"，立即就有韩国梨花女子大学教授某君考证出曹操亦韩人，其好"大"且必有"功"，真令人佩服。当时看到这则报道，我就想，何不更进一步，考出"甄后"乃毕业于梨花女大，那曹植不仅是韩人，《洛神赋》也是韩国文学，顾恺之的《洛神赋图》也自然属于或附属韩国的绘画精品。

这些历史名人纷纷加入"韩籍"，将会成为他们的"无形财"，即非物质文化遗产。有诗赞曰：

考据词章治学方，韩家有子起彷徨。

无形大业千秋业，胜迹名人尽入囊。

韩文书法

第一学期为研究生班上"中国文化"课，在每周三的晚上。也许是客座的待遇吧，研究生的课你上什么，什么时间下课，均是自由的。特别是"科名"是"虚"，"讲课"是"实"，既无须教学计划，也没有教学检查，更莫说教务处的跟踪、填表与教学事故处理了，除了学期结束成绩要认真登记，其余则真纯乎自由的天马行空。

得此便利，我自然会便宜行事，所谓的"中国文化"课于是收缩为"中国艺术"，"中国艺术"于是又收缩成"中国书法"。好在自己预设消度海外寂寞岁月而做了些预案，包括带了几支破毛笔，一叠旧宣纸，无事时勾画几下，兴起再对月抒怀，我手写我诗，化无聊为风流了。本来这事是空灵的，谁知获得实用，课前写上一幅，课上挂壁讲述，什么"勾勒"、"波折"、"永字八法"，书者难写"飞"、"风"、"家"云云，倒也获得堂上的欢乐。如果写自己的诗作，又是诗书合璧，于是又生发出书家之书与文人之书的辨判，自乐，才能他乐，这既是书法的要则，也是上课的要诀。

我尝想，为两种人上课最自得，一是内行，那点评与首肯常"搔"得痒处，舒坦得很；一是外行，完全木然，任你纵横捭阖，且无顾忌（重要的是不怕出错），自我陶醉，甚是快慰。为韩国同学讲中国书法，我的预想或许是后者吧。

当然，知识的传授还是需要的，什么钟王颜柳，什么章草飞白，什么"书到瘦硬方通神"，什么"劲易而圆难"，说得津津乐

道，听者如何也无暇顾及了。如果穿插一些如王羲之的故事，诸如
"用字换鹅"、"君自有体"（王羲之夜梦手书妻身，妻曰："君自有
体"，一语双关，书艺大进）、"吾儿一点象羲之"（王献之写字少一
点，羲之随手补上，其母见之而云者）等，听者的兴趣还是浮溢于
面颊的。

人一放松，即会信口，继某日贬抑韩国
宫殿"寒酸"，又论及书法，高谈此"一根线
条在散步"的艺术惟象形文字方有，象形文
字美化为书法，惟中国独有，这才是真正的国
粹，他人安得染指？说者无心，听者有意，堂
上一女生站起商榷曰："老师，韩国也有传统
书法，今天也有。"我说："日本也有，那是汉
字。"她说："韩文也有书法。"我说："那洋
文也有书法。"何谓书法，何谓艺术，唠叨了一
通，还没说清楚，就下课了。

学期结束时，那位课上质疑的同学拿了
一卷纸来到我的宿舍，打开一看，一幅立轴
韩文书法，而且是行草，那许多方块、圆圈抒
写得流利畅达，确实很美。该生告诉我这是
她家乡一位很有名的书法家写的，并将内容
口头翻译一遍，大约是韵语格言。

回国时，我扔了一堆自己写的"书法"，
而这幅韩文书法则被小心翼翼地放入箱中带

韩文书法

回，虽未挂壁，但时常把玩，仿佛提醒着什么。有诗赞曰：

韩文书法亦通神，变化方圆鸟唤春。

语则缘音形无义，何来雏凤或鹌鹑。

韩语小手册

去韩国前，卓颖学棣的韩国女友郑慧仁（现已是卓颖妻）与之同来寒舍，先以大礼形式拜师傅、师娘，典雅大方，颇有古人风，言谈间方知我即将赴韩客座。慧仁是韩国全州人士，父亲是全州大学的汉学家，她从小耳濡目染，喜欢汉学，故渡海西来中国，修习汉语，先于南大读硕士学位，复至北大读博士学位，故精通汉、韩双语。在席间，她忽起慧思，为我临时编撰一"韩语小手册"，以为我初到韩国语言不便的备用品，当然也兼有抵御身处异域而会产生的心理陌生与畏葸。

说着，这项工作就在餐桌边进行起来。先是选词造句，如"我是某某"，"我来自何方"，"我去何地"，"仁川到首尔"，"我去W大"，"去某某教室"，"理发店在何处"，"食堂在哪里"，"哪家银行最近"，"超市在哪里"等常用语是必备的；然后是超市中的常购物名，所谓柴米油盐酱醋茶什么的；再者是询问与感谢词，如"您好"、"谢谢"、"再见"、"多少钱"、"便宜点"等等。慧仁将这些汉语词译成韩语，再由卓颖标出汉语注音字，于是小册子就有了供我"鹦鹉学舌"的汉字组合，如"哦也妈也哟"，"狗马思密达"，"阿来哈色哟"，"格格注射腰"等，构成"中文"意译"韩文"，"韩文"再音译"中文"的形态。

由于小册子是蓝色塑胶本，我当时就戏称为"袖珍蓝宝书"。

到了韩国，这小本子始终塞在我的口袋里，以应急需之用。当然，因为校方安排了助教，且事事想得周到，诸多事不必查询，所以小册子只是在超市中曾发挥过识字"神通"。比如买油，很多人买成了醋，因为韩国醋与中国醋不同，就像清油，而且大油桶装，极易拿错。更糟糕的是回来炒菜，锅烧得滚热，醋一倒进去，立即满室刺鼻酸味，呛得不行，一打听，如此狼狈者绝非偶然现象。而我则打开蓝宝书，翻到"油"字那一页，将中文边的韩语指给营业员看，方便快捷，绝无尴尬。

不过，韩国超市的物品也常为外国人大开方便之门。如你买花生酱，包装瓶上就有花生图像；你买麻油，瓶盖的玻璃纸上就有星星点点的芝麻，这图像为人类共识，看图识字是没有国界的。当然也非全部。记得某日去超市购物，只有白"糖"找不到，晃悠了半天，自以为来韩有日的"老地保"也只得再掏出蓝宝书，将注有"糖"字的韩文请益于身边一位中年顾客，他先愣了下，随后莞尔一笑，帮我去货架上取了一包白糖。我想，他迟疑片刻后的笑，应包含了对此奇特的询问方式的惊讶与赞美。

有时候小册子也失灵，例如遇上复合词，缺少预设，未作预案，就无可奈何了。

有一天我到超市寻访陶瓷刀，刀在架上一找就到，然陶瓷刀则未见，蓝宝书上并无"陶瓷"字样，没有办法。于是只得改用动作语言，我就拿了把钢刀在营业员眼前比划了半天，仍无济于事，焦躁中又想起一种合成动作，即跑到碗柜取来一个陶瓷碗，将其与手中钢刀多次碰击，售货架边的营业员才恍然大悟。

小册子除了识字功能，就是语言功能。我每每在课间无所事事，就掏出它按注音汉字背诵，确实学会了几句问候语，经常炫耀地派上用场。

这韩语小册子终日藏身、翻阅，沾了汗渍，渐渐旧了，但仍天天随形，爱不释手。暑假中，内子洗衣，小册子不小心随着衣衫给机器泡了，搅了，变成片片碎纸，随着流水而消逝。这一偶然事故，让"袖珍本"退出了我第二学期的韩国生活。

　　我曾想，这小小的蓝宝书如果传递给下一位客座韩国的老师，多好！如果经过使用者的实践再加以增补、修订，更好！有诗赞曰：

　　　　中韩互译袖中珍，购物交往未弃身。
　　　　学得新词非汉国，功成速退入机轮。

隔墙且听多明戈

　　庆熙大学是我们晚饭后相约散步最频繁之地，一则校园敞朗，又错落有致，道路斜坡较多，升陟攀登，易起到排酸功效。二则选择性强，有多条道路可供散步，比如往艺术学院之路，能欣赏到路边奇形怪状的雕塑；往小公园一路，观鹤立池塘间孤石上，常乱真假；或则往后山徜徉，遇一军事基地，有狗吠之声，某日曾被军人喝退等。然而无论选哪条道，也不管如何徜徉起伏，均能看到校园内一尊标志性建筑，那就是置立于高地上的哥特式教堂般的大礼堂。

　　这座大礼堂独立高耸，给人以视觉的震撼，据说是某朝欧洲一王子曾

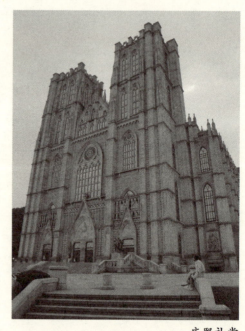

庆熙礼堂

游历至此建造的，所以一派欧洲中世纪建筑之气派与风采。这礼堂W大很近，紧靠庆熙与W大相邻的门边，我初次在W大教室上课，无意间从窗口眺望到这一高耸天际的雄伟建筑，尤其在细雨迷蒙的春晨，仿佛窥探到神奇的城堡，童话的世界。后来常散步于此，徘徊周遭，叹为观止。

可是，在我的记忆中，这偌大的礼堂经常是大门紧闭，每每走过，只是仰望其上部凿空处的群神塑像，抚摸汉白玉的门前柱础，偶然一两次因有活动开放，才得以进入欣赏其金辉玉映的装饰和那圣洁而高耸的穹顶。

也许是庆熙大学校园的美丽，学校里各类设备齐全，所以经常有大型活动，例如某日校园内至傍晚忽然人员聚集，渐至人头攒动，不辨东西，打听后才晓得是某知名歌星来演唱，而且是叫"晕"（Rain）的当红歌星，大学生的狂热达到沸点。当然，我不知道这"晕"何以晕人，待打电话回中国的家中询问，才知道算是名人。只是这场热闹非凡的表演在操场举行，却没有登堂入室，进入这雄壮的大礼堂。

屈指算来，我所遇上这大礼堂最热闹的一天，是秋季的某个夜晚。

当时是庆熙学生艺术节期间，我与两位同事照例晚餐后散步，走进庆熙校园。但见大量的车辆涌入其间，且不乏"法拉利"、"宝马"等外国名车，当然更多的则是韩国本土的"现代"、"起亚"等。有许多名车汇聚礼堂，猜想肯定有什么艺术活动，为了证实什么，我们在礼堂前空地上零星放置的茶桌边，点了咖啡，边饮啜，边等待，想看看究竟。少许，果然一超长轿车在广场一侧停下，车上走出一高个头洋人，随即被迎接者簇拥鱼贯而入礼堂，因在不远处得一遭面，貌很熟，一时想不起，经打听后，才知来者是多明戈。

多明戈与帕瓦罗蒂、卡雷拉斯并为世界三大男高音，帕氏已亡，现仅存多、卡二君。与我同行者某君甚爱音乐，见此情形，不能无动于衷，于是设法弄入场券，谁知早已发放一空。于是又设想顺着人流混进礼堂，结果均未遂愿。无奈之下，我们再次回到门外空地坐下，由期望变为失望，而随着时间的迁移，一轮明月升上了夜空，估摸着音乐会也开始了，我们相对而望，当时真有些许迷离、惘然。

人真奇怪，无望的不甘心有几分愚笨，也有几分执着，一直等月亮升得很高，音乐会应该进行过半了，我们还傻傻地坐在那里。

某君说：好像听见歌声了。

某答曰：正在提高嗓门，颤音，拐弯。

我想到唐人诗句"隔江犹唱后庭花"，而这呆坐着"隔墙且听多明戈"，又是何苦呢。

于是奋然振衣，月如弓，夜未央，有点寒意，但很清新。

两年后，遇上当时同坐广场隔墙听歌的友人，说那天演唱的是卡雷拉斯，不是多明戈。也不知谁的记忆有误，时过境迁，美丽的回忆往往不必那么真实。有诗赞曰：

> 无心漫步岁蹉跎，散荡闲庭去食多。
> 莫怨飞歌墙内外，如弓月色似明戈。

观看歌剧《明成皇后》

曾零碎看过韩国电视连续剧《明成皇后》的中译片,其故事梗概基本遵照历史,记述了朝鲜末代皇帝李熙之后的故事。剧中给人印象最深刻的是两场冲突,将剧情推到高潮:一是明成皇后与执政王大院君的矛盾,或言之,明成皇后是如何以其德行与勤政战胜并折服作为前辈之大院君的;一是明成皇后与日本军人(剧中称"倭寇"与"日本浪人")的矛盾,结果以其坚韧与不屈死于敌寇屠刀下,但却赢得了朝鲜王国的最后荣誉,包括多年政敌大院君的感怀与钦慕。

由于对这段历史和剧情的些许了解,当我得到W大赠送韩国歌剧《明成皇后》的戏票后,尽管知道看不懂文字,听不懂语言,还是勇敢地去了首尔大剧院。长达三小时的演唱与表演,我的观感可谓只见其形,未辨其声,但却兴致极高,时有感奋与激荡之情冲涌于胸膛。女主角扮相端庄典雅,略感丰腴,然却美丽,较电视剧中的女演员更有神采、风韵。据说该演员是韩国歌剧院的头牌名角,其唱腔明亮而浑厚,高亢且圆润,令我这外行于听戏的当下,已知不同凡响。

也许为了突出主题,歌剧淡化了明成皇后与大院君的矛盾,而专注于以皇后为代表的朝鲜王族与倭寇的斗争,戏剧冲突皆以此为主线,且高潮迭起。源于朝鲜当时是一弱小的藩国,所以受到邻邦日本欺凌时,她所依靠的宗主国的中国自当干预,然而当时中国正是大清王朝日薄西山之际,"朝鲜问题"的国际化在100多年前就势在必行了。

这时舞台上最滑稽的一幕出现了：各国使臣为调停事端同台表演。但见那欧洲使臣，气宇轩昂，风度翩翩，纯正绅士；美国使臣，高大雄伟，头角峥嵘，一派大国风范；俄国使臣，虽头顶红毛，但亦腰粗肚圆，皮靴贼亮，颠顶间颇见傲气；日本使臣，实属倭寇，猪头撮毛，腰系布绳，捋袖露肘，形象自然粗鲁。惟一奇特的形象就是作为宗主国的中国使臣，身穿清代朝服，官帽下拖一长尾辫，身材瘦小，腰躬背偻，黄面缩腮，其猥琐衰陋，全然一穿着官衣的鸦片鬼，说得喜剧些也是玩偶小丑，看得令人大不爽。

台下观剧的几位中国教授，与我心同，已窃窃私语，颇闻怨声。我们当时就觉得剧中的"中国使臣"的形象设计有问题，违背历史。因为19世纪末叶，清朝虽然衰落，但仍是宗主，况且李鸿章曾为帮助明成皇后掌权，派兵往朝鲜诈捕大院君于兵船，归国后关押河北保定，其"干涉内政"付诸军事，雷厉风行，何尝如此屡弱？当然这与明成皇后无关，只是今天的韩国编剧与舞台设计的问题。

我当时又私忖：今天有关朝韩问题乐此不疲的"六方会谈"，再过百年之后搬上舞台，该又是怎样的"中国形象"呢？

戏剧终归是戏剧，不需过度的理性化阐释。在歌剧将结束时，明成皇后与一群宫女站成坚厚的人墙，面对倭寇的屠刀，她们从容向前，形象由小到大，排山倒海，而歌声也一浪高过一浪，如惊涛，如迅雷，逼抵舞台最前端时，刹那间停止，大幕也急遽落下。

我们已不自觉地与韩国观众全体站起，掌声雷动，经久未息，为这凄美的故事，为这悲壮的表演，一时间忘了刚才对那"中国形象"的不快与质疑。有诗赞曰：

> 朝鲜烈后话明成，戏内风光戏外贞。
>
> 衰陋声容羞国使，高台激浪任人评。

乱打的节奏

节奏，是有规律的，无论诗歌，还是音乐，均以表现出旋律之秩序为美，然而以"乱"取"节"，则为韩国所独有，这就是音乐表演的艺术"乱打"。

首尔的贞洞剧场附近，有一处被称为"乱打专用剧场"，其中经常表演的拿手好戏，就是以厨房为背景展开的喜剧《乱打》。这幕剧通过厨房内"四物"玩耍的节奏，演绎出奇特的声响效果，尤其是全剧无一句台词，无一句唱腔，更没有什么故事情节，却能使观众捧腹大笑而不止，欢乐的时光在一头雾水中消磨掉，也算是匪夷所思了。

据说，自此剧场开张，每年近百场演出，参与其间而乐此不疲的是中国与日本的游客，甚至要预先订票，误了时间，往往一票难求。

事情往往是可遇而不可求了，我们一直相约要看一场韩国的乱打，总是因各种原由，直到将离校回国，未能遂愿，却偏偏在我已订好返国机票后，一极偶然的机会，有幸往贞洞剧场观看了"乱打"。为了认知这是什么类型的艺术，我在观看乱打的前夜，还专门在网上搜罗相关材料，始知其意出自拳击比赛的"乱打"，后经借用成为韩国传统打击乐器演奏的无言剧，曾在世界表演艺术节"爱丁堡国际音乐戏剧节"上一炮走红。其表演形式是以厨房为舞台，由四位扮相厨师、一名服务生者出场，表演在制作婚宴菜肴过程中的情形。其乐器就是各种厨房用品,如铝锅、平底锅、碟子等,或即我们常说有锅、碗、瓢、盆吧,在相互撞击的声响中表现欢快的生活场景。

带着这许多知识与满心的期盼,终于看上了一场"乱打"。

说是"乱打",名副其实,是"乱"因"打",是"打"显"乱"。台上的服务生类似客串的小丑,主角是四位厨师,一高,一矮,一胖,一瘦,动作诡异,表情夸张,错乱颠狂,为其"笑"点。只是不知道那一举一动,是阐发"桃之夭夭,灼灼其华"的婚俗情氛,还是张扬"合卺之礼"的癫狂,或者是"闹新房"的滑稽剧,抑或根本就是没有任何文化内涵的"无厘头"。

台上在疯狂地闹,台下在疯狂地笑,震耳欲聋。不到半小时,台上的冲击波和台下的感染力,已使我头昏脑涨,仿佛坠入一嘈杂混乱的梦境,欲睡不沉,欲醒又不能。于是抽身离席,惶惶然逃逸而出。

乱打,这是韩国人钟爱的艺术,也是被国际艺术界认可的艺术,是他们足以骄傲的"艺术无形财"。然而我却不能受用,就像那美味韩餐,这的确需要引咎自省的。

这一晚,"乱打"打乱了心绪,打乱了生活的节奏,有点孤独,有点茫然。有诗赞曰:

> 乱中取胜类癫狂,打击瓢盆奏乐章。
> 莫道阳春称白雪,满堂喝破共荒唐。

不是"中国制造"

韩国没有城管，满街的小商小贩，叫卖推销，热闹非凡，给像首尔这样的大都市，增添了生活的气息。在小贩中，有老，有少，有男，有女，有卖菜的，有卖瓜果的，有卖鞋袜的，有卖工艺饰件的，也有兜售一些稀奇古怪的工业产品，例如一种冲捣食品的手工小机械，就吸引了与我逛街的太座的眼神。

当时我们正游荡于首尔市的东大门市场，只见街边一位中等个头的小商贩，手中不断地捣鼓着一个物件，发出"咚咚"的声响，而他的嘴里也在不断地叫嚷着我们听不懂的韩语，应该是宣扬产品好处的话。看见他面前案上放着的产品，以及一些未冲捣的蒜头和冲捣后的蒜泥，显然是厨房用品，内子伸手试用一番，确实精巧，自然有了购买的念头。

抽这个空儿，我打量了一下这商贩，那宽板式身材与方平的脸面，是典型韩国中年男子模样，但他在推销产品时表演，则有几分滑稽与狡黠。

"哦也吗耶哟？"（韩语发音问"多少钱"）我们问。

对方一下就识破我们是中国人，用不清楚的汉语说："一万八千。"

"格格注射腰？"（能不能便宜点）习惯摆在口边的话因对方略通汉语故没用，于是用手势往下表达了"讨价"的意愿。

不料，对方忽然冲到我们面前，拿手指着冲捣机的底部铸有的某字样，用生硬的汉语说："不是中国制造。"看到我们有点惊讶，他又颇得意地说了几遍，接着又用同样生硬的英语嘟哝了一下："Made in China, No!"

韩国商人也有意思，他们大量套购中国制造，或改装，或原装，进行兜售，却还是口口声声"不是中国制造"，以标榜产品的可靠性。在当今，制造业有两大品牌：一是"德国造"，以"质"取胜；一是"中国造"，以"数"取胜。中国制造不仅占领了亚洲，也充斥了欧美市场。在国外买东西，常常躲避"中国制造"，然防不胜防，买回来一看，又往往是中国制造。然而，当韩国小商贩在街头"侮辱"中国制造时，我们心里却愤愤然了。我腹诽：什么中国制造？你们以为雄壮的景福宫难道不是模仿中国的？你们的礼制文明、孔子思想，哪样不是中国制造？甚至你们人也是中国制造：远则三代不说，秦汉隋唐不论，仅明代中国人就大量迁移朝鲜，许多韩国人排排祖先，到明代就"回归"中国了。

对韩商的语言"挑衅"，我们的"制裁"只能是不买。因为中国人的民族感情，是最容易掀起抵制某"货"的。有了抵制，就有了坚强；有了坚强，就有了快感；有了快感，心地也就变得澄明而敞朗起来。

回国后，进入家中的厨房，无意发现，灶台上屹然站立着那冲捣机。有诗赞曰：

小贩街头呼唤狂，匆忙献技弄刀枪。
一声不是轻中国，气压厨房卧灶床。

一双运动鞋

　　一年的客座生活结束，同校的几位中国教授陆续回国，最后一个离开的是哈尔滨师大的赵老师，她来信说：大家走后顿觉凄清，只有许老师那双运动鞋还靠放在走廊的窗台上，无语地对着夕阳的光照。

　　鞋是人穿的，实际上都是运动的，只是体育成为某种专项运动，某种适合此特种运动的"球鞋"方被称为运动鞋。而我的这双运动鞋，就狭义而言，可谓"登山鞋"，是因登山而特别购买的。韩国是个双面的社会，一面是雕饰，如"整容业"堪称世界之"最"，一面是自然，她的大大小小山峰从不修什么栈道，也不凿石阶，遇上艰难险峻，如光滑却陡峭的岩石，只得手脚并用，登山成了真正意义的爬山。因此，在韩国爬山是略带一点冒险的运动，经常在街头看到一些断臂瘸腿的人，很多是爬山跌的，我就亲眼见过有人摔落山谷，急呼直升机前来营救。

　　如此，想进行登山这项运动，而且常"玩"，在此间不买双登山鞋是万万不可的。

　　我的个头不高，手脚都是大码的，臂膀亦长，或许从小被"遣送"回乡劳动（挑担子）压矮的，造成了这不起眼的"残疾"。现在到处有"星光大道"，韩国有，香港有，有影视明星，有体育明星，都喜欢在水泥地上按个手印，让游客沾点"冰冷"的手泽。有时陪家人玩，也比划了几下，记得只有一位韩国球星的手与我差不多大，香港明星只有成龙那整天打闹的手，接近（略小）于我。手大没什么影响，脚大买鞋有点困难，所以试了几家店，还是在离W大不远的清凉里的路边鞋摊上购得比较合适的一双，回来一看，却是中国制造。

儿子在国内买鞋，都是专卖店里的国外品牌，"阿迪达斯"、"耐克"什么的，说中国制造的鞋不是闷气，就是脱胶，而且不舒适，寿命短。谁知在国外还是买了国货，心有不甘，孰料国货出洋，尽管流落地摊，就大不相同了。这双运动鞋不仅每天运动皆穿，比如走了近百趟的学校附近的上月谷，而且伴随我征服了韩国的许多大小山头，踏遍除了全罗南道之外的所有诸道（包括济州），脚底峰峦，功勋匪浅。

本以为踏破此鞋，诚为易事，不想到得年终归国，这双运动鞋穿得依然快适，既不闷气，也不脱胶，观象还崭然若新。携之回家，名曰"海归"，然旅行箱空间有限，不堪负重；弃之垃圾箱中，又觉得可惜，于心不忍。

结果，它被放在W大国际学舍十一楼走廊的窗台上。

这段故事，本拟回赵老师信时想说的，但因为自己也不想揣度这双运动鞋究竟是将被清洁工扫进垃圾堆，还是被有缘人赏识利用，或者仍那般无语地对着夕阳很久、很久……

忘却了好，何必多言。有诗赞曰：

四季风云足下藏，天光水色寄恓惶。

青山踏得存佳趣，何必无言怨夕阳。

朝鲜赋

学有专精是好事，但也看你专精什么，有时也会令人困惑、使己尴尬。比如我多年治"赋"，似为专精，然语诸人，或以为"收税"者云，"赋税"是也，误解者也没有错，赋的本义就是田税，《尚书》"厥赋惟上上错"、《周礼》"以九赋敛财贿"即是，孰知后起义指文学的"赋"呢？而自己常打字写论文，"赋"字用拼音常误为"妇"，如校对不慎，文中有时就出现了"妇学"的词汇，一下又转行成妇科大夫了。

不过，"赋"以物为主，又延伸到外在物象，所以又与商贸、外交关系较大，转换成文学亦然，以至近代学者刘申叔说"诗赋之学，亦出于行人之官"（《论文杂记》）。

这说法在明朝有两件事可为印证：一件是高丽使臣到当时的国都北京，欲购买《两都赋》，这不是班固的那篇，又不是汉人"西安"、"洛阳"之两都，而是明朝人写的"北京"与"南京"，结果遍觅域中，无人写作，当时文士桑悦听后以为"耻辱"，于是奋笔铺藻，赋就卖给高丽人，应该也捞了把"外汇"吧。

另一件是中国使臣董越出使朝鲜，盘桓月余，据他自己所说"凡山川、风俗、人情、物态，日有得于周览咨询者，夜辄以片楮记之"而成鸿篇巨制《朝鲜赋》。

这两件事都与朝鲜半岛相关，其中有所喻示，即中国古人珍重文学之"赋"，朝鲜古人亦向慕"赋"文，"赋"也曾经充当过国

"际"间的文化纽带。

出于这一"历史因缘"，我信心满满地以"赋"的胸襟与学识往韩国任教一年，临行前还认真阅读了董越的《朝鲜赋》，并携上自己的赋学讲稿，准备宣讲于异邦，切磋于国际。谁知到了彼方，基本是教汉语，连"赋"字也没接触，而"妇"倒与"女"、"产"、"孺"等字组词，见诸教材，还要在课堂上领读一番。

于是"赋"字"交流"不成，改作"自修"，结果访书搜材，仅见《海东赋钞》一种，而询诸当地治赋有成的汉学家有否"赋话"类批评论著，回答全无。且朝鲜古赋，多摹效中国科举赋章，亦用于科试，一些文人赋如模仿陶渊明"归去来"者，也是复制多于创造，虽有历史文献价值，殊少文学鉴赏意味。

既然不能静思于一室之内，那就放浪于形骸之外吧。

在韩一年，我课余休假，遍历朝鲜半岛的半壁江山，而董越《朝鲜赋》中所言"京畿独尊，翼以忠清、庆尚、黄海、江原，义取永安，意在固垣，平安地稍瘠，全罗物最富"云云，北地风光，无法履及，然南部"忠清"、"江原"诸道，亲历足下，别有一番阅读感受。至于赋中所描述的物态，如山参、海贝，也是充斥市场，千年契翕，似无扞格与窒碍。所谓"物以赋显"，历观之物、之景、之境，确实有聚材作赋的冲动，新《朝鲜赋》或《韩国赋》呼之欲出。

回国后，翻检整理一年居韩游韩照片，打算观相而作赋，然事务缠身，均未克成。然则成与不成，也是相对的，那三千里江山的锦绣，那一脑瓜断续的记忆，那满箧的风景影像，或许就是一篇永存的"赋"，只是没有将"物象"与"意象"与"影像"转化为"语象"罢了。有诗赞曰：

> 行人述志古时风，半岛游观半壁穷。
>
> 叹息明朝藩国赋，无形大象意朦胧。

出关

　　跨出国门，都要出关，只是现代与古代略有不同，过去出关，必在边境，而今天出关因乘飞机的缘故，就在家门口的机场；过去出关要在关卡交关税，据说老子出函谷关就向关令尹交出了五千言的著作权，而今天出关早就在你办理有关手续时交齐，如果加快，便要加价。我去韩国的一年，由于多次往返，也就多次出关，而中韩出入关卡的差异，确亦有趣，尤其是关卡工作人员之不同，印象尤为深刻。

　　一则态度，有严肃与温和之分。每每出关，中国的工作人员对面审视，眼光锐利，多无表情，稍有不妥，声色颇厉，询问类似审问；而韩方工作人员多笑语相迎，特别是女性呈温弱之状，或韩语，或英语，或中文，颇能因对象而发问，临去递上护照，作一谦逊动作，伴有类似"思密达"语尾词的客气话。

　　儿子往首尔探亲，在仁川机场关卡用英文询问工作小姐事宜，而对方报以笑语，是熟练的中文，儿子略显惊讶与尴尬。我每在仁川机场入、出关，若有问则先请教对方能否汉语，实多能，即使非常熟悉，尤其是女孩子，她们总是谦虚地说：会一点点。

　　一则服饰，有齐一与多元之分。韩国海关工作人员或制服，或便装，形形色色，比较随意，与一般登机关口的工作人员没有什么区别，所以给你的感觉是在一社会间；而中国则不然，一般办公者穿制服，而出境关卡清一色"武警"服，不分男女，因为他们是名副其实的武警，穿着这样的服装，很难绽放笑容，也就不可能如某些地区高速公路收费站规定的工作人员"露八齿"的微笑服务。长在国内，反不觉得，一出国门，再返回，即觉陌生，有些进入兵营的感觉。

这"武警"服显然庄严、齐一，但也分地区有所不同。比如多次往返，在韩国需交费用，且有两种方法，一是一次性交5万元韩币，一年之内通行无阻；一是每次交3万，我当时不清楚，选择了后者，结果交了若干个3万。无论哪种方法，韩方都在你护照上盖一章，就能自由往返了。我从首尔回南京，南京关卡武警仅用眼光一瞟，信心满满地放入、准出，毕竟是开放都市的工作人员。而有些地方就遇上麻烦。

记得在韩期间，曾去云南开会，先由南京入，再转飞昆明，会议结束后在昆明机场出关，遇上一位关卡男武警，他将我的护照翻来覆去地看了半天，又用怀疑的眼光审视我好一阵，说这不能出关。我说你看那盖的章，他回答说没见过。好在语言相通，我解释了很多遍，他忽有领悟，说这种情况好像只能坐船。原来他把我当成生意人（或走私的），大概此地中韩交易多走水路吧。真是啼笑皆非，我第二天还有课，改走水路要猴年马月才到呀！

僵持了好一会儿，这男武警用电话请来一女武警，可能职位比他高，从其表情似能看出。女武警将我的护照拿去，又翻来覆去摆弄一通，态度有些迟疑，我趁机说自己是教书的，不会走私，也不会危害国家安全，并叫她记住我的护照，若有问题再行"追捕"便是了。

他和她居然没笑，只是略表无奈地把护照给了我，冷冷地说：走吧。

我惴惴不安地急步走进候机室，仿佛自己真是"走私"或"叛国"什么的,否则怎么眼前总是闪烁着武警服铜纽扣的光?

　　为了定无端而起的心慌,我点了咖啡,一纸杯速溶,收人民币50元,又是匪夷所思。一直到飞机冲破云层,渐行平稳,我这次险些未能出关的出关带来的心理焦虑才慢慢地平静下来。有诗赞曰:

　　　　人生漫步度关山,国际交流视等闲。
　　　　忽忆昆明明月夜,往来护照几回环。

满目无形财

　　第一次在国外过新年元旦，依循往年的记忆，撰《元旦抒怀》以自遣，而这次却有了些异域情思。诗云："异域逢佳节，惊心时序回。三杯通大道，一醉赖新醅。元旦年年过，春花岁岁开。登高寻旧迹，满目无形财。"诗的尾联写实，因为我每天从学校至上月谷散步的途中，就有三五处标有编号的"无形财"。

　　所谓"无形财"，乃韩国称谓的"非物质文化遗产"，这也是我游历半岛之半壁江山所见最多，感触尤深的。在韩国，江陵端午祭是无形财，博物馆中仅历百年的文物是无形财，更多的是一个土堆，如公主坟、王与王后墓，甚至一块某英烈阵亡处的石头，都是无形财，而且还通过了国际论证，其数量之多，谓之"满目"，绝非夸张。

　　原来我对韩国的了解，仅是经济小强国，所谓"亚洲四小龙"之一，到了这地界，才发现她更是一个文化小强国，无形财的数量，堪称一大证明。仔细一想，这经济与文化都是现实的东西，而现实的东西，往往又通过历史的"还魂"得到更多的现实利益。我曾在一次讲演中与文科同学开玩笑，说理工科致用，是赚眼前的钱，而文科生宜放眼未来，赚千百年后的钱。我以张衡的浑天仪为例，早已不在，一段史语，分文不值；而曾一车五人赴安徽滁州琅玡山，门票百元，五人500，何等昂贵，究其因在"醉翁亭"，该亭"赝品"，关键在流传千年的欧阳修《醉翁亭记》值了钱。

　　如此，无形财也就有形了。韩国寻访与创造如此多的无形财，成了国家的有形资产。当然，无形财属于"非物质文化"，是需要发掘与再阐的。韩国学者的力量，能够在有限的土地上发掘出无限的无形财，而且能够以再阐之力取得极大的成效。例如"江陵端午祭"申遗成功，急煞"端午"发源地的网民，因为他们有一简单逻辑，"皮之不存，毛将焉附"，孰知现今"分析"的时代，"毛"也可以独立挣钱的。而且可以预见，当历史发掘捉襟见肘时，韩国无形财的再现仍是举目可见的，因为某名演员剧中凭栏处，城中挖条沟而成的清溪川，均可列入申报，并可预期成功。

　　说老实话，我写"满目无形财"时，确有点戏谑的成分，如像韩国这样的排序编号，特别是她博物馆内最早的文物不过相当中国的汉朝，那中国如果依样画葫芦地采集、编号，将是一项多大的工程，如果得到国际论证（申遗），也不知道要浪费多少请客送礼的钱财？然而一想，又有些敬佩，韩国人的无形财不仅在于发掘与再阐，还在于保护，内含怜惜与珍重，是可爱的"自怜"，可敬的"自珍"。

　　回观域中，也许文物宝贝太多，不知道珍惜，肆意破坏，不胜枚举。如果自然销蚀，或战争毁坏，还情有可原，然则自觉的人为破坏，又何怨于他人呢？有诗赞曰：

　　　　半岛江山气象恢，无形却作有形财。
　　　　韩藩处处连城璧，莫道中原破旧灾。

校园春季狂欢周

春天如同青春，躁动、力量、活泼、生机，令人向往、感受、回忆，因为一个人会经历很多的春天，可是属于春天的青春并不多，所以青春与春天的叠加，才是最美丽的。然而这种美丽太过分的表现，对一位旁观的他者来说，有时难以忍受，甚至是种煎熬。我在W大所逢上的校园春季狂欢周，可怜的感观被青春学子狠狠地冲击了一番，智性或理性的印记，至今仍未抹去。

韩国高校是春季入学，实属东方古代的旧礼，"庠序之教"为春官所掌，而新生的入学，也给刚刚过去的冬季萧条的校园带来了绿色与活力。

大约经过春季开学后的一个月光景，正是古人说的"仲春之月"，一天中午我从校外回来，只见平日空荡的校园忽然摆起了各种摊位，有卖用品的，有卖食品的，甚至支起了锅灶，烤羊肉，炒年糕，还有各类汤料，仿佛成了大市场。我经过一食品摊位时，突然被人叫住，说"老师，买碗年糕吃"，不太标准的汉语，才发现是我教的班上同学。一打听，方知春季狂欢节到了。为凑热闹，也为支持学生的勤工俭学，我欣然掏钱买了一碗，坐在旁边的小条凳上有滋有味地吃起来。

到了傍晚，大操场架起了歌台，据说要请歌星来表演。果然到了晚间，华灯初上，车水马龙，人声鼎沸，歌声与狂呼声响彻夜空。过了十二点，我照例熄灯睡觉，谁知刚闭眼，就被一阵阵锣鼓声震醒，而且呼声更疯狂了。我拉开窗帘往外一看，操场上的表演早已偃旗息鼓了，何来如此震撼心灵的"哐哐"与"咚咚"声音。只得披衣下楼，天啦，每幢楼房都聚集着学生，跳的，唱的，叫的，闹的，擂鼓的，敲锣的，不亦乐乎。

反正睡不着了，不如看热闹。这聚集成群的男女，年轻活泼，但总给人感觉不是为快乐而热闹，而是为热闹而热闹。他们疯狂地扭动，面无表情，那男孩擂鼓，将鼓系腰上，如中国陕北的扭秧歌状，永远是单调的"咚，锵、锵、锵"；女孩跳舞，叉腰甩头，黄发飞舞，动作娴熟，而面部却永远是定格的一种表情。

闹到了三更，我想该结束了吧，于是上楼再睡，谁知一闭眼就被敲醒，只得仰面无语，一夜无眠。

第二天上午有高级汉语班的课，我问班上同学："你们闹了一夜，怎么有劲听课？"他们回答我说，这主要是一年级的新生，少量二年级的，而高年级的已曾经沧海，不复为此春情所动了。

听了这话，我暗自叫苦，你们上课的不闹，不上课的闹，这可害煞了住在校内的教师，晚上无觉睡，白天要上课，太恐怖了。班上有不省事的同学，还善意告诉我，这是疯狂周，还要闹呢。

果然，第二个夜晚又是一夜无眠。

我们找到大楼保安说理，语言不通，无理可讲，于是找来高年级的中国留学生，他们的答复是每年都如此。这般扰民，周边的居民怎么不抗议？这真是疑问。回答是这几天是校园狂欢，居民也得忍受，没有抗议一说。这使我想起《礼记·月令篇》记载的："仲春之月，男女奔会不禁。"难道这是古老的遗俗，答案是没有的，因为他们根本不知道《礼记》与这遗俗。

到了第三天，还是不让人睡，那"咚、咚"之声，一下下地敲击着心灵，颤抖而慌乱，早晨起来，几位中国同事个个眼挂血丝，真可谓：憔悴损，不是病酒，不是悲秋，只是恐怖黄昏后。

忍无可忍，我们只得到中文系口头抗议，也许每年都有人抗议，他们已是见怪不怪了，只是热情泡茶，面装惆怅与无奈，搪塞而已。

又一夜，到了晚上十点左右鼓声稀疏，渐渐停了，我抓紧时间睡下，等待新的高潮来临。不料一夜无声，熟睡一夜。以后的几天，虽然白天还是热闹，晚上却已清静，也许是闹者已倦，也许是仅大闹三昼夜，终究没弄明白。

春季狂欢周过了，听到个不好的消息，说秋季还有一回。

到了这年的秋天，刚过清秋节，我回国开会，据说这期间将举行秋季校园周，心中窃喜躲过了一劫。待我会议结束返校时，一进校门就看见如春季一般摆设，大惊失色，到了夜晚，心慌慌地等待那熟悉的"咚，锵、锵、锵"声，竟然没来，一直没来。

原来秋天毕竟不同于春天，是内敛收获的季节。有诗赞曰：

仲春季节少年狂，奔竞鼓声彻夜扬。
校舍三天人不寐，相逢憔悴意彷徨。

圣诞之夜飘雪吟

首尔最佳季节是初夏与仲秋，因为春季风凉，万物待苏，至初夏繁花浴露，始如睡美人晓妆对镜，姿色涵润；冬天酷寒，惟仲秋时分，枫叶落照，复如美人浓彩欲卸，回眸凝睇，别有一番韵味。

在此间一年，到冬季因地处北疆，寒风飘扑，万木萧索，殊无生机，加上连日阴沉，天空黯淡，又近年关，心情不免有些郁闷起来。虽然接近圣诞节，街头热闹非凡，特别是平安夜的灯火，能激发起人们如逛街、购物的兴致，但回到冷清的校园，尤其是夜晚，确实有点"万马齐喑"的孤独和期待。

如何消释漫长的冬季，或者说消释漫长冬季带来的愁绪，独乐者曰"读书"，与人同乐者则"闲聊"，聊得多了也就"无"聊，不知是谁的提议，在W大国际学舍的中国教授群里掀起了一场"扑克风"。这场娱乐风潮，使我的扑克技艺从"不会"到"会"再到"很会"。

这年的圣诞节，是在某同仁宿舍的扑克摔落声中迎接夜色降临的。

游戏最易解消寂寞，但也带来热闹后的空虚，我每每于短暂的娱乐之后，总会感觉失去的更多，甚至有时心怀不轨地将自己的参与，警醒为受到了"蛊惑"。所以我在打扑克时会忽然想起汉代作家崔骃《七依》中描绘"舞女"美姿奇艳的一段，说观看了这舞姿，孔子失据，老子失静，扬子失玄，而柳下惠陡然想要"再婚"。

呜呼！美色之迷人亦如游戏之溺人乎？

扑克游戏正在进行中，忽然一位旁观者惊呼：下雪了。

我们急忙放下手中的纸牌，看见灯光下有雪花在窗前飘拂，雪粒撞击玻璃的细碎声可闻，仿佛闷热夏夜的一道闪电，这阴沉多时的冬夜不期而来的白色精灵，真有拯救心魂的意味，况且正值圣诞夜。

待我们纷纷下楼，雪花已由散落变得郁勃，渐茫茫，覆盖了枯草，铺白了大地。大家静静地，默默地，在校园中踏雪，漫无目的，却有序而行；无所事事，却充满愉悦。

返回房间，闲情催发诗兴，成七律一：

> 久居客舍意沉沉，忽见窗明瑞色临。
>
> 撒盐空中嗤拙句，因风柳絮奏瑶琴。
>
> 欣逢圣诞海东夜，且话深情禹域心。
>
> 踏雪归来寻趣味，今宵一刻值千金。

诗成交北大Z君看，以为切意。不料没一会扑克召集人来自上海的女教授W君又来电话"召集"，大家忘了刚刚经历的大自然的风雅，再次聚焦于"大王"、"小鬼"。在闲谈间W君听说我为每位同仁写了一幅字，也不问优劣，偏要一幅，我就借故离开扑克场，将刚做的这首诗写在宣纸上塞责，只是将末句改作"一番回首一长吟"。

待将墨迹未干的字送去时，Z君发现最后一句改了，并坚持说原先的好。我悄然对其耳语曰：送给女教授不妥吧？好在W君是研究经济的，不通文墨，只是附庸风雅，于是知趣地哈哈一笑，了事。

不过，那场雪于圣诞夜突如其来，不到子夜又悄然而去，煞是神奇，至少在我们心里是这样的。有诗赞曰：

> 寒冬夜气郁阴沉，圣诞诗开白雪心。
>
> 惑乱他乡君必悔，今宵一刻不千金。

写作与人生

　　我从来没有教过写作课，我素以为教如何"写作"就没有了"写作"，就像谈"文章学"的最不会写文章一样。然而W大课表规定，每个客座教授必须为研究生上一学期中文写作课，我的这门课安排在第二学期，所以这"赶鸭子上架"的活，成为担任外教一年的最后的艰难历程。

　　为了这门课，我还真准备了一番，从《文心雕龙》到《文体明辨》，再到《古文辞类纂》，由文类谈文体，由文体谈文法。韵文则诗、词、歌、赋，散文则奏、议、书、疏，堂上一一道来，如数家珍，堂下一头雾水，莫名其妙。

　　发现不对劲，赶紧改弦易辙，用现代法分类，如诗歌、散文、戏剧、小说云云，或谓抒情文、叙事文、议论文等等，言之凿凿，听之渺渺。于是干脆找来一本《高级汉语》读本，读课文，讲大意，然后布置作业，文章分析，读后感想，这已然与研究生之"研究"无关。

　　某日，我一时兴起，谈起家，谈起南京，谈起秦淮河，因为研究生课都安排在晚上，所以我指着窗外的明月说，首尔的月亮与南京的月亮是同一个，可是照临在秦淮河上，和照临在清溪川上则大不相同，特别是情境与心境。没想到这类糊弄小孩的话却引起全班的兴趣，同学们争相发言，各举一家乡情景描述，带着感怀与眷恋，生动而有趣。

　　到了下一次课，有位女生主动要求作主体发表，她的讲述题目就是"我眼中的清溪川"。她的构思很巧妙，说的是三次在清溪川观月，一次是高中时，一次是大学，一次是最近读研究生之后，每次所见相同而又不同，每次感怀相异而又相同。她演示时穿插照片，图文并茂，听者，观者，如痴如醉，真是一篇好文章。

　　我仿佛得到了灵感，或者是启示，扔掉了古典，扔掉了现代，当然是那些"繁文缛节"的教本。以后的课堂，只有如同禅宗的"话头"，你说，我说，大家说，随心所欲。

　　有一天，忽然说到"第一次"，这一下成了"话头"，有的说"第一次去中国"，有的说"第一次去滑雪"，有的说"第一次参加社区服务"，有的说"第一次见女朋友"，有的说"第一次生孩子"（班上诸多成年成家者），我让他们把这些"话"真实地用文字记录下来，构成全班同学的"第一次"的作业，并纳入了学期终了的考核范畴。

　　而每次随机发动的素材与写作，都离不开人，离不开自己，大家恍然大悟，写作就是人生，是人生活泼泼之瞬间的语象化。

　　我上的最后一堂课的话题，就是"写作与人生"。就像谈"写作"就没了写作，把写作与人生作为"话头"谈论，也就着了相，既没了写作，也没了人生。然而这委实是我在韩国客座一年的最后一课，尴尬却未必遗憾。有诗赞曰：

　　　　　　写作人生老话题，堂前有女说清溪。

　　　　　　心灵契舍无中外，珍惜晴光听鸟啼。

海边谈国学，月下听涛声（代后记）

> 荃湾佳丽地，学院扬清名。
> 际遇同心志，相逢寄远程。
> 海边谈国学，月下听涛声。
> 回望人生路，温馨半载情。

上录五律，是我壬辰岁（2012年）由春及夏在香港珠海学院任教结束时赠同系诸友的诗作，记述了我又一次境外客座的经历与心情。

珠海学院建址荃湾的海边，我的客寓之所是海滨花园，白天为学生讲授"国学概论"课程，夜晚漫步于月下的海滨沙滩，那伴随潮涨潮落而时远时近的涛声，最易引起对往事的回忆。"独有宦游人，偏惊物候新"（杜审言《和晋陵陆丞早春游望》）。客游之人，偏忆"客游"之事。

记得己丑岁（2009年），我应韩国外国语大学邀请，客寓海东，居教席一年，实际积时阅十月余，虽身居首尔，然遍历其境，人物情致，时萦于心。回国后想整理旧札，保存一段人生记忆，然因杂务缠身，未克有成。

不想时逾三载，我又客座香江，闲居寓所，散荡海滨，在月光下，在涛声里，追忆昔时居韩旧事，随手忆录，于是零星编撰，成《半岛之半》百篇，附诗百首，所谓聚沙为塔，集腋成裘，随手翻检，已蔚然可观。

人生经历，一年又过一年，人生记忆，一段衔接一段，敝帚尚自珍，亲历哪堪忘。客寓香江的半年，重拾了客寓海东一年的记忆；而香江客寓的经历，又将化作一段记忆，又待何时重拾呢？

2013 年 1 月 12 日记于金陵秦淮河畔